玉臺新詠彙校

吴冠文 談蓓芳 章培恒 彙校

上

上海古籍出版社

圖書在版編目（CIP）數據

玉臺新咏彙校 /吴冠文，談蓓芳，章培恒彙校. 一上海：上海古籍出版社，2014.1（2023.6重印）
（中國古典文學叢書）
ISBN 978-7-5325-6912-0

Ⅰ.①玉… Ⅱ.①吴… ②談… ③章… Ⅲ.①古典詩歌—詩集—中國 Ⅳ.①I222

中國版本圖書館CIP數據核字（2013）第162278號

中國古典文學叢書
玉臺新咏彙校
（全二册）
吴冠文　談蓓芳　章培恒　彙校
上海古籍出版社出版發行
(上海市閔行區號景路159弄1-5號A座5F　郵政編碼201101)
(1) 網址：www.guji.com.cn
(2) E-mail：gujil@guji.com.cn
(3) 易文網網址：www.ewen.co
上海展强印刷有限公司印刷
開本 850×1168　1/32　印張 27.625　插頁 12　字數 557,000
2014 年 1 月第 1 版　2023 年 6 月第 5 次印刷
印數：2,451–2,950
ISBN 978-7-5325-6912-0

I·2697　精裝定價：108.00 元

如發生質量問題，請與承印公司聯系
電話：021-66366565

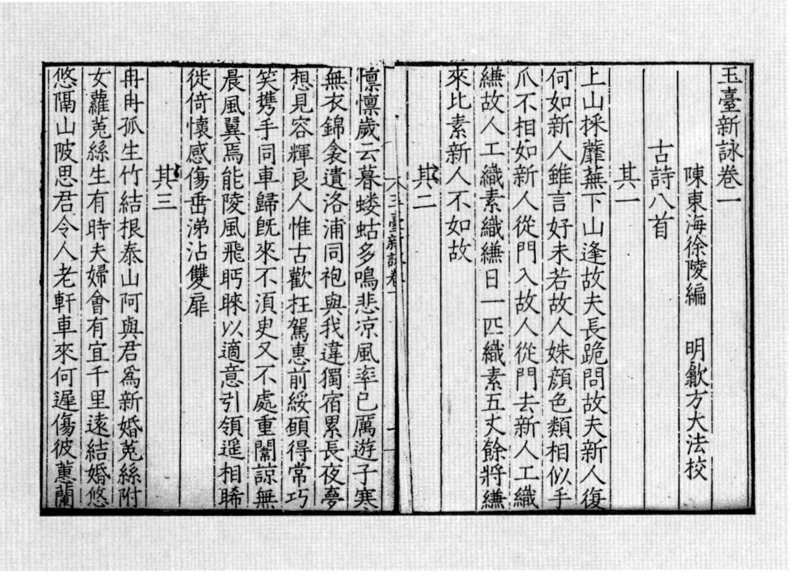
玉臺新詠卷一
陳東海徐陵編　明歙方大法校
古詩八首
其一
上山採蘼蕪下山逢故夫長跪問故夫新人復何如新人雖言好未若故人姝顔色類相似手爪不相如新人從門入故人從門去新人工織縑故人工織素織縑日一匹織素五丈餘將縑來比素新人不如故
其二
凛凛歲云暮螻蛄多鳴悲涼風率已厲遊子寒無衣錦衾遺洛浦同袍與我違獨宿累長夜夢想見容輝良人惟古歡枉駕惠前綏願得常巧笑攜手同車歸既來不須臾又不處重闈諒無晨風翼焉能陵風飛眄睞以適意引領遥相睎徙倚懷感傷垂涕沾雙扉
其三
冉冉孤生竹結根泰山阿與君爲新婚菟絲附女蘿菟絲生有時夫婦會有宜千里遠結婚悠悠隔山陂思君令人老軒車來何遲傷彼蕙蘭

明嘉靖十九年鄭玄撫刊本《玉臺新咏》

法 Pel.chin.2503　玉臺新詠　(3−1)

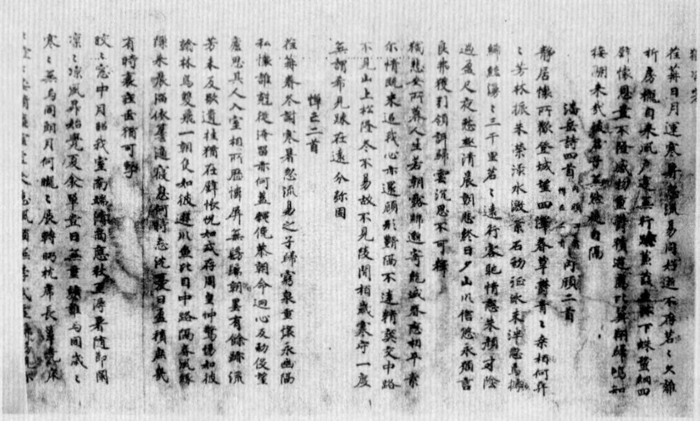

敦煌唐寫本《玉臺新咏》殘卷

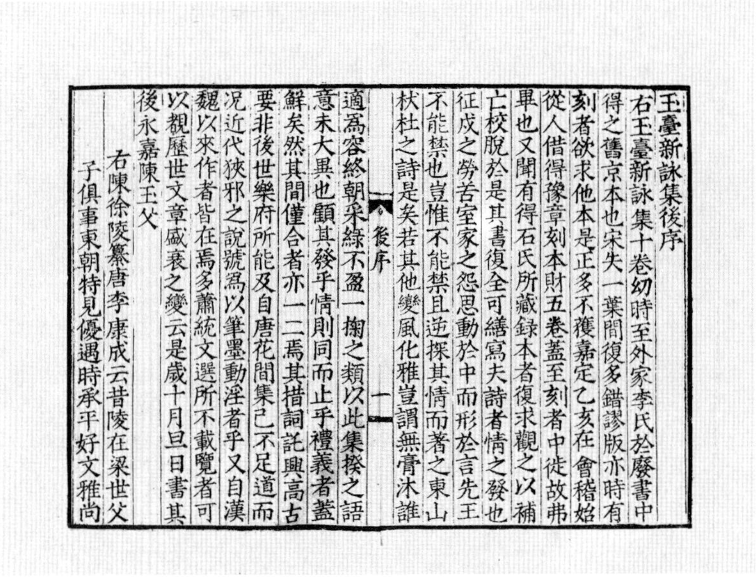

玉臺新詠集後序

右玉臺新詠集十卷幼時至外家李氏於廢書中得之舊京本也宋失一葉間復多錯謬版亦時有刻者欲求他本是正多不獲嘉定乙亥在會稽始從人借得豫章刻本財五卷蓋至刻者中徙故弗畢也又聞有得石氏所藏録本者復求觀之以補亡校脫於是其書復全可繕寫夫詩者情之發也征戍之勞苦室家之怨思動於中而形於言先王不能禁也豈惟不能禁且逆探其情而著之東山杕杜之詩是矣若其他變風化雅豈謂無膏沐誰

後序　一

適爲容終朝采綠不盈一掬之類以此集揆之語意未大異也顧其發乎情則同而止乎禮義者蓋鮮矣然其間僅合者亦一二焉其措詞託興高古要非後世樂府所能及自唐花間集已不足道而況近代狹邪之說號爲以筆墨動淫者乎又自漢魏以來作者皆在焉多蕭統文選所不載覽者可以覩歷世文章盛衰之變云是歲十月旦日書其後永嘉陳玉父

右陳徐陵纂唐李康成云昔陵在梁世父子俱事東朝特見優遇時承平好文雅尚

明五雲溪館活字本《玉臺新詠》

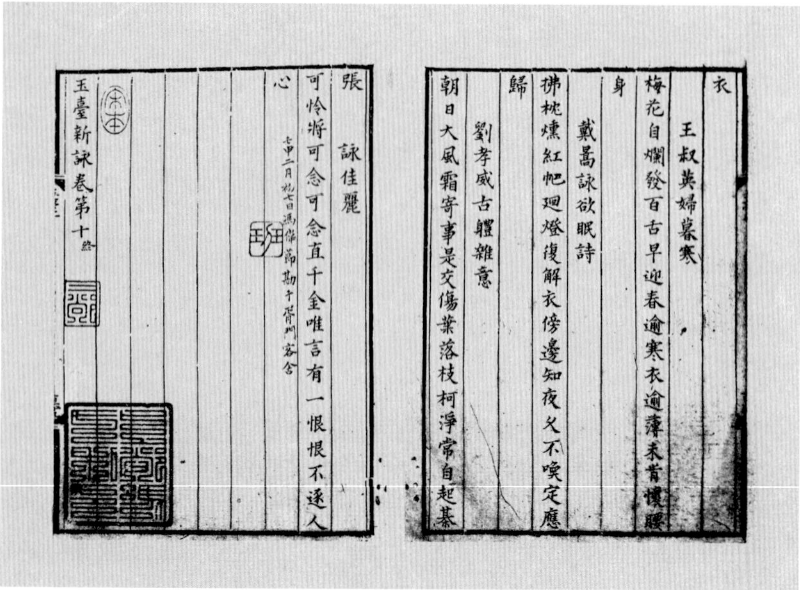

衣
王叔英婦暮寒
梅花自爛發百舌早迎春逾寒衣逾薄未肯懷腰
身
戴暠詠欲眠詩
拂枕熏紅帊迴燈復解衣傍邊知夜久不喚定應
歸
劉孝威古體雜意
朝日大風霜寄事是交傷葉落枝柯淨常自起碁

張
詠佳麗
可憐將可念可念直千金唯言有一恨恨不逐人
心
壬申二月初七日馮[illegible]節勘于胥門客舍
玉臺新詠卷第十 終

明崇禎二年馮班抄本《玉臺新詠》

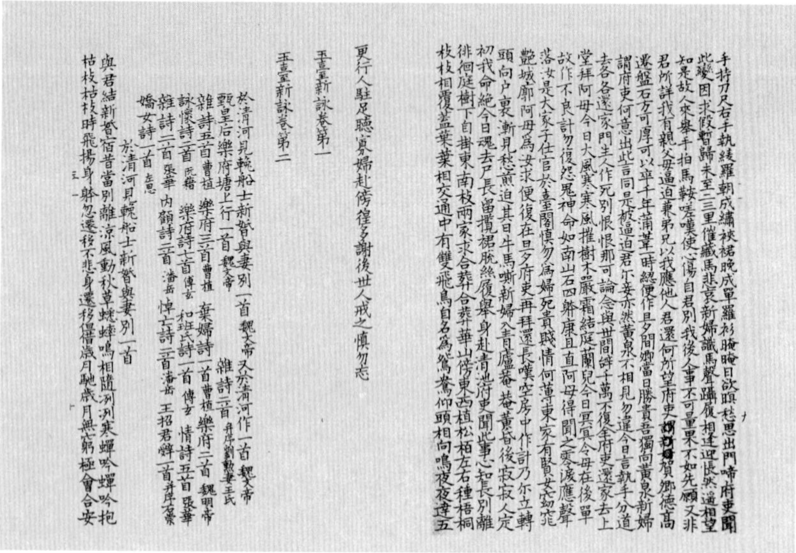

手持刀尺右手執綾羅朝成繡裌裙晚成單羅衫晻晻日欲暝愁思出門啼府吏聞
此變因求假暫歸未至二三里摧藏馬悲哀新婦識馬聲躡履相逢迎悵然遥相望
知是故人來舉手拍馬鞍嗟嘆使心傷自君別我後人事不可量果不如先願又非
君所詳我有親父母逼迫兼弟兄以我應他人君還何所望府吏[illegible]賀卿德高
遷盤石方可厚可以卒千年蒲葦一時紉便作旦夕間卿當日勝貴吾獨向黃泉新婦
謂府吏何意出此言同是被逼迫君爾妾亦然黃泉下相見勿違今日言執手分道
去各各還家門生人作死別恨恨那可論念與世間辭千萬不復全府吏還家去上
堂拜阿母今日大風寒寒風摧樹木嚴霜結庭蘭兒今日冥冥令母在後單
故作不良計勿復怨鬼神命如南山石四體康且直阿母得聞之零淚應聲
落汝是大家子仕宦於臺閣慎勿爲婦死貴賤情何薄東家有賢女窈窕
艷城郭阿母爲汝求便復在旦夕府吏再拜還長嘆空房中作計乃爾立轉
頭向戶裏漸見愁煎迫其日牛馬嘶新婦入青廬菴菴黃昏後寂寂人定
初我命絶今日魂去尸長留攬裙脱絲履舉身赴清池府吏聞此事心知長別離
徘徊庭樹下自掛東南枝兩家求合葬合葬華山傍東西植松柏左右種梧桐
枝枝相覆蓋葉葉相交通中有雙飛鳥自名爲鴛鴦仰頭相向鳴夜夜達五
更行人駐足聽寡婦起傍徨多謝後世人戒之慎勿忘
玉臺新詠卷第一

玉臺新詠卷第二
於清河見輓船士新婚與妻別一首 魏文帝 又於清河作一首 魏文帝
甄皇后樂府塘上行一首 魏文帝 雜詩二首 并序 劉勳妻王氏
雜詩五首 曹植 樂府三首 曹植 棄婦詩一首 曹植 樂府二首 魏明帝
詠懷詩二首 阮籍 樂府詩七首 傅玄 和班氏詩一首 傅玄 情詩五首 張華
雜詩二首 張華 內顧詩二首 潘岳 悼亡詩二首 潘岳 王招君辭一首 并序 石崇
嬌女詩一首 左思
於清河見輓船士新婚與妻別一首
與君結新婚宿昔當別離涼風動秋草蟋蟀鳴相隨冽冽寒蟬吟蟬吟抱
枯枝枯枝時飛揚身軀忽遷移不悲身遷移但惜歲月馳歲月無窮極會合安

清翁心存抄本《玉臺新咏》

前　言

玉臺新咏是我國文學遺産中的瑰寶之一。它是現存繼詩經、楚辭後中國最早的詩歌總集，其中不僅保存了大量漢魏六朝珍貴的詩歌材料，而且集中體現了當時女性題材文學的特色，對於研究中國詩歌的演變、研究中世文學思想的發展和中國古代女性文學都具有重要的價值。

但是長期以來，人們對玉臺新咏一直評價不高。南宋文學家劉克莊就曾説：「徐陵所序玉臺新咏十卷，皆文選所棄餘也。六朝人少全集，雖賴此書略見一二，然賞好不出月露，氣骨不脱脂粉，雅人壯士，見之廢卷。昔坡公笑蕭統之陋，以陵觀之，愈陋於統。……自國風、楚詞而後，故當繼以選詩，不易之論也。」（後村詩話前集卷一）這種對南朝文學整體評價不高的觀點并不是從宋代開始的，但在宋代得以進一步强化并具有相當的代表性，這只要從文選和玉臺新咏這兩部南朝僅存的文學總集在長期流傳過程及研究領域中完全不同的地位和命運就可以看出：文選雖「陋」，但因尚可爲詩經、楚辭後繼，故歷來受研究者重視，甚至成爲顯學；玉臺新咏則至宋代就已難見全本，不僅其高度的藝術性和卓有價值的文學觀歷遭貶斥，有待於進一步闡發，甚至連對其編者、編纂時間和版本優劣等一系列基本事實的認識都存在很大的問題，有必要重加探討。

一、玉臺新咏的編者及編纂時間

長期以來，玉臺新咏被認爲是徐陵在梁代奉蕭綱之命而編的。趙均在其崇禎六年玉臺新咏刊本跋中説：「今案劉肅大唐新語云：梁簡文爲太子時，好作艷詩，境内化之，浸以成俗。晚欲改作，追之不及。乃令徐陵撰玉臺新咏，以大其體。」但是根據現有資料，在所謂的「劉肅大唐新語」之前，從没人説過玉臺新咏是梁簡文帝命徐陵所編。劉肅是唐元和間人，距陳亡已二百年，書中并未就此説所自作任何説明，其説本不可輕信。何況趙均所引、流行於明末的這部大唐新語屬於小説家，并非唐代劉肅所撰、著録於新唐書藝文志史部雜史類的原書，而是從明代中後期才出現的唐世説新語一書更名而來（唐世説新語雖也署劉肅撰，但在明代以前從未見著録，其書不出於劉肅可知），是明人參考太平御覽等類書所引劉肅大唐新語并加以增竄而成的僞書。出自此類書籍的并無任何論證，又不提出任何確鑿資料依據的片言隻語，顯然不能作爲梁簡文爲太子時令徐陵撰玉臺新咏的依據①。

而從歷代史志著録和諸家文獻記載來看，這種認爲玉臺新咏爲徐陵在梁代奉簡文帝命編纂的説法也很有問題。

首先，唐宋時期撰成的史志中就有玉臺新咏非徐陵編的著録。儘管現可見最早著録玉臺新咏的隋書經籍志作「徐陵撰」，新唐書藝文志著録同；但舊唐書經籍志則作「徐淩撰」。從三種史志的成書時間和現存版本來看，舊唐書經籍志的著録玉臺新咏作「徐淩撰」，很容易被認爲是明代翻刻時出現的錯誤。但是，第一，舊唐書經籍志著録「徐淩」所撰的總集除玉臺新咏外，尚有「六代詩集鈔四卷」，如果説是翻刻致誤，則分列兩處的兩個「陵」字都誤刻成「淩」，未免太過湊巧而難以置信；而且舊唐書經籍志除「徐淩」的上述兩書外，還著録了「徐陵集三十卷」，可見是把「徐陵」與「徐淩」作爲兩個人分別著録的。第二，新唐書「意主文章而疏於考證」（四庫全書總目提要新唐書糾謬），一般認爲其史學價值不如舊唐書，其中的藝文志還存在任意改動前代著録的情況。例如在隋書經籍志和舊唐書經籍志中都著録的南朝晉傅毅的集子，隋書經籍志還特地注明其爲「鎮東從事中郎」，但新唐書藝文志却因東漢有傅毅集，便輕率地認爲南朝晉的傅毅集是重出而擅自把它删除了。據此，其因玉臺新咏有徐陵序，徐陵爲南朝末年文壇重鎮，「徐淩」則名不見經傳，而擅自改「徐淩」作「徐陵」并非不可能；而且新唐書藝文志除著録「徐陵」撰的六代詩集鈔外，又著録了一部「許淩」撰的六代詩集鈔，一般研究者都認爲這兩種實爲一書②，可見此書撰者之名本也作「淩」，則舊唐書經籍志著録此書爲「徐淩撰」不爲無據。第三，儘管今所見隋書經籍志以宋刻宋遞修本爲最早（見中華再造善本），但其中「桓」字已避諱，可知在北宋末年已經過修改，不能排除其受宋嘉祐年間成書并刊刻的新唐書藝文志影響而將玉臺新咏撰者改作「徐陵」的可能③。另外，撰成於日本宇多天皇寬平三年（八九一）的藤原佐世日本國見在書目録，其編寫時間約當中國的唐昭宗時，日本現存此書抄本的時代也相當於中國的宋代，其中於玉臺新咏即著録爲「徐瑗撰」，這也可與舊唐書經籍志以「徐淩」爲玉臺新咏編者的著録相印證，説明唐昭宗時期或之前的玉臺新咏本就不署「徐陵撰」④，這種情形很可能一直延續至新唐書藝文志。

其次，唐宋兩代文人也多以徐陵爲玉臺新咏撰序者而非編者。此處謹舉數例如下：唐代韓偓香奩集敍曰：「遐思宫體，未降稱庾信攻文；却誚玉臺，何必倩徐陵作序。」可見徐陵根本不是玉臺新咏的編者，而只是受編者之請作序而已。又，劉克莊後村詩話前集曰：「徐陵所序玉臺新咏十卷。」嚴羽滄浪詩話詩體亦曰：「玉臺集乃徐陵所序。」二人均只説徐陵爲玉臺新咏寫序，而不及其編者⑤。至於南宋周紫芝則不僅認爲徐陵只是玉臺新咏的作序者，且明言其在陳後主時；他在太倉稊米集卷五十一古今諸家樂府序中説：「陳後主時，東海徐陵序玉臺新咏十卷，謂之艷歌詞。」

再者，就玉臺新咏原書的題署而言，現存玉臺新咏主要版本大多刊印、傳抄於明代中期之後（詳下），儘管這些本子絶大部分都已署爲徐陵編，但唯一有可能出於南宋陳玉父本的明五雲溪館活字本（以下簡稱「活字本」）除卷首玉臺新咏集序題下署明「徐陵」撰外，其正文各卷皆不署編者或撰録者，足徵宋刻玉臺新咏原本不署編者（由活字本卷末陳玉父玉臺新咏集後序可知，陳玉父本係糅合玉臺新咏的三種版本而成，其中至少有一種北宋本），這也就難怪周紫芝、嚴羽、劉克莊等人在提到玉臺新咏時都只説「徐陵序」而不及其編者，因爲他們很可能確實不知道編者爲何人⑥。

而最能説明玉臺新咏非徐陵所編的證據，莫過於徐陵自己所撰的玉臺新咏序。此序不僅見於現存玉臺新咏各本卷首和宋初所編文苑英華，而且唐初所編的藝文類聚也已收録，故絶非後人竄入的偽作。序文一開頭就説：「淩雲概日，由余之所未窺；千門萬户，張衡之所曾賦。周王璧臺之上，漢帝金屋之中，玉樹以珊瑚作枝，珠簾以玳瑁爲押。其中有麗人焉。」意思是説：在皇帝後宫之中，有一位享有皇后似的待遇、在妃子中地位最高的美人。此序在對這位宫人的美麗和才情大大稱讚了一番後説：她「無怡神於暇景，唯屬意於新詩」，「但往世名篇，當今巧制，分諸麟閣，散在鴻都，不藉連章，無由披覽。於是燃脂暝寫，弄墨晨書，撰録艷歌，凡爲十卷」。可見此書實是皇帝的這位寵妃所編的。而且，玉臺新咏所收作品的詩人署名，除皇帝、太子和情況特殊的王融外，均直書姓名，却稱徐陵爲「徐孝穆」，這也是玉臺新咏不可能爲徐陵所編的有力内證⑦。

最後再簡要論述一下玉臺新咏的編纂時間及其可能的編者。玉臺新咏所收蕭衍、蕭綱的詩，分别署爲梁武帝和梁簡文⑧，可見其時兩人皆已去世，否則不會以謚號相稱。而「簡文」謚號的確定距梁亡只有五年，其時戰亂頻仍，很難想像梁代皇帝的妃子會在這種時候編纂玉臺新咏這樣的「艷歌」集，即使編了，也不可能請遠在北魏、至梁元帝死後才回梁地的徐陵寫序。綜合上述各種情況，玉臺新咏應當編於陳代。而在陳代後妃中，如此美麗而有才情、并極受皇帝寵愛的妃子，除張麗華外，很難找到第二個，所以玉臺新咏很可能就是她編的⑨。

二、玉臺新咏的版本及其所收作品

現存玉臺新咏最早的本子爲唐寫本殘卷，其文字頗有可正今存各本者，故王國維譽稱「絶勝諸本」⑩，羅振玉敦煌本玉臺新詠殘卷跋亦謂「舊例賴此本存之」⑪，但殘損嚴重，僅存卷二完整的五十一行及殘字七行，雖窺一斑，難知全貌。其宋元善本，則久已失傳。南宋陳玉父即曰：「右玉臺新詠集十卷，幼時至外家李氏，於廢書中得之，舊京本也。宋失一葉，間複多錯謬，版亦時有刓者，欲求他本是正，多不獲。嘉定乙亥，在會稽，始從人借得豫章刻本至，財五卷，蓋刻者中徙，故弗畢也。又聞有得石氏所藏録本者，複求觀之，以補亡校脱，於是其書複全，可繕寫。」⑫陳玉父，有學者考證其爲宋代著名藏書家和目録學家陳振孫⑬。如是則可知南宋嘉定年間求一玉臺新詠完本之難。也正因此，後人言宋本玉臺新詠者，均標榜陳玉父本，惜此本今亦未見。

今所見玉臺新詠以明嘉靖十九年鄭玄撫刻本（以下簡稱「鄭本」）和明五雲溪館銅活字本爲最早，這兩個本子也分别代表了現存玉臺新詠的兩大版本系統：屬於前者的尚有明嘉靖二十二年楊玄鈅刻本、萬曆七年茅元禎刻本和天啟二年沈逢春刻本等；屬於後者的則以明崇禎二年馮班抄本、崇禎六年趙均刻本、清翁心存抄本爲最要。

通過對現存玉臺新詠各主要版本的校勘和查核，可知現存諸本中唯一有可能出於南宋陳玉父本的實爲明五雲溪館活字本；寒山趙均刻本卷末雖有陳玉父玉臺新詠集後敘，并因此而被清初以來的學者尊奉爲最忠實於陳玉父本的覆宋刻本，然核以同出一源的崇禎二年馮班抄本、清翁心存抄本可知，趙均刻本不僅對所據底本擅自妄改，而且從别處移入了其底本原來没有的陳玉父玉臺新詠集後敘，其實是一個弄虛作假的本子。就現存兩大系統本子的翻刻情形來説，在崇禎六年趙均刻本出現以前，明代通行的玉臺新咏主要爲鄭玄撫刻本系統的本子；　但趙均本刊出以後，這一系統的本子即被作爲「俗本」而遭抹煞了⑭。

上述玉臺新咏兩大版本系統的差異主要有以下幾點⑮：　一、鄭本系統收詩數量較陳玉父本系統多出近二百首。　對此，趙均玉臺新咏跋指謫其爲「妄增」，但無論是趙均本人，還是後來相信此話的研究者，均未提出任何可信的證據來證明此點；　相反，北宋晏殊類要所節引的皇太子龍笛曲僅保存於鄭本而在另一系統的本子中佚失，足徵鄭本多出的詩并非全無依據。二、鄭本系統收有「梁昭明太子」詩和「梁簡文帝」詩，陳玉父本系統僅有「皇太子」詩，趙均且認定「皇太子」爲梁簡文，從而在研究者中普遍產生了玉臺新咏原本只收梁簡文詩而不收昭明太子詩的誤解。然據晏殊類要所引玉臺新咏可知，北宋前期的玉臺新咏中是既有梁簡文帝詩、又有皇太子（即昭明太子蕭統）詩的，陳玉父本一系的本子在卷首目録和正文作者署名上比較簡率，很可能是導致梁簡文帝署名消失、其詩混入列於其前的「皇太子」名下的原因。三、鄭本系統稱蕭繹爲梁元帝，陳玉父本系統稱之爲湘東王；　四、鄭本系統以盤中詩爲蘇伯玉妻作，陳玉父本系統以此詩爲傅玄作。同樣由晏殊類要可知，後者稱蕭繹爲「湘東王」、以盤中詩爲傅玄作，均保存了玉臺新咏舊本原貌。五、現存玉臺新咏各本雖均爲十卷，但兩大版本系統在卷帙編次上有很大的差異，這種差異從第一、二卷開始，自第五卷起更大⑯，由晏殊類要所引陳琳飲馬長城窟行和傅玄豫章行詩句著録的卷數來看，陳玉父本系統在第一、二卷的編次上似較鄭玄撫本符合玉臺新咏原貌。六、鄭本系統明確標出此書爲徐陵所編，而不像今存唯一出於南宋陳玉父本的五雲溪館活字本那樣，僅引郡齋讀書志之説以交代編者。如前所述，玉臺新咏并非徐陵所編，故活字本的不署編者恰恰保存了玉臺新咏舊本的原貌；而與活字本同屬一系的趙均刻本，於第一卷卷首擅自加上了「陳尚書左僕射太子少傅東海徐陵字孝穆撰」，已失却原貌，不可信據。

就上舉異同及簡要辨析可知，兩個版本系統各有得失，大致説來，鄭玄撫刻本系統實得多於失。正因如此，章培恒先生在玉臺新咏新論與彙校序中曾經説過：「我們認爲，玉臺新咏是張麗華在陳代所編；傳世諸本中，嘉靖鄭玄撫本雖已經過後人改動，但在保存原本面貌上仍最值得重視，五雲溪館銅活字本及馮班抄本也有若干保存原貌之處，倘與鄭玄撫本互參，尚可使我們在一定程度上接近——僅僅是接近——玉臺新咏的本來面目；至於長期以來被認爲玉臺新咏最佳之本的崇禎趙均刻本，則頗有弄虚作假之處，連其卷末的陳玉父後敘也非它的底本原有，而是從他處剿襲而得。我們之作此書，就是爲了闡明這些看法。」⑰

三、玉臺新咏的文獻和文學價值

在對玉臺新咏編者、編纂時間和版本等一系列基本事實作了如上的辨析之後，我們簡要探討一下玉臺新咏的文獻和文學價值。大致説來，這主要表現在如下幾個方面：

第一，保存了大量漢魏六朝時期的歌詩，爲探討中國詩歌發展的軌迹提供了重要的文獻。

我們知道，隋書經籍志著録漢魏六朝別集有四百三十七部，但隨著年代遷徙，流傳至今，存者寥寥；至於總集一百餘部，留存下來的就只有文選和玉臺新咏兩種了。而在玉臺新咏中，不僅保存了不少可資補闕、考證的材料，「如曹植棄婦篇、庾信七夕詩，今本集皆失載，據此可補闕佚。又如馮惟訥詩紀載蘇伯玉妻盤中詩作漢人，據此知爲晉代；梅鼎祚詩乘載蘇武妻答外詩，據此知爲魏文帝作；古詩西北有高樓等九首，文選無名氏，據此知爲枚乘作；飲馬長城窟行，文選亦無名氏，據此知爲蔡邕作；其有資考證者亦不一」（四庫全書總目提要玉臺新咏）；而且由於其獨特的選録標準，集中地保存了大量文選不收的詩歌，其中最值得注意的是我國現存最早的長篇敘事詩古詩爲焦仲卿妻作（詳下）。

在玉臺新咏所選録的詩歌中，有兩種類型值得注意：其一是樂府歌辭及文人擬樂府。如卷一的古樂府六首，其中的雙白鵠僅存於玉臺新咏；卷九所録不同時期的童謠，卷十收録的近代西曲歌五首、近代吴歌九首、近代雜歌六首等；至於文人擬作的樂府詩則所在皆是，不勝枚舉。其二是除五言歌詩（卷一至八）外的七言體詩（卷九）和五言四句的短詩（卷十）；這些作品除卷九個別幾首外，均不見於文選，且相當一部分詩歌僅存於玉臺新咏。漢魏六朝是中國詩歌由古體向近體演變的重要時期，其演變的根本原因是由於詩歌逐漸脱離樂曲而向語言本身尋求詩的音樂性，具體則表現爲聲律論的提出和運用、新體詩在篇制長短上的逐漸定格等等。所以玉臺新咏追求「新詩」、「艷歌」的旨趣及相應的編排方式，客觀上爲我們保存了那個時代新體詩創作過渡期的各種形態：從樂府歌辭到逐漸離樂的擬樂府到文人詩、從五言詩到七言詩、從長篇到短制，就某種意義上來説，也正保存了探討中國詩歌由古體向近體轉變軌迹的具體文本。

第二，集中體現了漢魏六朝女性文學的特色。

玉臺新咏最大的特色在於它是一部以婦女問題（包括男女愛情）爲中心而選録的詩歌總集。儘管編選者是一位上層女性，但其所録作品却體現出了當時各種類型女性對自己處境、命運的若干看法，包括她們的追求、歡樂、悲慨和不平，也包括她們的藝術趣味。在選録標準上顯示出明顯的女性視角和女性特色。這種視角和特色大致可以概括爲以下三個方面⑱：

首先，玉臺新咏所選作品的題材幾乎都涉及女性，這些詩作不僅抒寫了愛情的歡樂（如張衡的同聲詩），而且集中地表現了因性别不平等所導致的女性的痛苦和怨恨（如傅玄的豫章行），以及女性由於婚姻戀愛關係、政治壓迫和家長制淫威等所造成的各種孤凄、痛苦和絶望（如曹植種葛篇、陸機塘上行、王微雜詩二首其二、劉鑠代行行重行行、繁欽定情詩、烏孫公主悲歌、石崇王昭君辭、陳琳飲馬長城窟行，以及無名氏古詩爲焦仲卿妻作等）。其中尤其值得一提的是古詩爲焦仲卿妻作。這首詩在東漢即已開始流傳，其雛形保存於藝文類聚中，經過魏晉至南朝的不斷加工而成爲見於玉臺新咏這樣的傑構。它生動地敘述了劉蘭芝從反抗到死亡的曲折過程及其思想感情的具體演變，從她對個人尊嚴的執著與焦仲卿對她的態度中，我們可以看到個人意識在那個時代的增長。詩人對劉蘭芝與這一愛情悲劇的描寫，不但體現出豐沛的激情，也顯示了高度的技巧，從而把我國的敘事詩提到了一個新的水準，同時也意味著我國虛構文學已達到了一個新的階段。

其次是對女性能力、品質及反抗傳統禮教精神的讚揚和歌頌，如古樂府詩隴西行對女性持家能力的歌頌，艷歌行對女主人光明磊落、樂於助人品質的讚揚，辛延年羽林郎對女子不以貧富變心、激烈抗拒財勢者調笑的頌揚，皚如山上雪更是把「聞君有兩意，故來相決絶」的女子寫得光明磊落、理直氣壯，表現出對其反抗禮教的精神的肯定； 而且這種對女性的讚揚和歌頌，往往是在與男性相對照中呈現的。

再者，玉臺新咏收録了不少女性詩人的詩歌，如烏孫公主、班婕妤、鮑令暉、范靖婦、王叔英妻、劉令嫻等； 其中既有劉令嫻那樣寫其與丈夫離别的悲哀，也有王叔英妻那樣寫女性對美的渴望和追求，雖然内容不同，但表現女性的心理都相當細膩； 而鮑令暉古意贈今人之寫女性對所愛者的刻骨相思，范靖婦咏燈之寫女性既喜歡受到人的愛慕、又怕遭受讒言的複雜心理，都很深刻而有特色，顯示出編者對女性作家的重視以及對她們作品的共鳴。

第三，爲探討梁陳文學思想的實際提供了有價值的例證。

在梁代文學研究者中，有一種頗具影響的看法： 蕭綱及其弟弟蕭繹的文學思想是與蕭統對立的，蕭綱代表著一種新的文學思潮，蕭統則比較保守[19]。 作爲這種看法支撑的是通常認爲由蕭綱令徐陵所編的玉臺新咏； 此書的選録標準不但顯然有别於文選，而且多被認爲不收蕭統的詩歌。 但是由上文論述我們可以知道，玉臺新咏實際上成書於南朝陳代，是由一位才貌雙全的宮廷寵妃撰録而成的，徐陵只是爲此書寫了一篇序而已，故玉臺新咏雖然收入了不少蕭綱的詩歌，但其編選本身却與蕭綱毫無關係；而且玉臺新咏這部「艷歌」集不僅收録蕭綱的詩，也收録蕭統的詩。也就是說，他們兩人都寫「艷歌」，玉臺新咏的編者對他們的「艷歌」也都持肯定的態度。也正因此，我們不能以文選與玉臺新咏的差異爲依據來議論蕭統與蕭綱文學思想的矛盾或對立。

但是，文選和玉臺新咏的編選標準確實有比較大的不同，從中也確實體現了這兩部書的編者在文學思想上的差別。大致說來，玉臺新咏編者的文學思想不但較之蕭統，而且較之蕭綱和蕭繹的也有了重大的發展。其突出的表現就在於對「艷歌」的大力張揚。三蕭雖然也寫「艷歌」，但從現有的材料來看，却并未正面加以鼓吹；而玉臺新咏的編者却選了一部完整的「艷歌」集，這至少表明了此人公然承認其對「艷歌」的喜愛超過其他類型的詩歌。這本是我國文學史上一種大膽的行爲；而更需要注意的是：其所謂的「艷歌」，不但是對愛情的幾乎全面的肯定，而且包含著對於女性高度的讚美和對於她們的悲慘命運的無限憤懣。與此相應，在文學批評的標準上也就有了較大的變化。例如傅玄詩，文選只收了一首雜詩，鍾嶸詩品將他的詩列入下品，其評價只有簡單的一句話：「繁富可嘉。」但玉臺新咏收他的詩至少有十五首（還不包括作者問題有兩説的盤中詩），且其中并無文選所收的雜詩，可見其批評標準與蕭統的固然很不相同，與鍾嶸的也大有區别。而其所選入的傅玄詩中，許多都是讚美女性、爲女性鳴不平的。把這些詩作爲「艷歌」收入，也意味著編者認爲這些詩是美的。所以玉臺新咏的出現，意味著一種有利於梁代的文學思想、文學批評標準和審美標準的形式。這一方面反映了梁、陳文學思想的變異，另一方面也是女性文學觀與男性文學觀違戾的表現[20]。

鑒於上述玉臺新詠所具有的文獻和文學價值，同時也爲了保存玉臺新詠流傳過程中彌足珍貴的傳本，我們以鄭玄撫本爲底本，對玉臺新詠進行了細緻的校勘。除了校以敦煌唐寫本殘卷、五雲溪館活字本、馮班抄本、趙均刻本、翁心存抄本玉臺新詠外，并參校了漢書、説苑、文選、北堂書鈔、藝文類聚、初學記、白氏六帖、事類賦、太平御覽、晏元獻公類要、樂府詩集等相關的史書、總集和類書，以期爲讀者提供盡可能接近原貌的玉臺新詠本子。但校書是一項極其艱難的工作，雖然我們儘量努力，但限於水準和能力，錯誤在所難免，敬請讀者批評指正。

最後需要説明的是，玉臺新詠彙校是我的老師章培恒先生生前主持、教育部全國高等院校古籍整理工作委員會重點資助的「玉臺新詠與女性文學」項目的重要組成部分，這一項目的另一成果是玉臺新詠新論，兩書作爲復旦大學古籍整理研究所編輯的光華文史文獻研究叢書中的兩種，已先後由上海古籍出版社於二〇一一年和二〇一二年出版。但是二〇一一年出版的玉臺新詠彙校從保存日漸湮没的鄭玄撫刻本的原貌出發，採取了影印底本加校點的方式。出於對玉臺新詠的重視和便利讀者的考慮，此次上海古籍出版社以排印的方式重新出版，并擬收入其中國古典文學叢書。作爲玉臺新詠研究項目的參加者和影印本的彙校者，吴冠文博士和我按照叢書體例的有關要求，對原先的影印本作了必要的處理，加標專名、書名綫，同時改正了影印本中的一些錯誤。刊印之前，奉出版社之命，執筆概述和引録本研究成果中的主要觀點和論據如上，聊爲前言。同時對在本書出版過程中給予大力支持和幫助的教育部全國高校古籍整理委員會、中國國家圖書館、北京大學圖書館、中國社科院文研所圖書館、中國科學院圖書館、浙江圖書館、南京圖書館、上海圖書館、復旦大學圖書館、興業基金管理有限公司、上海古籍出版社的有關先生和女士表示衷心的感謝。

談蓓芳

①見章培恒先生玉臺新咏爲張麗華所「撰録」考，談蓓芳、吴冠文、章培恒著玉臺新咏新論（上海古籍出版社二〇一二年六月版）第一八—二〇頁。又，關於今本大唐新語真僞問題的考證，詳吴冠文關於今本「大唐新語」的真僞問題、再談今本大唐新語的真僞問題和三談今本大唐新語的真僞問題，均見玉臺新咏新論第一二一—一七八頁。

②見武秀成舊唐書辯證中的有關論述。上海古籍出版社二〇〇三年版

③關於史志著録玉臺新咏撰者的考證，詳吴冠文、章培恒玉臺新咏撰人討論的幾個遺留問題，見玉臺新咏新論第五四—五九頁。

④關於藤原佐世日本國見在書目録的考證和介紹，詳章培恒玉臺新咏爲張麗華所「撰録」考、孫猛藤原佐世與日本國見在書目録，分别見玉臺新咏新論第二一、四六—四七、一七九—二〇七頁。

⑤此舉各例，均詳章培恒玉臺新咏爲張麗華所「撰録」考和玉臺新咏的編者與梁陳文學思想的實際，見玉臺新咏新論第二二、二一一頁。

⑥詳談蓓芳玉臺新咏版本考——兼論此書的編纂時間和編者問題，見玉臺新咏新論第八一—九六頁。

⑦關於徐陵玉臺新咏序的詳細解讀及相關考證，詳章培恒玉臺新咏爲張麗華所「撰録」考、再談玉臺新咏的撰録者問題，均見玉臺新咏新論第一—五三頁。

⑧今見玉臺新咏的版本有兩個系統，均稱蕭衍爲梁武帝；　但對蕭綱，則一個系統的本子稱「梁簡文帝」，另一種本子却有的僅署「皇太子」而没有梁簡文之名，有的署「皇太子」并注明其爲「簡文」，但實際上這種本子只是在「皇太子」（指昭明太子蕭統）之後佚失了梁簡文的作者署名而已，其被視作昭明太子或梁簡文的「皇太子」名下的詩中，實包含了蕭統、蕭綱兩人的作品。具體論證詳談蓓芳玉臺新咏版本考，見玉臺新咏新論第八二—八九頁。

⑨見章培恒、駱玉明主編中國文學史新著（增訂本）（復旦大學出版社、上海文藝出版總社二〇〇七年版）第三七四頁。關於張麗華爲玉臺新咏編纂者的具體論證，詳章培恒玉臺新咏爲張麗華所「撰録」考、再談玉臺新咏的撰録者問題，見玉臺新咏新論第一—五三頁。

⑩見王國維批校四部叢刊所收五雲溪館活字本玉臺新咏中語。

⑪見嗚沙石室古籍叢殘所收玉臺新咏殘卷後。

⑫見明五雲溪館活字本玉臺新咏卷末所附玉臺新咏集後序，其中個別文字有誤植，據文意改正。

⑬詳陳樂素直齋書録解題作者陳振孫，見徐小蠻、顧美華點校直齋書録解題附録，上海古籍出版社一九八七年版。

⑭關於趙均刻本弄虚作假等的具體論證，詳談蓓芳玉臺新咏版本考、玉臺新咏版本補考中的有關論述。關於玉臺新咏各主要版本之間的異同情況，參見本書及玉臺新咏彙校（上海古籍出版社二〇一一年影印版）校記。

⑮關於今存玉臺新咏兩大版本系統的差異及優劣，詳談蓓芳玉臺新咏版本考，見玉臺新咏新論第八一—九六頁，此處僅擇其要而列之。

⑯ 參見本書相關校記及影印本玉臺新咏彙校各卷卷首目録校勘之列表。

⑰ 見玉臺新咏彙校（影印版）和玉臺新咏新論卷首。

⑱ 關於玉臺新咏選録標準的有關論述，詳談蓓芳玉臺新咏選録標準所體現的女性特色，見玉臺新咏新論第二二一—二三三頁。

⑲ 參見日本林田慎之助撰、曹旭譯文選和玉臺新咏編纂的文學思想，載上海師範大學學報二〇〇六年第一期。林田教授是研究六朝文學成就突出的專家，在日本的中國古代文學研究者中持有這種看法的不止林田教授一人。

⑳ 見章培恒玉臺新咏的編者與梁陳文學思想的實際，玉臺新咏新論第二一九—二二〇頁。

玉臺新咏彙校目録

卷二

卷三

卷四

卷五

卷六

卷七

卷八

卷九

卷十

校勘凡例

一、玉臺新咏版本之現存於世者雖衆，大别之則爲兩系。其一爲明嘉靖十九年鄭玄撫刊本（以下簡稱鄭本）；後於此者有萬曆七年茅元禎刻本，與之同系，又有嘉靖二十二年楊玄錀刻本、天啓二年沈逢春刻本等，則與之大同小異。其二爲明五雲溪館銅活字本（以下簡稱活字本），與之同出一系者以明崇禎二年馮班抄本、崇禎六年趙均刻本、清翁心存抄本（以下分别簡稱馮抄本、趙本、翁抄本）爲最要。昔人惑以趙均之作僞，以鄭玄撫本爲後人增竄之「俗本」，而以趙本爲出於宋刊、合於玉臺原貌之善本。玉臺新咏新論所收玉臺新咏版本考、玉臺新咏版本補考已詳論之矣。至鄭本多於活字本及馮抄本、趙本、翁抄本之各篇，不僅無以證明其爲竄入，且有顯係玉臺原本所有者。其文字及作者題署之可正此四玉臺本之譌者亦自不乏。故鄭本於傳世玉臺諸本中殊足重視。今即以之爲彙校底本，以活字本、馮抄本、趙本、翁抄本四玉臺本爲校本，參校唐寫本玉臺新咏（以下簡稱唐寫本，法藏敦煌西域文獻伯希和二五〇三，上海古籍出版社二〇〇五年影印）及下列數部史書、總集、類書（以成書時間爲序）：

（一）漢書，宋景祐刊本，商务印书馆一九五八年影印百衲本二十四史。

（二）後漢書，宋紹興刊本配補元覆宋刊本，商务印书馆一九五八年影印百衲本二十四史。

（三）説苑，明抄本，四部丛刊初编影印。

（四）文選，奎章閣藏六臣注本，韓國一九八三年影印。

（五）北堂書鈔（以下簡稱書鈔），光緒十四年南海孔廣陶三十有三萬卷堂校注陶宗儀傳鈔宋本，清華大學出版社二〇〇三年影印唐代四大類書。

（六）藝文類聚（以下簡稱類聚），中華書局影印南宋紹興刊本，清華大學出版社二〇〇三年影印唐代四大類書。

（七）初學記，日本宮内廳書陵部藏南宋紹興十七年刊本，綫裝書局二〇〇一年影印。

（八）白氏六帖（以下簡稱白帖），一九三三年吴興張芹伯影印南宋紹興間明州刻本，清華大學出版社二〇〇三年影印唐代四大類書。

（九）事類賦，南宋紹興十六年刻本，書目文獻出版社一九九七年版北京圖書館古籍珍本叢刊。

（一〇）太平御覽（以下簡稱御覽），宋刊本，四部叢刊三編影印中華學藝社借照日本帝室圖書寮京都東福寺東京巖崎氏靜嘉堂文庫藏本。

（一一）文苑英華（以下簡稱英華），宋刻配明刻本，中華書局一九六六年影印。

（一二）晏元獻公類要（以下簡稱類要），清抄本，齊魯書社一九九七年影印四庫全書存目叢書。

（一三）樂府詩集，宋本配元刊本或舊抄本，文學古籍刊行社一九五五年影印。

二、鄭本凡玉臺新咏(署徐陵編)十卷、玉臺新咏續編(方敬明輯)五卷,其卷首「名家世序」則合正編、續編作者而成,今之校點排印者僅正編十卷,其「名家世序」亦只列正編作者。

三、本書目録主體部分係據底本鄭本卷首目録彙聚而成,對於主校四玉臺本目録之重要異文,則於每首詩歌標題校記中作出説明(玉臺諸本卷首目錄之樣式差異頗大,此於上海古籍出版社二〇一一年版玉臺新咏彙校影印本各卷卷首目録之校記中已列表明之)。

四、玉臺諸本各詩題目、署名、正文等具體排列方式差異較大,頗能顯示各本版式特徵及諸本間關係,校記中對此類版式特徵擇要描述,以便比較; 但如「春别四首」作「春别四首」類僅存字體大小差異者,不一一説明。

五、本書底本及參校之玉臺諸本作者題署多署作者之名,總集、類書則或署作者之名,或署作者之字、號; 除名、字如「陸厥」與「陸韓卿」之類爲人較陌生者,本書校記予以特别注出外,其他如「江淹」作「江文通」之類,概不出校。

六、參校總集如文選、樂府詩集,以及類書、史書所收作品小序、解題類文字,與玉臺各本迥不相侔者,多由其書性質相異所致,限於校記篇幅,此類文字概不出校。

七、本書校記一般僅注明某本作某字,由讀者自行抉擇,不作主觀片面的改動。

八、底本俗字較多,排印時除保留必要者外,不復照寫; 校本與底本寫法不同之俗字及常見之誤字而無大關係者,一般不出校; 其能顯示玉臺諸本中某一版本之特色的少量俗字、誤字,則於其初見時出校，再次出現時徑改成正字。

九、異體字除少量反映底本與參校本間訛變源流者保留外，其他均據文化部和中國文字改革委員會聯合公佈的第一批異體字整理表及現代漢語詞典（第六版）徑改，一般不出校。

刻玉臺新咏序

新安吴世忠撰

有陳東海徐陵，以綺靡之材，會風人之體。長於製作，厠列陰何。曄如斐如，鸞立江表。金石所流，望之有餘，綽而可喜。俾摛藻之徒，偶以賈餘，遂仍失故。以是知陵其天縱麗容，精妙無雙者也。陵才類傾城，又性好色，因以捧心自媚，巧笑殊工，攄懷吐實，於斯特切。雖閑放者肆其滑稽，馴雅者申其□法；正變無常，愉怨各指。概得規之大道，不愧於風人。核其微旨，獨何略焉？管鍵潛通，此秘幸睹；群籍具在，釋而不删。後有作者，其不以我爲迷乎？直代非一人，人非一咏；事不要撮，音本雜懸。菁蕪混塞，復有可說。匪斷其禁臠，族而理之，亦難升于鼎俎之場，膾炙人口也。則參以師涓之耳，裁以王爾之斤，翰墨填委，曷契予衷。彙其尤者，播爲新咏。

義屬宫禁，片言而必録；事□□妄，累牘而不遺。間或以結褵膠漆，或以異地參商，乖協千狀，淫則兩途而已。曰士曰女，無分剛柔；亦有君臣，堂陛靡較：

儻在善鳴，舉入其選。履端炎漢，卒以齊梁，六百餘年。文姬墨卿，弱婦哲夫，追琢之美，文綉不如，輩聚于兹，煌煌乎充上乘矣。

若夫柏梁甘泉之製，芝房寶鼎之歌，被之律吕，塞耳鏗鍧，與此殊科，姑未暇論。自陵漁獵滋博，殆盡秋毫，考類辰半，瑜瑾倍之。縱不純德，比騁妙林，陶冶之匠，珍爲藝模。而中更樸學，繩之過當。以爲文動萬乘，辯却三軍；力可排山，氣能貫日。斯人皆文武挺出，并有剛腸者也，而俄然心摧，化爲繞指。歷九折而不悔，顧一笑而私憐；出擁節旄，入沈衽席。何以聲明潤于金石，功烈炳于丹青乎？柔從不覺，浸以成俗，士氣下衰，王迹陵夷，稽之二南，奚啻千里哉？折衷先典，異乎所聞。昔齊王好色，孟軻廣之；武公善謔，衛國頌焉。詩貴譎諫，道通委巷，必欲操竿絶瑟，庸得其平？且靈修美人，以媲國君，宓妃佚女，賢臣是譬，文固有托，視我靈均。此而莫保，彼爲作俑。下逮徐淑寄遠，辭隱以端；班女幽宫，志哀而婉。婦言尚爾，餘可輕之？總其大都，婚媾之際，嗟嘆嬋媛，是不一致。故每當座而情飛，或驅鋒而辭利。窮日以思，繼若有餘；崇朝立就，咸謂警策。國風以懷春作劇，楚臣以東鄰自持。獲附娥眉，纔盡薄技。持以擅場，來自疇昔。屢致意而不厭，連巨篇而爲短，苟親筆札，未之能釋。豈如郊廟玄幽，鐘鼎質木，既削繁文，安所潤色者乎？

陵之是編，備采宮商，好醜不掩，寧納下流，將貽大匠。故置之席上，焕若奇珍；奏之房中，聿興化國。方今五緯順軌，三事修文；乘運躍鱗，優游金馬；奏御且千，踵風宗雅。將復古道，必先異書。而是編殘簡甚訛，曾莫校讎。頃有方生敬明，挾策遠游，購此閱市。厥交梧野鄭君，受以鋟布，廣之四方。甫竣而生已長逝，窅爲異物，悲夫！鄭君又沿陵以下，益之陳隋，披卷寓目，海不捐珠。昔史記緝于少孫，班表終于大家。前事未忘，君復匹之，非徐氏之子雲千載同聲而何哉？嘉靖己亥十二月八日。

刻玉臺新咏序

新安方弘静撰

夫詩，緣情而作者也。情莫近乎妃匹之間，故三百篇首關雎，寤寐窈窕，發乎情，止乎禮義。是以知先王之澤，風化之本也。及王迹既熄，鄭衛競鳴，詞人之作，恣乎麗艶，有異是焉。乃若北方佳人，一顧傾國；邯鄲少女，獨立無雙。浣紗溪邊，千人爲之嘆息；采桑道側，五馬以之踟躕。漢帝阿嬌，貯之黄金之屋；石家娉婷，買以十斛之珠。吁，可動乎其天下之至靡也！至夫春華方艶，秋月俄輝，白日未移，紅顔將斂，君王不御，蕩子忘歸。長信宫深，羞乞大夫之賦；昭陽風起，忽聞弦管之聲。玉階苔生，菱鏡長掩。又何寥乎其幽瘁也！

夫文魚比之比目，則歡愛可知；匹鳥辟之孤栖，若離愁何盡。樂莫樂焉，憂莫憂焉。是以文人才子，咏其美艶之情；忠臣烈士，痛其枯槁之狀。語冶容，宛仙人來下；言寂寞，雖戾夫歔欷。作者接軌，咸歸二途，彩筆盈懷，錦帙溢篋矣。有陳東海徐君，於是搜諸藝府，無慮百家；萃彼艶歌，類爲十卷。千花競映，掩赤城之春霞；萬寶皆縣，燦玄圃之玉樹。挾蔡枕之奇，有如重璧；貴洛紙之價，何啻三都。若乃揆之風人，格以雅訓，殆有可言者矣。爾若霍家馮都之篇，秦氏羅敷之咏，秋胡之妻，玉壺比潔，隴西之婦，齊姜不如，婕妤托意於紈扇，蘭芝委體於清池，抱貞白而莫渝，與皎月而争色。漢廣行露，又何過焉？蓋亦什一千百矣。至如相如求鳳，貽辱於清評；繁欽定情，無閑於貞則。子夜吴歌，盡寫放蕩之思；江南雜弄，率多淫佚之詞。桃葉團扇，縱情於内篝；舸郎溪女，相調於中流。王謝高踪，於斯貶矣。故采其合雅，象流金之在沙；究其離經，異白璧之微玷。昔尼父删詩，疵孅并著，桑間濮上，存而不棄，所以明風刺、示懲誡也。述者之意，豈類斯乎？且摛藻風雲，動情心目，勸風百一，其來遠矣。夫道無二津，情則萬委；詞波類海，各指所之。若文考其世，是則頌列女也；若德放其辭，固非訓内則也。亦何譏哉？故知留連彤管，信有賢於博弈；彈誚閑情，諒見非於來哲矣。

鄭君梧野以名家公子，綽有雅懷，揖當代才流，馳其高駕。得抄本於上都，撫殘篇而動色。爰乃廣逸拾遺，續爲外集。并刻山堂，傳諸寰内。使芸閣栖遲，將無勞於柏葉；巾箱展玩，何自苦於蠅頭。其不負徐君之用心矣乎。嘉靖己亥十二月二十日。

玉臺新咏序

陳尚書左僕射太子少傅東海徐陵撰〔一〕

陵雲概日〔二〕，由余之所未窺；千門萬户，張衡之所曾賦。周王璧臺之上〔三〕，漢帝金屋之中；玉樹以珊瑚作枝，珠簾以玳瑁爲柙〔四〕。其中有麗人焉。其人五陵豪族〔五〕，充選掖庭；四姓良家，馳名永巷。亦有潁川〔六〕、新市、河澗〔七〕、觀津，本號嬌娥〔八〕，曾名巧笑。楚王宫内〔九〕，無不推其細腰；衛國佳人，俱言訝其纖手。閱詩敦禮〔一〇〕，非直東鄰之自媒〔一一〕；婉約風流，無異西施之被教〔一二〕。弟兄協律〔一三〕，自小學歌〔一四〕；少長河陽〔一五〕，由來能舞。琵琶新曲，無待石崇；箜篌雜引〔一六〕，非因曹植〔一七〕。傳鼓瑟於楊家，得吹簫於秦女。至若寵聞長樂〔一八〕，陳后知而不平〔一九〕；畫出天仙〔二〇〕，閼氏覽而遥妒。至如東鄰巧笑〔二一〕，來侍寢於更衣；西子微顰〔二二〕，將横陳於甲帳〔二三〕。陪游馺娑〔二四〕，騁纖腰於結風；長樂鴛鴦〔二五〕，奏新聲於度曲。裝鳴蟬之薄鬢〔二六〕，照墮馬之垂鬟〔二七〕；反插金鈿〔二八〕，横抽寶樹〔二九〕。南都石黛，最發雙蛾；北地燕脂〔三〇〕，偏開兩靨〔三一〕。亦有嶺上仙童，分丸魏帝；腰中寶鳳，授曆軒轅。金星與婺女争華〔三二〕，麝月共嫦娥競爽〔三三〕。驚鸞冶袖，時飄韓椽之香〔三四〕；飛燕長裾〔三五〕，宜結陳王之佩。雖非圖畫，入甘泉而不分；言異神仙，戲陽臺而無別〔三六〕。真可謂傾國傾城、無對無雙者也。

加以天時開朗〔三七〕，逸思雕華，妙解文章，尤工詩賦。琉璃硯匣〔三八〕，終日隨身；翡翠筆床〔三九〕，無時離手。清文蒲篋，非唯芍藥之花〔四〇〕；新製連篇，寧止蒲萄之樹〔四一〕？九日登高〔四二〕，時有緣情之作；萬年公主，非無累德之辭〔四三〕。其佳麗也如彼，其才情也如此。

既而椒房宛轉〔四四〕，柘館陰岑〔四五〕，絳鶴晨嚴〔四六〕，銅蠡晝静〔四七〕。三星未夕，不事懷衾；五日猶余〔四八〕，誰能理曲？優游少托，寂寞多閑。厭長樂之疏鍾，勞中宫之緩箭〔四九〕。輕身無力〔五〇〕，怯南陽之擣衣〔五一〕；生長深宫〔五二〕，笑扶風之織錦。雖復投壺玉女〔五三〕，爲歡盡於百嬌〔五四〕；争博齊姬，心賞窮於六著〔五五〕。無怡神於暇景，唯屬意於新詩。可得代彼萱蘇〔五六〕，微蠲愁疾〔五七〕。

但往世名篇，當今巧製，分諸麟閣〔五八〕，散在鴻都。不藉篇章〔五九〕，無由披覽。於是燃脂暝寫〔六〇〕，弄墨晨書〔六一〕，撰録艷歌〔六二〕，凡爲十卷。曾無參於雅頌，亦靡濫於風人。涇渭之間，若斯而已〔六三〕。

於是麗以金箱〔六四〕，裝之寶軸〔六五〕。三臺妙迹〔六六〕，龍伸蠖屈之書〔六七〕；五色花牋〔六八〕，河北膠東之紙〔六九〕。高樓紅粉〔七〇〕，仍定魚魯之文〔七一〕；辟惡生香，聊防羽陵之蠹。雲飛六甲〔七二〕，高擅玉函〔七三〕；鴻烈仙方〔七四〕，長推丹枕。

至如青牛帳裏，餘曲未終〔七五〕；朱鳥窗前〔七六〕，新裝已竟。方當開茲縹帙〔七七〕，散此絲繩〔七八〕，永對玩於書帷〔七九〕，長循環於纖手〔八〇〕。豈如鄧學春秋〔八一〕，儒者之功難習；竇專黃老〔八二〕，金丹之術不成。固勝西蜀豪家〔八三〕，托情窮於魯殿〔八四〕；東儲甲觀〔八五〕，流咏止於洞簫。變彼諸姬，聊同棄日；猗與彤管〔八六〕，無或譏焉〔八七〕。

【校記】

〔一〕此序類聚五五雜文部一集序録「陵雲概日」至「馳名永巷」、「閲詩敦禮」至「鬩氏覽而遥妒」、「陪游馺娑」至「戲陽臺而無別」、「加以天時開朗」至「非無累德之辭」、「既而椒房宛轉」至「銅蠡晝静」、「優游少托」至「唯屬意於新詩」、「但往世名篇」至「若斯而已」、「至如青牛帳裏」至「長循環於纖手」等句。英華七一二序十四詩第一録全篇，題作「玉臺新咏集序」。「序」，活字本作

〔一〕「集序」，兩抄本均作「集卷第一并序」，趙本作「集并序」。「陵」，活字本此下有「孝穆」二字，兩抄本、趙本此下均有「字孝穆」三字。

〔二〕「陵」，四玉臺本均作「夫陵」。

〔三〕「璧」，英華作「壁」。

〔四〕「玳」，趙本作「瑇」；按，此字同類異文，以下不再出校。「柙」，兩抄本、英華均作「匣」，趙本、類聚均作「押」；又，英華其下注「一作柙」。

〔五〕「人」，英華此下有「也」字。

〔六〕「潁」，活字本、趙本均作「頴」，馮抄本作「穎」，翁抄本作「頴」。按，凡「潁」、「穎」、「頴」一類異文，以下不再出校。

〔七〕「澗」，活字本作「間」，兩抄本、趙本均作「閒」。按，凡「間」、「閒」一類異文，以下不再出校。

〔八〕「本號」，英華作「大家」。

〔九〕「内」，四玉臺本均作「裏」。

〔一〇〕「閲」，類聚作「説」，英華此字下注「一作説」。「敦」，趙本作「敨」，類聚、英華均作「明」；按，趙本此係避諱字寫法，由此而造成的同類異文，以下不再出校。

〔一一〕「非直」，四玉臺本、類聚均作「豈」，英華此下注「二字一作豈」。

〔一二〕「無」，四玉臺本、類聚均無此字，英華此字下注「一無此字」。

〔一三〕「弟兄」，類聚作「兄弟」。

〔一四〕「自」，活字本作「少」，兩抄本、趙本、類聚均作「生」，英華此字下注「一作生」。

〔一五〕「少長」，活字本作「長生」。

〔一六〕「篌」，兩抄本均作「箜」，趙本作「篌」，類聚作「篌」；按，此字同類異文，以下徑改作繁體正字，不再出校。

〔一七〕「因」，活字本、馮抄本、趙本、類聚均作「關」，翁抄本作「閈」，英華此字下注「一作關」。

〔一八〕「至若」，類聚無此二字，英華作「以至」。

〔一九〕「后」，馮抄本此字係塗改而成，有「宋本」印。

〔二〇〕「仙」，趙本作「僊」；按，此字同類異文，以下不再出校。

〔二一〕「至」，英華作「且」。

〔二二〕「顰」，四玉臺本均作「嚬」。

〔二三〕「將」，四玉臺本均作「得」。

〔二四〕「娑」，馮抄本此字係塗改而成，有「宋本」印。

〔二五〕「長」，類聚作「張」。

〔二六〕「裝」，活字本、英華均作「粧」，兩抄本均作「糚」，趙本作「粧」，類聚作「壯」；按，凡「粧」、「糚」、「妝」一類異文，以下不再出校。「鳴」，英華作「明」，其下注「一作鳴」。

〔二七〕「墮」，英華作「墜」，其下注「一作墮」。

〔二八〕「鈿」，類聚、英華均作「蓮」。

〔二九〕「抽」，趙本作「搯」；按，此字同類異文，以下不再出校。「寶」，活字本作「瑤」，兩抄本均作「珤」，趙本作「寶」。按，凡「寳」、「寶」一類異文，以下徑改作繁體正字，不再出校。

〔三〇〕「燕脂」，四玉臺本、英華均作「燕支」；又，英華其下注「一作胭脂」。

〔三一〕「靨」，趙本、翁抄本均作「黶」；按，此字同類異文，以下不再出校。

〔三二〕「與」，四玉臺本均作「將」。「婺」，活字本作「婺」。

〔三三〕「共」，四玉臺本、類聚均作「與」。「嫦」，活字本、類聚、英華均作「姮」，兩抄本、趙本均作「常」。「競」，活字本作「兢」。

〔三四〕「椽」，活字本、類聚、英華均作「掾」。

〔三五〕「裾」，類聚作「裙」。

〔三六〕「而」，活字本無此字。

〔三七〕「時」，類聚作「情」，英華作「晴」。

〔三八〕「琉」，趙本作「瑠」；按，此字同類異文，以下不再出校。

〔三九〕「翡」，四玉臺本、英華均作「翠」。

〔四〇〕「唯」，趙本作「惟」；按，此字同類異文，以下不再出校。

〔四一〕「蒲」，活字本作「葡」。
〔四二〕「日」，類聚作「月」。
〔四三〕「辭」，兩抄本均作「辤」，趙本作「辭」，類聚作「詞」。按，凡「辭」、「辤」、「辭」一類異文，以下徑改作繁體正字，不再出校。
〔四四〕「房」，四玉臺本、類聚、英華均作「宫」；又，英華其下注「一作房」。
〔四五〕「館」，四玉臺本均作「觀」。
〔四六〕「絳」，類聚作「木」。「鶴」，翁抄本作「隺」，英華作「劍」。
〔四七〕「銅蠡晝静」，類聚作「銅梁晝靖」；英華作「銅鋪晝凈」，其下注「一作銅梁晝靖」。
〔四八〕「余」，四玉臺本均作「賒」，英華此字下注「一作疑」。
〔四九〕「中宫」，英華作「宫中」，其下注「一作中宫」。
〔五〇〕「輕身」，四玉臺本均作「纖腰」，類聚作「身輕」。
〔五一〕「陽」，英華作「宫」。
〔五二〕「深」，趙本作「滚」；按，此字同類異文，以下不再出校。
〔五三〕「壷」，活字本、趙本均作「壺」，兩抄本均作「壼」，類聚作「壷」，英華作「壺」；按，凡「壷」、「壼」和「壺」、「壼」、「壷」一類異文，以下径改作繁体正字，不再出校。
〔五四〕「歡」，兩抄本、趙本均作「觀」。

〔五五〕「窮」，趙本作「竆」；按，此字同類異文，以下不再出校。「著」，活字本、趙本均作「箸」；英華作「齒」，其下注「一作著」。按，凡「著」、「箸」一類異文，以下不再出校。

〔五六〕「可」，四玉臺本均作「庶」。「萱」，四玉臺本均作「皐」。

〔五七〕「微蠲」，四玉臺本均作「蠲兹」。「疾」，馮抄本此字係塗改而成，有「宋本」印。

〔五八〕「諸」，類聚作「封」，英華此字下注「一作封」。

〔五九〕「藉」，活字本、兩抄本、類聚均作「籍」；英華作「務」，其下注「一作籍」。

〔六〇〕「燃」，四玉臺本、英華均作「然」。「暝」，活字本、兩抄本、類聚均作「暝」。

〔六一〕「墨」，四玉臺本、英華均作「筆」；又，英華其下注「一作墨」。

〔六二〕「撰」，四玉臺本、英華均作「選」；又，英華其下注「一作撰」。「艷」，趙本作「豔」，類聚作「豔」；此字同類異文，以下不再出校。

〔六三〕「已」，類聚、英華此下均有「也」字。

〔六四〕「於是」，英華無此二字。「箱」，英華作「緗」。

〔六五〕「寶」，活字本作「瑤」，兩抄本均作「琁」。

〔六六〕「迹」，英華作「札」。

〔六七〕「龍」，英華此前有「亦」字。

〔六八〕「花牋」，趙本作「華箋」；此二字同類異文，以下徑改作繁體正字，不再出校。

〔六九〕「河」，英華此前有「皆」字。

〔七〇〕「樓」，英華作「按」，其下注一「疑」字。　「紅」，英華作「鉛」。

〔七一〕「魚魯」，英華作「魯魚」。

〔七二〕「雲」，四玉臺本均作「靈」。　「六」，四玉臺本均作「太」。

〔七三〕「擅」，兩抄本、趙本均作「檀」，英華作「禪」。

〔七四〕「烈」，兩抄本均作「列」。

〔七五〕「未」，四玉臺本、英華均作「既」；又，英華其下注「一作未」。

〔七六〕「窓」，兩抄本、類聚、英華均作「窻」，趙本作「窗」；此字同類異文，以下徑改作繁體正字，不再出校。

〔七七〕「帙」，馮抄本作「帙」。

〔七八〕「緣繩」，英華作「緗編」，其下注「一作緣繩」。

〔七九〕「帷」，四玉臺本均作「幃」。

〔八〇〕「環」，兩抄本、趙本均作「環」；按，此字同類異文，以下不再出校。

〔八一〕「豈」，英華無此字。

〔八二〕「專」，英華作「傳」。　「黄」，英華作「却」。

〔八三〕「固」，兩抄本、趙本均作「因」。

〔八四〕「殿」，趙本作「殿」；按，此字同類異文，以下不再出校。
〔八五〕「儲」，英華作「臺」。「觀」，英華作「館」。
〔八六〕「與」，四玉臺本均作「歟」。「肜」，活字本作「彤」。
〔八七〕英華此序末注「一作皆藝文類聚」。

名家世序〔一〕

漢

枚乘① 司馬相如② 李延年③

蘇武④ 辛延年⑤ 烏孫公主⑥

蘇伯玉妻⑦ 班婕妤⑧ 宋子侯⑨

張衡⑩ 秦嘉⑪ 徐淑⑫

蔡邕⑬ 繁欽⑭

魏

武帝⑮ 文帝⑯ 陳思王⑰

明帝⑱ 陳琳⑲ 徐幹⑳

王宋㉑

晉

阮籍㉒ 賈充㉓ 張載㉔
孫綽㉕ 傅玄㉖ 張華㉗
潘岳㉘ 石崇㉙ 左思㉚
陸機㉛ 陸雲㉜ 王獻之㉝
桃葉㉞ 張協㉟ 楊方㊱
王鑑㊲ 李充㊳ 曹毗㊴
陶潛㊵

宋

孝武帝㊶ 荀昶㊷ 王徽㊸
謝靈運㊹ 謝惠連㊺ 劉鑠㊻

王僧達㊼　顏延年㊽　鮑昭㊾
湯惠休㊿　張融(51)　王素(52)
吳邁遠(53)　許瑤(54)　鮑令輝(55)

齊

丘巨源(56)　王融(57)　謝朓(58)
陸厥(59)　虞炎(60)　邢邵(61)
虞羲(62)　釋寶月(63)

梁

武帝(64)　昭明太子(65)　簡文帝(66)
元帝(67)　邵陵王(68)　武陵王(69)
范雲(70)　江淹(71)　丘遲(72)
沈約(73)　柳惲(74)　施泰榮(75)

江洪(76)　高爽(77)　何子朗(78)
虞騫(79)　范静婦沈氏(80)　何遜(81)
王樞(82)　吴筠(83)　庾丹(84)
王僧孺(85)　張率(86)　徐悱(87)
徐悱妻劉氏(88)　費昶(89)　姚翻(90)
孔翁歸(91)　何思澄(92)　湯僧濟(93)
王環(94)　徐勉(95)　楊皦(96)
蕭子顯(97)　蕭子雲(98)　蕭子輝(99)
蕭子範(100)　蕭慤(101)　王筠(102)
劉孝綽(103)　劉孝儀(104)　劉孝威(105)
劉遵(106)　王訓(107)　庾肩吾(108)
王臺卿(109)　庾成師(110)　徐君蒨(111)
鮑泉(112)　劉緩(113)　鄧鏗(114)
陰鏗(115)　甄固(116)　劉邈(117)

江伯瑤⑱
吳孜㉑
朱超道㉔
陸罩㉗

陳

徐陵㉘

庾信㉛〔一〕

北周

紀少瑜⑲
王叔英妻劉氏㉒
裴子野㉕

蕭驎㉙

聞人蒨⑳
戴嵩㉓
房篆㉖

何曼才㉚

【校記】

〔一〕「名家世序」及下列時代、作者，四玉臺本均無。又，鄭本名家世序包括該本正、續編所列各家，今僅錄正編部分，而附注各家所在卷目及作品數量於後，以便於檢覈。

〔二一〕鄭本卷十録劉義恭詩一題一首，名家世序漏列。

①枚乘，卷一録一題九首。
②司馬相如，卷九録一題二首。
③李延年，卷一録一題一首。
④蘇武，卷一録一題一首。
⑤辛延年，卷一録一題一首。
⑥烏孫公主，卷九録一題一首。
⑦蘇伯玉妻，卷九録一題一首。
⑧班婕妤，卷一録一題一首。
⑨宋子侯，卷一録一題一首。
⑩張衡，卷一録一題一首、卷九録二題五首。
⑪秦嘉，卷一録一題三首、卷九録一題一首。
⑫徐淑，卷一録一題一首。
⑬蔡邕，卷一録一題一首。
⑭繁欽，卷一録一題一首。
⑮武帝，卷二録一題一首。

⑯文帝，卷二録二題二首、卷九録一題二首。
⑰陳思王，卷二録五題九首、卷九録一題一首。
⑱明帝，卷二録一題二首。
⑲陳琳，卷二録一題一首。
⑳徐幹，卷二録三題七首。
㉑王宋，卷二録一題二首。
㉒阮籍，卷三録一題二首。
㉓賈充，卷十録一題一首。
㉔張載，卷九録一題四首。
㉕孫綽，卷十録一題二首。
㉖傅玄，卷三録八題八首、卷九録四題八首。
㉗張華，卷三録二題七首。
㉘潘岳，卷三録二題四首。
㉙石崇，卷三録一題一首。
㉚左思，卷三録一題一首。
㉛陸機，卷三録十三題十四首、卷九録一題一首。

㉜陸雲，卷三録一題四首。
㉝王獻之，卷十録一題二首。
㉞桃葉，卷十録一題三首。
㉟張協，卷三録一題一首。
㊱楊方，卷三録二題五首。
㊲王鑑，卷三録一題一首。
㊳李充，卷三録一題一首。
㊴曹毗，卷三録一題一首。
㊵陶潛，卷三録一題一首。
㊶孝武帝，卷十録一題二首。
㊷荀昶，卷四録二題二首。
㊸王徽，卷四録一題二首。
㊹謝靈運，卷十録一題二首。
㊺謝惠連，卷四録三題三首。
㊻劉鑠，卷四録五題五首、卷九録一題一首。
㊼王僧達，卷四録一題一首。

㊽顏延年，卷四録二題十首。
㊾鮑昭，卷四録十題十一首、卷九録四題九首。
㊿湯惠休，卷九録四題四首、卷十録一題一首。
51張融，卷十録一題一首。
52王素，卷四録一題一首。
53吴邁遠，卷四録四題四首。
54許瑶，卷十録三題三首。
55鮑令暉，卷四録五題六首、卷十録一題一首。
56丘巨源，卷四録二題二首。
57王融，卷四録七題八首、卷十録六題六首。
58謝朓，卷四録十五題十七首、卷十録五題五首。
59陸厥，卷四録二題二首、卷九録一題一首。
60虞炎，卷十録一題一首。
61邢邵，卷十録一題一首。
62虞羲，卷四録一題一首。
63釋寶月，卷九録一題一首。

⑭ 武帝，卷五録十三題十四首、卷九録七題八首、卷十録十六題三十二首。
⑮ 昭明太子，卷五録五題五首、卷九録三題三首。
⑯ 簡文帝，卷五録五十五題五十五首、卷九録八題二十四首、卷十録二十一題二十五首。
⑰ 元帝，卷五録十七題十七首、卷九録四題十一首。
⑱ 邵陵王，卷五録三題三首。
⑲ 武陵王，卷五録三題三首、卷十録一題一首。
⑳ 范雲，卷六録四題四首、卷十録二題二首。
㉑ 江淹，卷六録八題八首。
㉒ 丘遲，卷六録二題二首。
㉓ 沈約，卷六録二十三題二十六首、卷九録十三題十三首、卷十録三題三首。
㉔ 柳惲，卷六録十題十四首。
㉕ 施泰榮，卷十録一題一首。
㉖ 江洪，卷六録四題四首、卷十録四題七首。
㉗ 高爽，卷六録二題二首、卷十録二題二首。
㉘ 何子朗，卷六録三題三首。
㉙ 虞騫，卷六録一題一首。

⑧0 范静婦沈氏，卷六録四題四首、卷九録一題一首、卷十録四題五首。
⑧1 何遜，卷六録十一題十一首，卷十録五題五首。
⑧2 王樞，卷六録三題三首。
⑧3 吴筠，卷七録十六題二十三首、卷九録一題二首、卷十録二題五首。
⑧4 庾丹，卷七録二題二首。
⑧5 王僧孺，卷七録十六題十六首、卷十録一題一首。
⑧6 張率，卷七録三題三首、卷九録二題七首。
⑧7 徐悱，卷七録二題二首。
⑧8 徐悱妻劉氏，卷七録五題五首、卷十録六題六首。
⑧9 費昶，卷七録十一題十二首、卷九録一題二首。
⑨0 姚翻，卷七録一題一首。
⑨1 孔翁歸，卷七録一題一首。
⑨2 何思澄，卷七録三題三首。
⑨3 湯僧濟，卷七録一題一首。
⑨4 王環，卷十録一題一首。
⑨5 徐勉，卷七録一題一首。

⑯楊暾，卷七録一題一首。
⑰蕭子顯，卷八録二題二首、卷九録三題八首、卷十録六題七首。
⑱蕭子雲，卷八録一題一首。
⑲蕭子輝，卷八録一題一首。
⑳蕭子範，卷八録一題一首。
㉑蕭慤，卷八録一題一首。
㉒王筠，卷八録八題十一首、卷九録一題一首。
㉓劉孝綽，卷八録十題十首、卷九録一題一首、卷十録二題二首。
㉔劉孝儀，卷八録一題一首、卷十録二題二首。
㉕劉孝威，卷八録六題六首、卷九録一題一首、卷十録三題三首。
㉖劉遵，卷八録三題三首。
㉗王訓，卷八録二題二首。
㉘庾肩吾，卷八録十二題十三首、卷十録四題四首。
㉙王臺卿，卷十録三題六首。
㉚庾成師，卷八録一題一首。
㉛徐君蒨，卷八録二題二首。

⑫ 鮑泉，卷八録五題五首。
⑬ 劉緩，卷八録四題四首。
⑭ 鄧鏗，卷八録三題三首。
⑮ 陰鏗，卷八録五題五首。
⑯ 甄固，卷八録一題一首。
⑰ 劉邈，卷八録四題四首。
⑱ 江伯瑶，卷十録一題一首。
⑲ 紀少喻，卷八録二題二首，卷十録一題一首。
⑳ 聞人蒨，卷八録一題二首。
㉑ 吴孜，卷八録一題一首。
㉒ 王叔英妻劉氏，卷八録一題一首、卷九録一題一首、卷十録一題一首。
㉓ 戴嵩，卷十録一題一首。
㉔ 朱超道，卷八録一題一首。
㉕ 裴子野，卷八録一題一首。
㉖ 房篆，卷八録一題一首。
㉗ 陸罩，卷八録一題一首。

⑫⑧ 徐陵，卷八録四題四首、卷九録二題二首。
⑫⑨ 蕭驎，卷十録一題一首。
⑬⓪ 何曼才，卷十録一題一首。
⑬① 庾信，卷八録八題八首、卷九録四題四首。

卷一

古詩八首

其一〔一〕

上山采蘼蕪，下山逢故夫。長跪問故夫〔二〕：新人復何如？新人雖言好〔三〕，未若故人姝。顔色類相似〔四〕，手爪不相如。新人從門入，故人從門去〔五〕。新人工織縑〔六〕，故人工織素。織縑日一匹，織素五丈餘〔七〕。將縑來比素〔八〕，新人不如故！

【校記】

〔一〕此首類聚三二人部十六閨情録全篇。類聚八五布帛部素、白帖二一絹、御覽八一四布帛部一素均録「素」、「餘」、「故」三韻。白帖六離、御覽九八三香部三蘼蕪均録「夫」一韻。白帖六后妻録「素」一韻，同書二三織紝録「素」、「餘」二韻。御覽五二一宗親部十一出婦録「夫」、「(復何)如」二韻，題作「古樂府詩」。「其一」二字，兩抄本、趙本均無；其下七首，兩抄本、趙本亦均無「其×」字樣，不再分別出校。

〔二〕「長跪」，御覽作「迴首」。

〔三〕「言」，類聚作「云」。

〔四〕「顔色類相似」，類聚作「其色似相類」。

〔五〕「門」，四玉臺本、類聚均作「閣」。

〔六〕「工」，御覽作「能」。

〔七〕「五」，白帖二三作「日」。

〔八〕「將」，類聚三二、白帖均作「持」，類聚八五、御覽均作「以」。「來」，類聚三二、白帖均作「將」，類聚八五作「持」，御覽作「特」。

其二〔一〕

懍懍歲云暮〔二〕，螻蛄多鳴悲〔三〕。涼風率已厲〔四〕，游子寒無衣。錦衾遺洛浦，同袍與我違。獨宿累長夜，夢想見容輝〔五〕。良人惟古歡，枉駕惠前綏。願得常巧笑〔六〕，携手同車歸。既來不須臾〔七〕，又不處重闈。諒無晨風翼〔八〕，焉能陵風飛〔九〕。眄睞以適意，引領遥相睎。徙倚懷感傷，垂涕沾雙扉〔一〇〕。

【校記】

〔一〕此首文選二九録全篇，爲古詩十九首之第十六首。

〔二〕「懔懔」，趙本作「癛癛」，文選作「凜凜」；此字同類異文，以下不再出校。

〔三〕「多」，文選此字下注「善本作夕」。

〔四〕「率」，兩抄本均作「𢾉」；此字同類異文，以下不再出校。

〔五〕「夣」，活字本、兩抄本、文選均作「夢」，趙本作「寢」。「輝」，趙本作「煇」。此二字同類異文，以下徑改作繁體正字，不再出校。

〔六〕「常」，馮抄本作「長」。

〔七〕「湏」，活字本、馮抄本、趙本、文選均作「須」。按，「湏」、「須」不同，作「須」是，然鄭本常誤「須」爲「湏」，以下徑改，不再出校。

〔八〕「諒」，文選作「亮」。「晨」，趙本作「鷐」；此字同類異文，以下不再出校。

〔九〕「能」，四玉臺本均作「得」。「陵」，活字本、趙本均作「淩」，文選此字下注「善本作淩」。

〔一〇〕「沾」，趙本、文選均作「霑」；此字同類異文，以下不再出校。

其三〔一〕

冉冉孤生竹，結根泰山阿。與君爲新婚〔二〕，菟絲附女蘿〔三〕。菟絲生有時，夫婦會有宜。千里遠結婚，悠悠隔山陂。思君令人老，軒車來何遲。傷彼蕙蘭花〔四〕，含英揚光暉〔五〕。過時而不采，將隨秋草萎〔六〕。君亮執高節〔七〕，賤妾亦何爲！

【校記】

〔一〕此首文選二九録全篇，爲古詩十九首之第八首。白帖六夫婦門録「蘿」一韻。類要三四士未遇録「暉」、「萎」二韻，題作「古句」。樂府詩集七四録全篇，題作「冉冉孤生竹　古辭」。

〔二〕「爲」，白帖作「結」。

〔三〕「菟」，文選此字下注「善本作兔」。

〔四〕「彼」，兩抄本均作「披」。「花」，類要作「化」。

〔五〕「暉」，四玉臺本、文選、類要、樂府詩集均作「輝」。

〔六〕「將」，活字本作「捋」。

〔七〕「君亮」，樂府詩集作「亮君」。「執」，活字本作「報」。

其四〔一〕

孟冬寒氣至，北風何慘栗〔二〕。愁多知夜長，仰觀衆星列。三五明月滿，四五蟾兔缺〔三〕。客從遠方來〔四〕，遺我一書札〔五〕。上言長相思，下言久離別〔六〕。置書懷袖中〔七〕，三歲字不滅。一心抱區區，懼君不識察。

【校記】

〔一〕此首文選二九録全篇，爲古詩十九首之第十七首。書鈔一五〇天部二月四録「缺」一韻。白帖一〇書信、御覽五九五文部十一書均録「札」、「滅」二韻。御覽四八九人事部一百三十別離録「札」、「別」、「滅」三韻。御覽六〇六文部二十二札録「札」、「別」二韻，題作「詩」。

〔二〕「栗」，兩抄本均作「慄」，趙本作「憟」。

〔三〕「蟾」，書鈔作「詹」，文選此字下注「善本作詹」。

〔四〕「客從遠方」，御覽六〇六作「有客從南」。
〔五〕「遺」，御覽六〇六作「貽」。「札」，活字本作「扎」。
〔六〕「言」，御覽四八九作「有」，御覽六〇六作「敘」。
〔七〕「書」，白帖、御覽五九五均作「之」。

其五〔一〕

客從遠方來，遺我一端綺〔二〕。相去萬餘里，故人心尚爾。文彩雙鴛鴦〔三〕，裁爲合歡被〔四〕。着以長相思〔五〕，緣以結不解。以膠投漆中〔六〕，誰能別離此？

【校記】

〔一〕此首文選二九録全篇，爲古詩十九首之第十八首。白帖二綺、四衾，御覽四七八人事部一百一十九贈遺，均録「綺」、「被」二韻。
〔二〕「遺」，御覽作「贈」。
〔三〕「彩」，御覽作「作」。
〔四〕「被」，白帖二作「扇」。

〔五〕「着」，馮抄本、趙本、文選均作「著」，翁抄本作「箸」。按，此字同類異文，以下不再出校。

〔六〕「漆」，馮抄本原作「膝」，经塗改後作「漆」，有「宋本」印。

其六〔一〕

四坐且莫喧〔二〕，願聽歌一言。請説銅爐器〔三〕，崔嵬象南山〔四〕。上枝似松柏〔五〕，下根據銅盤。雕文各異類，離婁自相聯〔六〕。誰能爲此器？公輸與魯班。朱火然其中，青烟揚其間〔七〕。從風入君懷〔八〕，四坐且莫歡〔九〕。香風難久居，空令蕙草殘。

【校記】

〔一〕此首類聚七〇服飾部下香爐録全篇。初學記二五香爐録全篇，題作「古詩咏香爐」。御覽七〇三服用部五香爐録「言」、「山」、「盤」、「聯」、「間」、「歡」、「殘」七韻。

〔二〕「坐」，活字本、初學記均作「座」。

〔三〕「銅」，初學記作「香」。

〔四〕「嵬」，初學記作「峊」。

〔五〕「枝似」，兩抄本、趙本均作「枝以」，御覽作「以植」。

〔六〕「離婁自相聯」，類聚、御覽均作「離婁自相連」，初學記作「婁自相□□」。

〔七〕「青」，初學記作「清」。

〔八〕「從」，類聚、御覽均作「順」，初學記此字空缺。

〔九〕「坐」，活字本作「座」。「且莫歡」，兩抄本、趙本、御覽均作「莫不嘆」，類聚、初學記均作「莫不歡」。

其七〔一〕

悲與親友別，氣結不能言。贈子以自愛〔二〕，道遠會見難。人生無幾時，顛沛在其間。念子棄我去，新心有所歡。結志青雲上，何時復來還。

【校記】

〔一〕此首兩抄本均與上一首連抄，馮抄本以黄綫相隔，無「宋本」印。

〔二〕「愛」，趙本作「憂」；此字同類異文，以下不再出校。

其八〔一〕

穆穆清風至〔二〕，吹我羅裳裾。青袍似春草，長條隨風舒〔三〕。朝登津梁山，褰裳望所思。安得抱柱信〔四〕，皎日以爲期？

【校記】

〔一〕此首類聚八一藥香草部上草、事類賦二四草部草賦、御覽九九四百卉部一草均録「裾」、「舒」二韻。

〔二〕「風」，活字本作「凬」。「至」，御覽作「止」。

〔三〕「隨」，類聚、事類賦、御覽均作「從」。

〔四〕「安」，馮抄本此字原漏抄，以小字補於本詩末，無「宋本」印。

日出東南隅行

古樂府〔一〕

日出東南隅〔二〕，照我秦氏樓。秦氏有好女，自言名羅敷〔三〕。羅敷善蠶桑〔四〕，采桑城南隅。青絲爲籠繩〔五〕，桂枝爲籠鈎。頭上倭墮髻〔六〕，耳中明月珠。緑綺爲下裳〔七〕，紫綺爲上襦〔八〕。行者見羅敷〔九〕，下檐捋髭鬚〔一〇〕。少年見羅敷〔一一〕，脱帽著帩頭〔一二〕。耕者忘其耕〔一三〕，鋤者忘其鋤。來歸相怨怒〔一四〕，但坐觀羅敷。使君從南來，五馬立踟蹰〔一五〕。使君遣吏往〔一六〕，問此誰家姝〔一七〕。答云秦氏女〔一八〕，且言名羅敷〔一九〕。羅敷年幾何？二十尚未滿〔二〇〕，十五頗有餘。使君謝羅敷：寧可共載不？羅敷前置辭〔二一〕：使君一何愚！使君自有婦，羅敷自有夫。東方千餘騎，夫婿居上頭〔二二〕。何以識夫婿〔二三〕？白馬從驪駒〔二四〕。青絲繫馬尾〔二五〕，黄金絡馬頭〔二六〕。腰間鹿盧劍〔二七〕，可直千萬餘。十五府小吏〔二八〕，二十朝大夫。三十侍中郎，四十專城居。爲人潔白晳，鬑鬑頗有鬚〔二九〕。盈盈公府步，冉冉府中趨。坐中數千人，皆言夫婿殊。

【校記】

〔一〕此首書鈔一二九衣冠部下襦二十四、白帖一二均録「襦」一韻，白帖一三録「隅」、「鈎」二韻，御覽三四四兵部七十五劍下録「（千萬）餘」一韻，御覽六八八服章部五幓頭録「隅」、「（著帩）頭」二韻，御覽六九五服章部十二襦録「隅」、「襦」二韻，均題作「古詩」。類聚四一樂部一論樂録「樓」、「（自言名羅）敷」、「隅」、「鈎」、「珠」、「襦」、「蹰」、「姝」、「（頗有）餘」、「不」、「愚」、「（自有）夫」、「（居上）頭」、「駒」、「（絡馬）頭」、「（千萬）餘」、「（朝大）夫」、「居」、「（頗有）鬚」、「趍」二十韻，題作「古陌上桑羅敷行」。初學記一九美婦人録「樓」、「（自言名羅）敷」、「隅」、「鈎」、「珠」、「襦」、「（捋髭）鬚」、「（著帩）頭」、「鋤」、「（觀羅）敷」、「蹰」十一韻，御覽三八一人事部二十二美婦人下録「樓」、「（自言名羅）敷」、「隅」、「鈎」、「珠」五韻，均題作「古樂府陌上桑行」。初學記二六裙、御覽六九六服章部十三裳録「（自言名羅）敷」、「襦」二韻，均題作「古樂府陌上桑」。御覽八一四布帛部一絲録「隅」、「鈎」、「駒」、「（絡馬）頭」四韻，題作「古樂府歌詩」。御覽八一六布帛部三綺録「襦」一韻，御覽八二五資産部五蠶録「樓」、「（自言名羅）敷」、「隅」三韻，均無題。類要一南安軍録「（絡馬）頭」一韻，題作「古羅敷行」。樂府詩集二八録全篇，題作「陌上桑　古辭」。　「日出東南隅行　古樂府」，活字本、兩抄本此詩均題作兩行，其首行題「古樂府詩六首」，次行題「日出東南隅行」（活字本「東」作「柬」）。趙本總題作「古樂府詩六首」，而置「日出東南隅行」之題於本詩正文末。按，活字本目録中「六首」下有「枚乘」二字，四玉臺本目録古樂府詩六首下均無具體詩題。

〔二〕「南」，類聚作「海」，御覽八二五作「方」。

〔三〕「言名」，類聚、初學記二六、御覽六九六、八二五、樂府詩集均作「名爲」。

〔四〕「善蠶桑」，類聚作「喜蠶桑」，初學記、白帖作「善采桑」，御覽六八八作「好養蠶」，御覽六九五作「好蠶桑」，樂府詩集作「憙蠶桑」。其中「蠶」字，活字本作「蚕」，馮抄本作「𧋍」，趙本作「蠺」，翁抄本原作「𧋍」，紅筆改作「蝅」；此字同類異文，以下不再出校。

〔五〕「繩」，樂府詩集作「係」。

〔六〕「倭墮」，活字本作「倭隨」，類聚作「綏墮」，初學記作「髮墜」，御覽作「髮墮」。

〔七〕「緑」，書鈔、類聚、初學記一九、白帖、御覽六九六、八一六、樂府詩集均作「湘」，御覽六九五作「紺」。　「裳」，兩抄本、趙本、類聚、初學記一九均作「裾」，書鈔、樂府詩集均作「裙」。

〔八〕「紫」，初學記二六作「湘」。　「綺」，白帖作「錦」。

〔九〕「行」，四玉臺本、初學記均作「觀」。

〔一〇〕「檐」，兩抄本、趙本、樂府詩集均作「擔」。　「捋」，樂府詩集作「將」。

〔一一〕「少」，初學記作「小」。

〔一二〕「帽」，四玉臺本、初學記、御覽均作「巾」。　「帩」，活字本作「幧」，初學記作「帽」，御覽作「綃」。

〔一三〕「其耕」，初學記、樂府詩集均作「其犁」。

〔一四〕「相怨怒」，活字本作「自相喜」，兩抄本、趙本、初學記均作「相喜怒」，樂府詩集作「相怒怨」。

〔一五〕「踟躕」，趙本作「峙嶇」；此字總集、類書內異文從略，此二字同類異文，以下不再出校。

〔六〕「吏」，類聚作「使」。
〔七〕「此」，類聚、樂府詩集均作「是」。
〔八〕「答云秦氏女」，兩抄本、趙本、樂府詩集均作「秦氏有好女」。
〔九〕「且言名」，兩抄本、趙本、樂府詩集均作「自名爲」。
〔一〇〕「未滿」，類聚作「未然」，樂府詩集作「不足」。
〔一一〕「置辭」，類聚作「致詞」。
〔一二〕「婿」，活字本、趙本、樂府詩集均作「壻」，馮抄本作「堉」，翁抄本作「聟」，類聚作「聓」；此字同類異文，以下不再出校。
〔一三〕「以」，類聚、御覽、樂府詩集均作「用」。
〔一四〕「從」，御覽作「紫」。
〔一五〕「青」，活字本、兩抄本均作「素」。
〔一六〕「絡」，兩抄本、趙本均作「駱」。
〔一七〕「間」，類聚、御覽、樂府詩集均作「中」。
〔一八〕「吏」，樂府詩集作「史」。
〔一九〕「鬑鬑」，四玉臺本均作「髯髯」，類聚作「鬑鬑」。

相逢狹路間〔一〕

相逢狹路間，道隘不容車。如何兩少年〔二〕，挾轂問君家〔三〕。君家誠易知，易知復難忘。黃金爲君門，白玉爲君堂〔四〕。堂上置樽酒〔五〕，使作邯鄲倡〔六〕。中庭生桂樹〔七〕，華燭何煌煌〔八〕。兄弟兩三人，中子爲侍郎。五日一來游〔九〕，道上自生光。黃金絡馬頭，觀者滿路傍〔一〇〕。入門時左顧〔一一〕，但見雙鴛鴦。鴛鴦七十二，羅列自成行。音聲何噰噰，鶴鳴東西廂。大婦織羅綺〔一二〕，中婦織流黃。小婦無所作〔一三〕，挾瑟上高堂。丈人且安坐，調絲方未央〔一四〕。

【校記】

〔一〕此首類聚四一樂部一論樂録「車」、「家」、「忘」、「(爲君)堂」、「煌」、「郎」、「光」、「傍」、「鴦」、「黃」、「(上高)堂」、「央」十二韻，題作「古相逢行」。初學記一八貴録「忘」、「(爲君)堂」、「倡」、「煌」、「郎」、「光」、「傍」七韻，題作「古樂府」。御覽一七〇居处部四堂録「(爲君)堂」、「煌」二韻，題作「古詩」。樂府詩集三四録全篇，題作「相逢行　古辭」。按，活字本於詩題下空三格有「與樂府極異爲」六字。趙本此題置於本詩正文末；以下四首格式同，不再分别出校。

〔二〕「如何兩少年」，類聚、樂府詩集均作「不知何年少」。

〔三〕「挾」，類聚、樂府詩集均作「夾」。

〔四〕「白」，類聚作「璧」。

〔五〕「置樽酒」，初學記作「羅酒樽」。

〔六〕「使作」，樂府詩集作「作使」。「倡」，活字本作「娼」；此字同類異文，以下不再出校。

〔七〕「中庭」，御覽作「庭中」。「桂」，初學記作「奇」。

〔八〕「燭」，兩抄本、類聚、御覽、樂府詩集均作「燈」，趙本作「鐙」，初學記作「灯」。按，凡「灯」、「燈」、「鐙」一類異文，以下不再出校。

〔九〕「一」，類聚作「因」。「游」，兩抄本、趙本、類聚、初學記、樂府詩集均作「歸」。

〔一〇〕「滿路」，類聚、樂府詩集均作「盈道」。

〔一一〕「時」，類聚作「一」。

〔一二〕「羅綺」，類聚、樂府詩集均作「綺羅」。

〔一三〕「作」，類聚、樂府詩集均作「爲」。

〔一四〕「調絲方未央」，四玉臺本、類聚均作「調絲未遽央」，樂府詩集此句下注「一作調絲未遽央」。

隴西行〔一〕

天上何所有？歷歷種白榆〔二〕。桂樹夾道生，青龍對道隅。鳳凰鳴啾啾〔三〕，一母將九鶵〔四〕。顧視世間人，爲樂甚獨殊。好婦出迎客，顔色正敷愉。伸腰再拜跪，問客平安不？請客北堂上〔五〕，坐客氈氍毹〔六〕。清白各異樽，酒止正華疏〔七〕。酌酒持與客〔八〕，客言主人持。却略再拜跪，然後持一盃〔九〕。談笑未及竟，左顧敕中厨：促令辦麤飯〔一〇〕，慎莫使稽留。廢禮送客出，盈盈府中趍。送客亦不遠，足不過門樞。取婦得如此，齊姜亦不如。健婦持門户，勝一大丈夫〔一一〕。

【校記】

〔一〕此首白帖二九瑞官三録「鶵」一韻，題作「古詩」。事類賦一天部一天賦、御覽二天部二天部下均録「榆」一韻，御覽七〇八服用部十氍氀録「氀（毹）」一韻，均題作「古樂府」。樂府詩集三七録全篇，題作「隴西行　古辭」。

〔二〕「種」，趙本作「穜」；此字同類異文，以下不再出校。
〔三〕「凰」，白帖作「皇」。「鳴」，白帖作「何」。
〔四〕「一」，白帖作「三」。
〔五〕「北堂上」，御覽作「上北堂」。
〔六〕「坐客氍毹」，御覽作「坐氍及氍毹」。
〔七〕「止」，四玉臺本、樂府詩集均作「上」。
〔八〕「酌」，馮抄本作「的」。
〔九〕「盃」，活字本、樂府詩集均作「杯」，兩抄本均作「抔」，趙本作「桮」。按，凡「盃」、「杯」、「桮」一類異文，以下徑改作繁體正字，不再出校。
〔一〇〕「辦麄飯」，兩抄本均作「辦麁飦」，趙本作「辦粗飯」，樂府詩集作「辦麤飦」；按，凡「麄」、「麁」、「粗」、「麤」和「飯」、「飦」一類異文，以下徑改作繁體正字，不再出校。
〔一一〕「勝一大」，樂府詩集作「一勝一」。

艷歌行〔一〕

翩翩堂前燕，冬藏夏來見。兄弟兩三人，流蕩在他縣〔二〕。故衣誰爲補〔三〕，新衣誰當綻〔四〕？賴得賢主人，覽取爲吾組〔五〕。夫婿從門來，斜倚西北眄〔六〕。語卿且勿眄，水清石自見。石見何纍纍〔七〕，遠行不如歸。

〔一〕此首樂府詩集三九録全篇，題作「艷歌行　古辭」。

〔二〕「蕩」，樂府詩集作「宕」。

〔三〕「衣」，活字本作「人」。　「爲」，兩抄本、趙本、樂府詩集均作「當」。

〔四〕「綻」，活字本作「裢」。

〔五〕「組」，四玉臺本均作「綻」。

〔六〕「倚」，兩抄本、趙本、樂府詩集均作「柯」。

〔七〕「石」，活字本作「不」。

皚如山上雪〔一〕

皚如山上雪，皎若雲間月。聞君有兩意〔二〕，故來相訣絶〔三〕。平生共城中，何嘗斗酒會〔四〕。今日斗酒會〔五〕，明旦溝水頭〔六〕。蹀躞御溝上〔七〕，溝水東西流〔八〕。

郭東亦有樵，郭西亦有樵。兩樵相推與，無親爲誰驕〔九〕？凄凄復凄凄〔一〇〕，嫁娶不須啼〔一一〕。願得一心人，白頭不相離。竹竿何嫋嫋，魚尾何簁簁〔一二〕。男兒重意氣〔一三〕，何用錢刀爲！齕如馬噉萁，川上高士嬉。今日相對樂，延年萬歲期〔一四〕。

【校記】

〔一〕此首御覽七五地部四十溝録「頭」、「流」二韻，題作「古詩」。類要二四離別録「絶」、「頭」、「流」三韻，題作「譬如山上雲」。樂府詩集四一録全篇，題作「白頭吟　古辭」。「皚」，兩抄本均作「皓」；此字同類異文，以下不再出校。

〔二〕「兩」，類要作「二」。

〔三〕「訣絶」，四玉臺本、樂府詩集均作「决絶」，類要作「决式」。

〔四〕「平生共城中何嘗斗酒會」十字，四玉臺本均無。

〔五〕「斗」，類要作「觴」。「會」，御覽作「别」。

〔六〕「旦」，御覽作「日」。

〔七〕「蹀躞」，兩抄本、趙本均作「躞蹀」，類要作「蹀跦」。

〔八〕「溝」，類要作「清」。

〔九〕「郭東亦有樵郭西亦有樵兩樵相推與無親爲誰驕」二十字，四玉臺本均無。

〔一〇〕「復」，樂府詩集作「重」。

〔一一〕「不須」，樂府詩集作「亦不」。

〔一二〕「蓰蓰」，樂府詩集作「離蓰」。

〔一三〕「重意氣」，樂府詩集作「欲相知」。

〔一四〕「螀如馬噉箕川上高士嬉今日相對樂延年萬歲期」二十字，四玉臺本均無。樂府詩集「箕」作「萁」，「如」下有「如字下或有五字」七字注。

雙白鵠

飛來雙白鵠，乃從西北來。十十將五五，羅列行不齊。忽然卒疲病，不能飛相隨。五里一反顧，六里一徘徊。吾欲銜汝去，口噤不能開。吾欲負汝去，羽毛日摧頹〔一〕。樂哉新相知，憂來生别離〔二〕。躑躅顧群侶〔三〕，泪落縱横垂。今日樂相樂，延年萬歲期。

【校記】

〔一〕「頽」，兩抄本均作「頹」，趙本作「穨」；此字同類異文，以下不再出校。

〔二〕「來」，活字本作「耒」。

〔三〕「顧」，馮抄本此字原漏抄，以小字補于本詩末，有「宋本」印。

雜詩九首　　枚乘〔一〕

【校記】

〔一〕「雜詩九首　枚乘」，兩抄本、趙本均作「枚乘雜詩九首」。按，活字本目録中無「枚乘」署名，兩抄本目録均題作「雜詩九首枚乘」。

其一〔一〕

西北有高樓，上與浮雲齊。交疏結綺窗〔二〕，阿閣三重階〔三〕。上有弦歌聲，音響一何悲。誰能爲此曲？無乃杞梁妻。清商隨風發，中曲正徘徊。一彈再三嘆，慷慨有餘哀。不惜歌者苦，但傷知音稀。願爲雙鴻鵠，奮翅起高飛。

【校記】

〔一〕此首文選二九録全篇，無署名，爲古詩十九首之第五首。御覽一八八居處部十六窗録「階」一韻，無署名，題作「古詩」。「其一」二字，兩抄本、趙本均無；其下八首，兩抄本、趙本亦均無「其×」字樣，不再分別出校。

〔二〕「交」，御覽作「文」。

〔三〕「阿」，御覽作「何」。

其二〔一〕

東城高且長，逶迤自相屬。迴風動地起，秋草萋已緑〔二〕。四時更變化，歲暮一何速！晨風懷苦心，蟋蟀傷局促。蕩滌放情志，何爲自結束？燕趙多佳人，美者顔如玉。被服羅裳衣〔三〕，當户理清曲。音響一何悲，弦急知柱促。馳情整巾帶〔四〕，沉吟聊躑躅。思爲雙飛燕〔五〕，銜泥巢君屋。

【校記】

〔一〕此首文選二九録全篇，無署名，爲古詩十九首之第十二首。御覽三八一人事部二十二美婦人下録「玉」、「曲」、「(知杜)促」、「屋」四韻，無署名，題作「古詩」。

〔二〕「已」，活字本作「且」。

〔三〕「裳衣」，活字本、御覽均作「衣裳」，馮抄本作「裳衣」。按，凡「裳」、「裳」一類異文，以下不再出校。

〔四〕「巾」，兩抄本、趙本均作「中」，文選此字下注「善本作中」。

〔五〕「思」，御覽作「愿」。

其三〔一〕

行行重行行，與君生別離。相去萬餘里，各在天一涯〔二〕。道路阻且長，會面安可知〔三〕？胡馬嘶北風〔四〕，越鳥巢南枝。相去日已遠，衣帶日已緩。浮雲蔽白日，游子不顧返〔五〕。思君令人老，歲月忽已晚。棄捐勿復道，努力加飡飯〔六〕。

【校記】

〔一〕此首活字本自「相去日已遠」句起爲第四首，詩前一行題「其四」二字。文選二九録全篇，無署名，爲古詩十九首之第一首。類聚二九人部十三別上録全篇，御覽四八九人事部一百三十別離録「離」、「涯」、「知」、「枝」、「緩」、「飯」六韻，均無署名，題作「古詩」。

〔二〕「天一」，類聚作「一天」。

〔三〕「知」，御覽作「期」。

〔四〕「嘶」，文選、類聚均作「依」。

〔五〕「顧」，活字本作「復」。「返」，趙本、類聚均作「反」；此字同類異文，以下不再出校。

〔六〕「努」，御覽作「弩」。「湌」，活字本作「飧」，趙本作「飱」，文選作「餐」；按，凡「湌」、「飧」、「飱」、「餐」一類異文，以下徑改作繁體正字，不再出校。又，兩抄本此首與下一首連抄，馮抄本以紅綫相隔，有「宋本」印，翁抄本此首末字與下首首字間空半格。

其四〔一〕

涉江采芙蓉，蘭澤多芳草。采之欲遺誰？所思在遠道〔二〕。還顧望舊鄉，長路漫浩浩。同心而離居，憂傷以終老〔三〕。

【校記】

〔一〕此首文選二九録全篇，無署名，爲古詩十九首之第六首。類聚二九人部十三別上録全篇，御覽九九九百卉部六芙蕖録「草」、「道」二韻，均無署名，題作「古詩」。「其四」二字，活字本作「其五」。

〔二〕「所思」，御覽作「思之」。

〔三〕「憂傷」，活字本、趙本、翁抄本均作「傷憂」。「以」，類聚作「已」。

其五〔一〕

青青河畔草，鬱鬱園中柳。盈盈樓上女，皎皎當窗牖。娥娥紅粉妝〔二〕，纖纖出素手。昔爲倡家女〔三〕，今爲蕩子婦〔四〕。蕩子行不歸〔五〕，空床難獨守。

【校記】

〔一〕此首文選二九録全篇，無署名，爲古詩十九首之第二首。類聚三二人部十六閨情、初學記一九美婦人均録全篇，白帖六録「守」一韻，御覽三八一人事部二十二美婦人下録「柳」、「牖」、「手」三韻，均無署名，題作「古詩」。「其五」二字，活字本作「其六」。

〔二〕「娥娥」，類聚作「峨峨」。

〔三〕「昔爲」，初學記作「自云」。

〔四〕「今」，初學記作「嫁」。

〔五〕「行」，白帖作「去」。

其六〔一〕

蘭若生春陽，涉冬猶盛滋。願言追昔愛，情款感四時。美人在雲端，天路隔無期。夜光照玄陰，長嘆戀所思。誰謂我無憂？積念發狂癡。

【校記】

〔一〕此首類聚三二人部十六閨情録「滋」、「時」、「期」三韻，無署名，題作「古詩」。「其六」二字，活字本作「其七」。

其七〔一〕

庭前有奇樹〔二〕，緑葉發華滋〔三〕。攀條折其榮，將以遺所思。馨香盈懷袖，路遠莫致之。此物何足貴？但感別經時〔四〕。

【校記】

〔一〕此首活字本與上首合而爲「其七」。文選二九録全篇，無署名，爲古詩十九首之第九首。類聚二九人部十三別上録全篇，無署名，題作「古詩」。

〔二〕「前」，類聚作「中」，文選此字下注「善本作中」。

〔三〕「緑」，活字本作「緣」。

〔四〕「但」，趙本作「伹」。

其八〔一〕

迢迢牽牛星〔二〕，皎皎河漢女。纖纖擢素手〔三〕，札札弄機杼〔四〕。終日不成章，泣涕零如雨〔五〕。河漢清且淺，相去復幾許〔六〕。盈盈一水間〔七〕，脉脉不得語〔八〕。

【校記】

〔一〕此首文選二九録全篇，無署名，爲古詩十九首之第十首。書鈔一五〇天部二漢六、御覽八天部八漢均録「許」、「語」二韻，類聚四歲時中七月七日、初學記四七月七日、御覽三一時序部十六七月七日均録全篇，類聚六五織録「女」、「杼」二韻，白帖二三織紝録「皎皎河漢女」一句、「札札弄機杼」一句及「雨」一韻，均無署名，題作「古詩」。

〔二〕「迢迢」，兩抄本均作「沼沼」。

〔三〕「擢」，活字本、類聚六五均作「濯」。

〔四〕「札札」，類聚四作「扎扎」，初學記、御覽均作「軋軋」。

〔五〕「泣涕」，類聚作「涕泣」。「零」，白帖作「漣」。

〔六〕「復」，書鈔作「知」，類聚、御覽八均作「詎」。

〔七〕「一一」，馮抄本作「二二」。

〔八〕「脉脉」，文選作「脈脈」；又，文選，其下注「善本作脉」。

其九〔一〕

明月何皎皎，照我羅裳幃〔二〕。憂愁不能寐，攬衣起徘徊〔三〕。行客雖云樂〔四〕，不如早旋歸〔五〕。出户獨彷徨，愁思當告誰？引領還入房，泪下沾裳衣〔六〕。

【校記】

〔一〕此首文選二九録全篇，無署名，爲古詩十九首之第十九首。類聚二九人部十三别上録「幃」、「徊」、「歸」三韻，御覽八一六布帛部三羅録「幃」一韻，類要二四離别録「歸」一韻，均無署名，題作「古詩」。

〔二〕「裳幃」，兩抄本、趙本、文選、類聚、御覽均作「床帷」。

〔三〕「攬」，兩抄本、趙本均作「覽」。「徘徊」，馮抄本作「俳佪」，翁抄本作「俳佪」；此二字同類異文，以下不再出校。

〔四〕「行客」，兩抄本、趙本、文選、類要均作「客行」。

〔五〕「旋」，類要作「旅」。

〔六〕「泪下」，文選作「下泪」，其下注「善本作泪下」。

歌詩一首并序

李延年〔一〕

李延年知音，善歌舞，每爲漢武帝作新歌變曲，聞者莫不感動〔二〕。延年侍坐上起舞〔三〕，歌曰：

北方有佳人〔四〕，絶世而獨立〔五〕。一顧傾人城〔六〕，再顧傾人國。傾城復傾國〔七〕，佳人難再得〔八〕。

【校記】

〔一〕此首漢書外戚傳，類聚一八人部二美婦人、四三樂部三舞，初學記一〇妃嬪事對、一九美婦人事對，事類賦一一樂部十二舞，御覽一三六皇親部二孝武李皇后、一四四皇親部十夫人、三八〇人事部二十一美婦人上、三八一人事部二十二美婦人下、五一七宗親部七妹妹、五七四樂部十二舞，均録全篇。白帖七録「立」、「國」二韻。「歌詩一首并序　李延年」，兩抄本、趙本均作「李延年歌詩一首并序」。按，活字本目録中無「并序」二字。

〔二〕「感」，馮抄本此字係塗改而成，有「宋本」印。

〔三〕「坐」，活字本作「座」。

〔四〕「佳」，兩抄本均作「隹」。

〔五〕「世」，兩抄本、趙本均作「出」，白帖作「代」。

〔六〕「傾」，初學記一九作「顧」。

〔七〕「傾城復傾國」，漢書、事類賦、御覽一四四及三八〇均作「寧不知傾城與傾國」，類聚一八、初學記一〇均作「寧不知傾城國」，類聚四三作「寧不知傾國與傾城」，初學記一九作「寧不知何城國」，御覽一三六作「寧知傾城傾國」，御覽三八一作「豈不言傾城國」，御覽五一七作「不惜傾城傾國」，御覽五七四作「寧不知傾城傾國」。

〔八〕「難」，類聚一八，御覽一三六、一四四、三八〇均作「不可」，初學記一〇作「不」。

留別妻一首

蘇武〔一〕

結髮爲夫妻〔二〕，恩愛兩不疑。歡娱在今夕〔三〕，嬿婉及良時。征夫懷遠路〔四〕，起視夜何其。參辰皆已没，去去從此辭〔五〕。行役在戰場〔六〕，相見未有期。握手一長嘆〔七〕，泪爲生别滋〔八〕。努力愛春華，莫忘歡樂時。生當復來歸，死當長相思。

【校記】

〔一〕此首文選二九録全篇，爲蘇武「詩四首」之第三首。類聚二九人部十三别上録「其」、「辭」、「期」、「滋」、「時」、「思」六韻，題作「别李陵詩」。「留别妻一首　蘇武」，活字本作「詩一首蘇武」，兩抄本、趙本均作「蘇武詩一首」。按，鄭本目録中「一首」作「作」。

〔二〕「妻」，四玉臺本均作「婦」。

〔三〕「娱」，馮抄本原似同，經塗改後作「悮」，無「宋本」印；翁抄本作「悮」。

〔四〕「遠」，文選、類聚均作「往」。

〔五〕「此辭」，兩抄本均作「夫壻」。

〔六〕「行」，兩抄本、趙本均作「征」。

〔七〕「長」，文選作「場」。按，明州本文選作「長」。「嘆」，類聚作「歡」。

〔八〕「生別」，兩抄本、趙本均作「別生」。

羽林郎

辛延年〔一〕

昔有霍家奴〔二〕，姓馮名子都。依倚將軍勢，調笑酒家胡。胡姬年十五，春日獨當壚〔三〕。長裾連理帶，廣袖合歡襦。頭上藍田玉，耳後大秦珠。兩鬟何窈窕〔四〕，一世良所無。一鬟五百萬，兩鬟千萬餘。不意金吾子，娉婷過我廬〔五〕。銀鞍何煜爚〔六〕，翠蓋空踟躕。就我求清酒〔七〕，絲繩提玉壺〔八〕。就我求珍肴〔九〕，金盤鱠鯉魚〔一〇〕。貽我清銅鏡〔一一〕，結我紅羅裾。不惜紅羅裂，何論輕賤軀。男兒愛後婦，女子重前夫。人生有新故，貴賤不相逾。多謝金吾子，私愛徒區區。

【校記】

〔一〕此首書鈔一四二酒食部一惣篇一録「廬」、「魚」二韻，署「辛延壽」，題作「羽林郎歌」。類要二八酒録「廬」、「壺」、「魚」三韻，署「卒延壽」，題作「羽林郎詩」；按，「卒」當爲「辛」之訛。樂府詩集六三録全篇。「羽林郎　辛延年」，活字本作「羽林郎詩　辛延年」，兩抄本均作「辛延年詩一首羽林郎」，趙本作「辛延年羽林郎詩一首」。按，活字本目録中「詩」下有「一首」二字，兩抄本目録題作「羽林郎詩一首辛延年」。

〔二〕「奴」，馮抄本、趙本、樂府詩集均作「姝」；翁抄本原作「朱」，紅筆添「女」旁作「姝」。

〔三〕「壚」，活字本、馮抄本均作「鑪」，趙本、翁抄本均作「鑪」。

〔四〕「鬟」，馮抄本此字係塗改而成，有「宋本」印。「窈窕」，兩抄本、樂府詩集均作「窕窕」，趙本作「窕窕」。按，凡「窕」、「窕」一類異文，以下不再出校。

〔五〕「娉婷過我廬」，翁抄本作「娉婷過我廬」，書鈔作「娉婷至我廬」，類要作「傳停過我壚」。

〔六〕「煜」，兩抄本、趙本均作「昱」。
〔七〕「清」，類要作「美」。
〔八〕「絲」，類要作「青」。
〔九〕「肴」，類要作「有」。
〔一〇〕「鱠」，兩抄本、趙本、書鈔、類要均作「膾」。
〔一一〕「清」，活字本、趙本、樂府詩集均作「青」。

怨詩并序

班婕妤〔一〕

昔漢成帝班婕妤失寵，供養於長信宫。乃作賦自傷，并爲怨詩一首〔二〕：

新裂齊紈素〔三〕，鮮潔如霜雪〔四〕。裁爲合歡扇〔五〕，團圓似明月〔六〕。出入君懷袖，動摇微風發〔七〕。常恐秋節至，凉風奪炎熱。棄捐篋笥中，恩情中道絶〔八〕。

【校記】

〔一〕此首文選二七、類聚四一樂部一論樂、樂府詩集四二均録全篇，初學記一月部、二雪部均録

「雪」、「月」二韻，同書二霜部録「雪」一韻，均題作「怨歌行」。類聚六九服飾部上扇、白帖四均録全篇，事類賦一四服用下扇賦注于兩處分別録「雪」、「月」、「發」三韻和「熱」、「絶」二韻，御覽七〇二服飾部四扇録「雪」、「月」、「發」三韻，均題作「扇詩」。初學記一風部録「雪」、「月」、「發」三韻，御覽八一四布帛部一素録「雪」、「月」二韻，均署「班婕妤」，無題。「怨詩并序　班婕妤」，活字本作「怨詩一首并序　班婕妤」，兩抄本、趙本均作「班婕妤怨詩一首并序」。按，活字本目録中無「并序」二字。

〔二〕「一首」二字，活字本無。

〔三〕「裂」，活字本、事類賦均作「製」。「紈」，初學記二霜部作「約」。

〔四〕「鮮」，類聚四一、初學記二、白帖、事類賦均作「皎」，文選此字下注「善本作皎」。

〔五〕「爲」，文選、類聚六九均作「成」；又，文選其下注「善本作爲」。

〔六〕「圓」，兩抄本、趙本、文選、類聚、初學記一風部、白帖、事類賦、御覽七〇二及八一四、樂府詩集均作「團」。「似」，御覽八一四作「象」。

〔七〕「風」，活字本、文選、類聚六九、白帖、事類賦、樂府詩集均作「飆」。

〔八〕「道」，事類賦作「斷」。

董嬌嬈

宋子侯〔一〕

洛陽城東路，桃李生路傍。花花自相對，葉葉自相當。春風東北起〔二〕，花葉正低昂〔三〕。不知誰家子，提籠行采桑。纖手折其枝，花落何飄揚〔四〕。請謝彼姝子：何爲見損傷？高秋八九月，白露變爲霜。終年會飄墮，安得久馨香？秋時自零落，春月復芬芳。何時盛年去〔五〕，歡愛永相忘〔六〕。吾欲竟此曲，此曲愁人腸。歸來酌美酒，挾瑟上高堂〔七〕。

【校記】

〔一〕此首類聚八八草部下桑、樂府詩集七三均録全篇，初學記二八桃、御覽九六七果部四桃録「傍」、「當」、「昂」三韻，均題作「董嬌饒」。「董嬌嬈　宋子侯」，活字本作「董嬌饒詩一首　宋子侯」，兩抄本、趙本均作「宋子侯董嬌饒詩一首」；又，兩抄本「饒」字均係塗改而成，馮抄本有「宋本」印。按，鄭本、活字本目録中「侯」均作「候」，活字本目録中「饒」作「嬈」。

〔二〕「東」，初學記、御覽均作「南」。

〔三〕「正」，初學記、御覽均作「自」。

〔四〕「飄揚」，馮抄本此二字係塗改而成，無「宋本」印。

〔五〕「時」，類聚作「如」。

〔六〕「愛」，類聚作「如」。

〔七〕「瑟」，類聚作「琴」。

童謡歌一首　漢時〔一〕

城中好高髻〔二〕，四方高一尺〔三〕。城中好大眉〔四〕，四方皆半額〔五〕。城中好廣袖〔六〕，四方用匹帛〔七〕。

【校記】

〔一〕此首類聚四三樂部三歌録全篇，題作「後漢章帝時童謡」。御覽三六四人事部五頂録「額」一韻，四九五諺上録全篇，同書八一八布帛部五帛録「帛」一韻，均題作「長安語」。類要三二譬諭録「尺」、「額」二韻，無題。樂府詩集八七録全篇，題作「城中謡」。「童謡歌一首　漢時」，四玉臺本均作「漢時童謡歌一首」。按，鄭本目録題作「漢時童謡歌一首」。
〔二〕「髻」，類要作「結」。
〔三〕「高」，御覽作「且」。
〔四〕「大」，御覽、類要、樂府詩集均作「廣」。
〔五〕「皆」，兩抄本均作「眉」，趙本作「眉」，類聚、類要、樂府詩集均作「且」，御覽三六四作「過」，御覽四九五作「畫」。按，凡「眉」、「眉」一類異文，以下不再出校。
〔六〕「廣」，御覽四九五、樂府詩集均作「大」。
〔七〕「用」，御覽四九五、樂府詩集均作「全」。

同聲歌

張衡〔一〕

邂逅承際會，得充君後房〔二〕。情好新交接，恐栗若探湯〔三〕。不才勉自竭，賤妾職所當〔四〕。綢繆主中饋，奉禮助蒸嘗。思爲莞蒻席〔五〕，在下蔽匡床；願爲羅衾幬，在上衛風霜。灑掃清枕席〔六〕，鞮芬以秋香〔七〕。重户結金扃，高下華燈光。衣解巾粉御〔八〕，列圖陳枕張。素女爲我師，儀態盈萬方。衆夫所希見，天老教軒皇。樂莫斯夜樂，没齒焉可忘！

【校記】

〔一〕此首樂府詩集七六録全篇。「同聲歌　張衡」，活字本作「同聲詩一首　張衡」，兩抄本、趙本均作「張衡同聲歌一首」。

〔二〕「得充」，活字本作「偶得」，兩抄本、趙本均作「遇得」。「君」，四玉臺本均作「充」。

〔三〕「栗」，兩抄本、趙本均作「瞟」。「探」，趙本作「掞」；此字同類異文，以下不再出校。

〔四〕「職所當」，兩抄本均作「織所雷」，但翁抄本紅筆改「雷」作「當」，其眉端紅筆寫一「當」字。

〔五〕「莞」，兩抄本、趙本、樂府詩集均作「苑」。

〔六〕「掃」，趙本作「埽」；此字同類異文，以下不再出校。

〔七〕「秋」，兩抄本、趙本、樂府詩集均作「狄」。

〔八〕「衣解」，活字本作「解衣」。「御」，活字本作「卸」。

贈婦詩三首并序　秦嘉〔一〕

秦嘉字士會，隴西人也。爲郡上掾〔二〕。其妻徐淑，寢疾還家，不獲面別，贈詩云爾。

【校記】

〔一〕「贈婦詩三首并序　秦嘉」，兩抄本、趙本均作「秦嘉贈婦詩三首并序」。按，鄭本、活字本目録中均無「并序」二字。

〔二〕「掾」，兩抄本、趙本均作「椽」。

其一〔一〕

人生譬朝露，居世多屯蹇。憂艱常早至，歡會常苦晚。念當奉時役〔二〕，去爾日遥遠。遣車迎子還，空往復空返。省書情凄愴，臨食不能飯。獨坐空房中，誰與相勸勉？長夜不能眠，伏枕獨展轉。憂來如尋環，匪席不可卷。

【校記】

〔一〕「其一」二字，兩抄本、趙本均無；其下二首，兩抄本、趙本亦均無「其×」字樣，不再分别出校。又，馮抄本此詩與序連抄，中以紅綫分隔，有「宋本」印；翁抄本序正好結束于一行末字，正文另行頂格。

〔二〕「役」，兩抄本均作「伇」；此字同類異文，以下不再出校。

其二

皇靈無私親，爲善荷天禄。傷我與爾身，少小罹煢獨。既得結大義，歡樂苦不足〔一〕。念當遠離別，思念叙款曲。河廣無舟梁，道近隔丘陸。臨路懷惆悵，中駕正躑躅。浮雲起高山，悲風激深谷。良馬不迴鞍，輕車不轉轂。針藥可屢進，愁思難爲數。貞士篤終始，恩義不可促〔二〕。

【校記】

〔一〕「苦」，兩抄本、趙本均作「若」。

〔二〕「恩」，兩抄本、趙本均作「思」。「促」，兩抄本、趙本均作「屬」。

其三

肅肅僕夫征，鏘鏘揚和鈴〔一〕。清晨當引邁，束帶侍鷄鳴〔二〕。顧看空室中，仿佛想姿形。一別懷萬恨，起坐爲不寧。何用敘我心，遺思致款誠。寶釵好耀首〔三〕，明鏡可鑒形。芳香去垢穢，素琴有清聲。詩人感木瓜，乃欲答瑶瓊。愧彼贈我厚〔四〕，慚此往物輕。雖知未足報，貴用叙我情。

【校記】

〔一〕「揚」，馮抄本作「楊」；翁抄本原作「楊」，紅筆描改作「揚」。

〔二〕「待」，四玉臺本均作「待」。

〔三〕「好」，兩抄本、趙本均作「可」。

〔四〕「愧」，趙本作「媿」；此字同類異文，以下不再出校。

答夫秦嘉一首

徐淑〔一〕

妾身兮不令，嬰疾兮來歸。沉滯兮家門，歷時兮不差。曠廢兮侍覲，情敬兮有違。君今兮奉命，遠適兮京師〔二〕。悠悠兮離别，無因兮叙懷。瞻望兮踴躍，佇立兮徘徊。思君兮感結，夢想兮容輝。君發兮引邁，去我兮日乖。恨無兮羽翼，高飛兮相追。長吟兮永嘆，泪下兮沾衣。

【校記】

〔一〕「答夫秦嘉一首　徐淑」，活字本作「秦嘉答妻詩　徐淑」，兩抄本、趙本均作「秦嘉妻徐淑答詩一首」。按，活字本目録中「答妻詩」作「妻答一首」。

〔二〕「適」，活字本作「邇」。

飲馬長城窟行一首

蔡邕〔一〕

青青河邊草〔二〕，綿綿思遠道。遠道不可思，宿昔夢見之〔三〕。夢見在我旁〔四〕，忽覺在他鄉。他鄉各異縣，展轉不相見。枯桑知天風，海水知天寒。入門各自媚，誰肯相爲言〔五〕？客從遠方來，遺我雙鯉魚〔六〕。呼兒烹鯉魚，中有尺素書〔七〕。長跪讀素書〔八〕，書中竟何如〔九〕？上有加餐食〔一〇〕，下有長相憶〔一一〕。

【校記】

〔一〕此首文選二七、樂府詩集三八録全篇，均無署名，題作「古辭」。類聚四一樂部一論樂録全篇，無署名。白帖一〇書信、事類賦二九鱗介二魚賦、御覽五九五文部十一書録「魚」、「書」、「如」、「憶」四韻，均無署名，題作「古詩」。御覽九三六録「魚」、「書」二韻，無署名，題作「歌辭」。類要二四書題上録「魚」、「書」、「如」三韻，無題、名。「飲馬長城窟行一首　蔡邕」，活字本作「飲馬長城窟行　蔡邕」，兩抄本、趙本均作「蔡邕飲馬長城窟行一首」。按，鄭本目録中無「一首」二字，活字本目録中「行」下有「一首」二字。

〔二〕「邊」，文選、類聚、樂府詩集均作「畔」；又，文選其下注「善本作邊」。

〔三〕「宿」，文選作「夙」。

〔四〕「旁」，馮抄本、文選、樂府詩集均作「傍」。

〔五〕「相爲」，文選作「爲相」，類聚作「相與」。

〔六〕「遺」，御覽九三六作「贈」。「我」，類要作「吾」。

〔七〕「中」，四玉臺本均作「上」。

〔八〕「讀素書」，類要作「捧書讀」。

〔九〕「書中竟」，白帖作「素書意」，事類賦、御覽均作「書中意」，類要作「問君相守意」。

〔一〇〕「有」，白帖、御覽、樂府詩集均作「言」。「食」，類聚、白帖、事類賦、樂府詩集均作「飯」。

〔一〕「有」，白帖、御覽、樂府詩集均作「言」。「憶」，活字本、白帖、事類賦均作「思」。按，四玉臺本於此後另有陳琳、徐幹詩，鄭本皆置於卷二魏明帝詩之後；參見該卷校記。

定情詩篇一首

繁欽〔一〕

我出東門游，邂逅承清塵〔二〕。思君即幽房，侍寢執衣巾〔三〕。時無桑中契，迫此路側人。我既媚君姿〔四〕，君亦悦我顔。何以致拳拳〔五〕？綰臂雙金鐶〔六〕。何以致殷勤？約指一雙銀。何以致區區？耳中雙明珠。何以致叩叩？香囊繫肘後〔七〕。何以致契闊？繞腕雙跳脱〔八〕。何以結恩情？美玉綴羅纓〔九〕。何以結中心？素縷連雙針。何以結相投〔一〇〕？金薄畫搔頭〔一一〕。何以慰别離〔一二〕？耳後玳瑁釵〔一三〕。何以答歡悦〔一四〕？紈素三條裾〔一五〕。何以結愁悲？白絹雙中衣。與我期何所？乃期東山隅。日旰兮不來〔一六〕，谷風吹我襦。遠望無所見，涕泣起踟躕。與我期何所？乃期山南陽。日中兮不來，凱風吹我裳〔一七〕。逍遥莫誰睹，望君愁我腸。與我期何所？乃期西山側。日夕兮不來，躑躅長嘆息〔一八〕。遠望涼風至，俯仰正衣服。與我期何所〔一九〕？乃期山北岑。日暮兮不來，凄風吹我衿。望君不能坐，悲苦愁我心。愛身以何爲？惜我華色時。中情既款款，然後克密期。褰衣躡茂草〔二〇〕，謂君不我欺。厠此醜陋質，徙倚無所之。自傷失所欲〔二一〕，泪下如連絲。

【校記】

〔一〕此首書鈔一二九衣冠部下裳二十一，初學記二六裙，御覽六九六服章部十三裙、八一九布帛部六紈均録「裾」一韻；書鈔一三五服飾部三跳脱五十八、御覽七一八服用部二十釧（跳脱附）均録「脱」一韻；書鈔一三六服飾部三釧七十一録「環（鐶）」一韻；御覽六八八服章部五幓頭録「頭」一韻；御覽七一八服用部二十璫珥録「珠」一韻；樂府詩集七六録全篇。書鈔一三六服飾部三釵六十九，類聚八四寶部下玳瑁均録「釵」一韻，無題。白帖四囊橐録「珠」、「後」二韻，題作「古詩」。御覽八〇七珍寶部六玳瑁録「釵」一韻，題作「寄情詩」。「定情詩篇一首　繁欽」，活字本作「定情詩　繁欽」，兩抄本、趙本均作「繁欽定情詩一首」。按，鄭本目録中無「詩」字和「一首」二字，活字本目録中「詩」下有「一首」二字。

〔二〕「承」，兩抄本均作「丞」。

〔三〕「執」，活字本作「埶」。

〔四〕「既」，兩抄本、趙本、樂府詩集均作「即」。

〔五〕「拳拳」，書鈔作「奉意」。
〔六〕「鐶」，書鈔、樂府詩集均作「環」。
〔七〕「繫」，白帖作「懸」。
〔八〕「腕」，書鈔、御覽均作「臂」。「雙」，御覽作「金」。
〔九〕「美」，兩抄本、趙本、樂府詩集均作「珮」。
〔一〇〕「投」，兩抄本、趙本、御覽、樂府詩集均作「於」。
〔一一〕「搔」，御覽作「幓」。
〔一二〕「慰」，書鈔、類聚、御覽均作「表」。
〔一三〕「耳」，御覽作「取」。
〔一四〕「答歡悦」，書鈔作「答歡欣」，初學記、御覽均作「合歡欣」。按，「悦」，馮抄本原同，經塗改後作「忻」，無「宋本」印；翁抄本原作「忻」，紅筆改作「悦」，其眉端紅筆又寫一「悦」字。
〔一五〕「三」，書鈔作「二」。「裾」，馮抄本原同，經塗改後作「裙」，無「宋本」印；翁抄本、初學記、御覽八一九均作「裙」。
〔一六〕「兮」，活字本作「子」。「來」，兩抄本、趙本、樂府詩集均作「至」。
〔一七〕「凱」，兩抄本均作「飄」，樂府詩集作「飄」。按，凡「凱」、「飄」一類異文，以下不再出校。
〔一八〕「嘆」，活字本作「歡」。

〔一九〕「期」，馮抄本此字原漏抄，以紅筆補入，有「宋本」印。
〔二〇〕「茂」，兩抄本均作「茷」，樂府詩集作「花」。
〔二一〕「傷」，馮抄本此字係塗改而成，有「宋本」印。

古詩爲焦仲卿妻作并序

無名氏〔一〕

漢末建安中，廬江府小吏焦仲卿妻劉氏，爲仲卿母所遣，自誓不嫁，其家逼之，乃没水而死。仲卿聞之，亦自縊於庭樹。時傷之，爲詩云爾。

古詩〔二〕

孔雀東南飛，五里一徘徊。十三能織素〔三〕，十四學裁衣。十五彈箜篌，十六誦詩書〔四〕。十七爲君婦〔五〕，心中常苦悲。君既爲府吏，守節情不移。賤妾留空房，相見常日稀〔六〕。鷄鳴入機織，夜夜不得息。三日斷五匹，大人故嫌遲〔七〕。非爲織作遲，君家婦難爲。妾不堪驅使，徒留無所施。便可白公姥，及時相遣歸。

府吏得聞之，堂上啓阿母：兒已薄禄相，幸復得此婦。結髮同枕席，黄泉共爲友。共事二三年〔八〕，始爾未爲久。女行無偏斜，何意致不厚？阿母謂府吏〔九〕：何乃太區區！此婦無禮節，舉動自專由〔一〇〕。吾意久懷忿，汝豈得自由？東家有賢女，自名秦羅敷。可憐體無比，阿母爲汝求。便可速遣之，遣去慎莫留〔一一〕。府吏長跪告〔一二〕：伏惟啓阿母，今若遣此婦，終老不復取！阿母得聞之，槌床便大怒〔一三〕：小子無所畏，何敢助婦語！吾已失恩義，會不相從許。府吏默無聲，再拜還入户。舉言謂新婦〔一四〕，哽咽不能語：我自不驅卿〔一五〕，逼迫有阿母。卿但暫還家，吾今且報府。不久當歸還，還必相迎取。以此下心意，慎勿違吾語。新婦謂府吏：勿復重紛紜！往昔初陽歲〔一六〕，謝家來貴門。奉事循公姥，進止敢自專〔一七〕？晝夜勤作息，伶俜縈苦辛。謂言無罪過，供養卒大恩。仍更被驅遣，何言復來還！妾有繡腰襦，葳蕤自生光〔一八〕。紅羅複斗帳〔一九〕，四角垂香囊。箱簾六七十〔二〇〕，緑碧青絲繩〔二一〕。物物各自異，種種在其中。人賤物亦鄙〔二二〕，不足迎後人〔二三〕。留待作遺施〔二四〕，於今無會因。時時爲安慰，久久莫相忘。鷄鳴外欲曙，新婦起嚴妝。着我繡裌裙，事事四五通。足下躡絲履，頭上玳瑁光。腰若流紈素，耳著明月璫。指如削葱根，口如含朱丹。纖纖作細步，精妙世無雙。上堂拜阿母，阿母怒不止〔二五〕。昔作女兒時，生小出野里。本自無教訓，兼愧貴家子。受母錢帛多，不堪母驅使。今日還家去，念母勞家裏。却與小姑别，泪落連珠子：新婦初來時〔二六〕，小姑始扶床。今日被驅遣〔二七〕，小姑如我長。勤心養公姥，好自相扶將。初七及下九，嬉戲莫相忘〔二八〕。出門登車去，涕落百餘行。府吏馬在前，新婦車在後。隱隱何甸甸，俱會大道口。下馬入車中，低頭共耳語：誓不相隔鄉，且暫歸家去〔二九〕。吾今且赴府，不久當還歸，誓天不相負。新婦謂府吏：感君區區懷。君既若見録，不久望君來。君當作盤石〔三〇〕，妾當作蒲葦。蒲葦紉如絲〔三一〕，盤石無轉移。我有親父兄，性行暴如雷。恐不任我意〔三二〕，逆以煎我懷。舉手長勞勞，二情同依依。入門上家堂，進退無顔儀。阿母大拊掌：不圖子自歸！十三教汝織，十四能裁衣。十五彈箜篌，十六知禮儀。十七遣汝嫁，謂言無誓違。汝今何罪過〔三三〕，不迎而自歸？蘭芝慚阿母：兒實無罪過。阿母大悲摧。還家十餘日，縣令遣媒來。云有第三郎，窈窕世無雙。年始十八九，便言多令才。阿母謂阿女：汝可去應之。阿女含泪答〔三四〕：蘭芝初還時，府吏見丁寧，結誓不别離。

今日違情義，恐此事非奇。自可斷來信，徐徐更謂之。阿母白媒人：貧賤有此女，始適還家門。不堪吏人婦，豈合令郎君？幸可廣問訊，不可便相許〔三五〕。媒人去數日，尋遣丞請還〔三六〕。説有蘭家女〔三七〕，承籍有宦官〔三八〕。云有第五郎，嬌逸未有婚。遣丞爲媒人〔三九〕，主簿通語言。直説太守家，有此令郎君。既欲結大義，故遣來貴門。阿母謝媒人：女子先有誓，老姥豈敢言？阿兄得聞之，悵然心中煩。舉言謂阿妹：作計何不量！先嫁得府吏，後嫁得郎君。否泰如天地，足以榮汝身。不嫁義郎體〔四〇〕，其住欲何云？蘭芝仰頭答：理實如兄言。謝家事夫婿，中道還兄門。處分適兄意，那得自任專？雖與府吏要，渠會永無緣。登即相許和，便可作婚姻。媒人下床去，諾諾復爾爾。還部白府君：下官奉使命，言談大有緣。府君得聞之，心中大歡喜〔四一〕。視曆復開書〔四二〕，便利此月内，六合正相應。良吉三十日，今已二十七，卿可去成婚。交語速裝束〔四三〕，絡繹如浮雲〔四四〕。青雀白鵠舫，四角龍子幡。婀娜隨風轉，金車玉作輪。躑躅青驄馬，流蘇金鏤鞍。齎錢三百萬〔四五〕，皆用青絲穿。雜彩三百匹，交用市鮭珍〔四六〕。從人四五百，鬱鬱登郡門。阿母謂阿女：適得府君書，明日來迎汝。何不作衣裳？莫令事不舉。阿女默無聲，手巾掩口啼，泪落便如瀉。移我琉璃榻〔四七〕，出置前窗下。左手持刀尺，右手執綾羅。朝成繡裌裙，晚成單羅衫。晻晻日欲暝〔四八〕，愁思出門啼。府吏聞此變，因求假暫歸。未至二三里，摧藏馬悲哀〔四九〕。新婦識馬聲，躡履相逢迎。悵然遥相望，知是故人來。舉手拍馬鞍，嗟嘆使心傷：自君别我後，人事不可量。果不如先願，又非君所詳。我有親父母，逼迫兼弟兄。以我應他人，君還何所望？府吏謂新婦〔五〇〕：賀卿得高遷〔五一〕！盤石方且厚〔五二〕，可以卒千年；蒲葦一時紉，便作旦夕間。卿當日勝貴〔五三〕，吾獨向黄泉。新婦謂府吏：何意出此言！同是被逼迫〔五四〕，君爾妾亦然。黄泉下相見〔五五〕，勿違今日言〔五六〕。執手分道去，各各還家門。生人作死别，恨恨那可論！念與世間辭，千萬不復全。府吏還家去，上堂拜阿母：今日大風寒，寒風摧樹木，嚴霜結庭蘭。兒今日冥冥，令母在後單〔五七〕。故作不良計，勿復怨鬼神。命如南山石，四體康且直。阿母得聞之，零泪應聲落。汝是大家子，仕宦於臺閣〔五八〕。慎勿爲婦死，貴賤情何薄〔五九〕。東家有賢女，窈窕艷城郭。阿母爲汝求，便復在旦夕。府吏再拜還，長嘆空房中。作計乃爾立，轉頭向户裏，漸見愁煎迫。其日牛馬嘶，新婦入青廬〔六〇〕。庵庵黄昏後〔六一〕，寂寂人定初。我命絶今日，魂去尸長留。攬裙脱絲履，舉身赴清池〔六二〕。府吏聞此事，心知長别離。徘徊顧樹下〔六三〕，自挂東南枝。兩家求合葬，合葬華山傍。東西植松柏，左右種梧桐。枝枝相覆蓋〔六四〕，葉葉相交通。中有雙飛鳥，自名爲鴛鴦。仰頭相向鳴，夜夜達五更。行人駐足聽，寡婦起傍徨〔六五〕。多謝後世人，戒之慎勿忘。

【校記】

〔一〕此首類聚三二人部十六閨情録「徊」、「衣」、「書」、「悲」、「移」、「息」、「遲」、「爲」、「光」、「囊」、「繩」、「人」十二韻，無題、名。御覽六九五服章部十二襦録「光」一韻，無署名，題作「古詩」。類要一三臺榭録「喜」一韻及「交語速裝束」、「四角龍子幡」兩句，無署名，題作「焦仲卿詩」；同書二二總叙幼年録「床」、「長」二韻，無署名，題作「集仲卿詩」，按，「集」當爲「焦」之訛；同書二四離别録「依」一韻，無署名，題作「焦伯句」。樂府詩集七三録全篇，無署名，題作「焦仲卿妻　古辭」。

「古詩爲焦仲卿妻作并序　無名氏」，兩抄本、趙本均作「古詩無名人爲焦仲卿妻作并序」。按，鄭本目録中無「古詩」和「并序」四字，兩抄本、趙本目録中「無名人」均作「無人名」。

〔二〕「古詩」二字，四玉臺本、類聚、御覽、類要、樂府詩集均無。

〔三〕「素」，類聚作「綺」。

〔四〕「詩書」，類聚作「書詩」。

〔五〕「爲君」，類聚作「嫁爲」。

〔六〕「賤妾留空房相見常日稀」，活字本「日」作「自」，兩抄本、趙本、類聚、樂府詩集均無此十字。又，活字本此下另有「彼意常依依」五字，爲其他各本所無。

〔七〕「嫌」，類聚作「言」。「遲」，活字本作「責」。

〔八〕「三二」，兩抄本、趙本均作「二三」。

〔九〕「謂」，兩抄本均作「爲」。

〔一〇〕「由」，活字本作「諸」。

〔一一〕「去」，兩抄本、趙本均作「之」。

〔一二〕「告」，兩抄本、趙本均作「答」。

〔一三〕「槌」，兩抄本、趙本均作「搥」。

〔一四〕「謂」，兩抄本、趙本均作「爲」。

〔一五〕「軀」，兩抄本均作「駈」；此字同類異文，以下不再出校。

〔一六〕「昔」，兩抄本均作「習」。

〔一七〕「止」，活字本、翁抄本均作「心」，馮抄本幾經塗改後作「心」，無「宋本」印。

〔一八〕「葳」，四玉臺本均作「萎」。「自生」，類聚、御覽均作「金縷」。

〔一九〕「複」，活字本作「復」。

〔二〇〕「箱簾六七十」，類聚作「交交象牙簟」。

〔二一〕「緑碧青」，類聚作「宛轉素」。

〔二二〕「人賤物亦鄙」，類聚作「鄙賤雖可薄」。

〔二三〕「不足」，類聚作「猶中」。

〔二四〕「遣」，兩抄本、趙本、樂府詩集均作「遣」。

〔二五〕「上堂拜阿母阿母怒不止」，兩抄本均僅有「不止」二字，而於「不」字上空兩格，馮抄本有「宋本」印；趙本作「上堂拜阿母母聽去不止」，樂府詩集作「上堂謝阿母母聽去不止」。

〔二六〕「初來時」，馮抄本原作「來時初」，經塗改後作「初來時」，有「宋本」印。

〔二七〕「小姑始扶床今日被驅遣」十字，兩抄本、趙本、樂府詩集均無。

〔二八〕「嬉」，兩抄本均作「喜」。

〔二九〕「歸」，兩抄本、趙本、樂府詩集均作「還」。

〔三〇〕「盤」，樂府詩集作「磐」。

〔三一〕「紉」，兩抄本均作「緦」。

〔三二〕「任」，活字本作「忍」。

〔三三〕「何」，兩抄本、趙本、樂府詩集均作「無」。

〔三四〕「含」，兩抄本、趙本、樂府詩集均作「銜」。

〔三五〕「可」，兩抄本、趙本、樂府詩集均作「得」。

〔三六〕「丞」，兩抄本、樂府詩集均作「承」。

〔三七〕「説」，樂府詩集作「誰」。

〔三八〕「宦」，翁抄本作「[illegible]」；此字同類異文，以下不再出校。

〔三九〕「丞」，兩抄本均作「承」。

〔四〇〕「郎」，四玉臺本、樂府詩集均作「即」。

〔四一〕「歡喜」，類要作「喜歡」。

〔四二〕「開」，活字本作「閱」。

〔四三〕「語」，馮抄本作「女」。　「速裝束」，類要作「連裝束」。

〔四四〕「絡驛」，活字本、樂府詩集均作「絡繹」，兩抄本、趙本均作「駱驛」。

〔四五〕「齎」，兩抄本均作「賫」，趙本作「賫」，樂府詩集作「齎」；此字同類異文，以下不再出校。

〔四六〕「用」，四玉臺本、樂府詩集均作「廣」。

〔四七〕「榻」，活字本作「搨」，兩抄本均作「塌」，趙本作「埸」。

〔四八〕「晻晻」，兩抄本、趙本、樂府詩集均作「晻晻」。　「瞑」，活字本、兩抄本、樂府詩集均作「暝」。

〔四九〕「摧」，兩抄本、趙本均作「催」。

〔五〇〕「謂新婦」，馮抄本原同，後以黄色塗没，無「宋本」印；翁抄本此三字上均有紅圈。樂府詩集「謂」作「爲」。
〔五一〕「得」，兩抄本、樂府詩集均作「德」。
〔五二〕「盤」，樂府詩集作「磐」。　「石」，活字本作「召」。
〔五三〕「曰」，四玉臺本、樂府詩集均作「日」。　「且」，兩抄本、趙本、樂府詩集均作「可」。
〔五四〕「逼迫」，活字本作「迫逼」。
〔五五〕「下」，兩抄本、趙本、樂府詩集均作「不」。
〔五六〕「匆」，樂府詩集作「怱」。
〔五七〕「令」，活字本作「今」。
〔五八〕「宦」，兩抄本均作「官」。
〔五九〕「何」，活字本作「可」。
〔六〇〕「青」，活字本作「清」。
〔六一〕「庵庵」，活字本作「淹淹」。
〔六二〕「清」，活字本、趙本均作「青」。
〔六三〕「顧」，兩抄本、趙本、樂府詩集均作「庭」。
〔六四〕「覆」，活字本作「復」。
〔六五〕「起」，兩抄本、趙本、樂府詩集均作「赴」。

卷　二〔一〕

【校記】

〔一〕此卷作者及其詩作，四玉臺本除不收者外，均分見於卷二和卷一，其排列次序和作者署名相異者見各詩校記。

塘上行

魏武帝〔一〕

蒲生我池中〔二〕，其葉何離離〔三〕。傍能行仁義〔四〕，莫若妾自知〔五〕。衆口鑠黄金〔六〕，使君生別離〔七〕。念君去我時，獨愁常苦悲。想見君顔色，感結傷心脾。念君常苦悲，夜夜不能寐〔八〕。莫以豪賢故〔九〕，棄捐素所愛。莫以魚肉賤〔一〇〕，棄捐葱與薤。莫以麻枲賤〔一一〕，棄捐菅與蒯〔一二〕。出亦復苦愁〔一三〕，入亦復苦愁。邊地多悲風，樹木何修修〔一四〕。從君致獨樂〔一五〕，延年壽千秋。

【校記】

〔一〕此首宋書二一樂志三、樂府詩集三五均録全篇。類聚四一樂部一論樂録「（何離）離」、「知」、「（生別）離」、「愛」、「薤」、「蒯」六韻，署「魏文帝甄皇后」。「塘上行　魏武帝」，活字本作「塘上行　甄皇后」，兩抄本均作「甄皇后樂府塘上行一首」，趙本作「又甄皇后樂府塘上行一首」。按，活字本目録中「塘上行」作「樂府塘上行一首」，兩抄本目録題下均署「魏文帝」。又，四玉臺本此首均置於魏文帝又清河作（活字本作「清河一首」，兩抄本、趙本均作「又清河作一首」）之後。

〔二〕「蒲生我池中」，樂府詩集此句重復。

〔三〕「其」，類聚作「蒲」。

〔四〕「仁義」，宋書作「儀儀」，樂府詩集作「人儀」。

〔五〕「若妾」，宋書、樂府詩集均作「能縷」。

〔六〕「鑠」，類聚作「爍」。

〔七〕「別離」，樂府詩集作「離別」。

〔八〕「念君常苦悲夜夜不能寐」，宋書、樂府詩集均作「今悉夜夜愁不寐」。

〔九〕「以」，宋書、樂府詩集均作「用」。「豪賢」，活字本作「賢豪」，類聚作「毫髪」。按，馮抄本「豪」字係塗改而成，有「宋本」印。又，樂府詩集此句重復。

〔一〇〕「以」，宋書、樂府詩集均作「用」。「賤」，宋書、樂府詩集均作「貴」。

〔一〕「以」，宋書、樂府詩集均作「用」。

〔二〕「捐」，樂府詩集作「損」。「菅」，活字本作「營」，兩抄本、趙本均作「管」。

〔三〕「出亦復苦愁」，宋書、樂府詩集此句前均有「倍恩者苦」等數句，今從略。另，樂府詩集此句重復。

〔四〕「修修」，宋書、樂府詩集均作「蕭蕭」。

〔五〕「從君致獨樂」，兩抄本、趙本均作「從軍致獨樂」，宋書、樂府詩集均作「今日樂相樂」。

清河見挽船士新婚與妻別作

魏文帝〔一〕

與君結新婚，宿昔當別離。涼風動秋草，蟋蟀鳴相隨。冽冽寒蟬吟〔二〕，蟬吟抱枯枝。枯枝時飛揚，身體忽遷移。不悲身遷移〔三〕，但惜歲月馳〔四〕。歲月無窮極〔五〕，會合安可知？願爲雙黃鵠，比翼戲清池〔六〕。

【校記】

〔一〕此首類聚二九人部十三別上録全篇，署「徐幹」，題作「爲挽舡士　與新娶妻別詩」。「清河見挽船士新婚與妻別作」和「魏文帝」原爲兩行，四玉臺本均作一行。活字本作「於清河見挽船士新婚別妻　魏文帝」；兩抄本均作「於清河見挽船士新婚與妻別一首」，其中馮抄本「妻」塗改作「妾」，無「宋本」印；趙本作「魏文帝於清河見挽船士新婚與妻別一首」。按，活字本目録中「別妻」作「與妻別一首」，兩抄本目録題下均署「魏文帝」，馮抄本目録「妾」作「妻」。四玉臺本此詩均爲本卷第一首。

〔二〕「冽冽」，類聚作「蚵蚵」。

〔三〕「遷」，類聚作「體」。

〔四〕「但」，類聚作「當」。「惜」，兩抄本均作「借」。

〔五〕「歲月」，類聚作「月馳」。

〔六〕「比翼」，類聚作「悲鳴」。

又清河作〔一〕

方舟戲長水，湛淡自浮沉〔二〕。弦歌發中流，悲響有餘音〔三〕。音聲入君懷，淒愴傷人心。心傷安所念？但願恩情深〔四〕。願爲晨風鳥，雙飛翔北林。

【校記】

〔一〕此首類聚二八人部十二游覽録「沉」、「音」二韻，題作「又於清河作」。「又清河作」，活字本作「清河一首」，兩抄本、趙本均作「又清河作一首」。按，鄭本目録中「作」下有「一首」二字，活字本目録中「一首」下有「又」字，兩抄本、趙本目録「又」下均有「於」字，兩抄本目録題下均署「魏文帝」。

〔二〕「湛淡」，趙本作「湛澹」，類聚作「澹澹」。

〔三〕「響」，類聚作「風」。「有」，類聚作「漂」。

〔四〕「恩」，兩抄本均作「思」。

雜詩五首

陳思王〔一〕

【校記】

〔一〕「雜詩五首　陳思王」，活字本、翁抄本均作「雜詩五首　曹植」，但翁抄本「曹植」二字上均有紅圈，馮抄本作「雜詩五首」，趙本作「曹植雜詩五首」。按，鄭本目録中「陳」前有「魏」字，馮抄本目録中題下有「曹植」署名。又，四玉臺本此詩均置於劉勳妻王宋雜詩二首之後。

其一〔一〕

明月照高樓，流光正徘徊。上有愁思婦，悲嘆有餘哀。借問嘆者誰？言是宕子妻〔二〕。君行逾十年，孤妾常獨棲〔三〕。君若清路塵〔四〕，妾若濁水泥〔五〕。浮沉各異勢〔六〕，會合何時諧？願爲西南風，長逝入君懷〔七〕。君懷良不開〔八〕，妾心當何依〔九〕！

【校記】

〔一〕此首文選二三録全篇，題作「七哀詩」。類聚三二人部十六閨情録全篇，無題。白帖一塵録「泥」一韻及「浮沉各異勢」一句，御覽三七地部二塵録「泥」一韻，均無署名，題作「古詩」。白帖六別録「泥」一韻，無題、名。類要二一佳麗、三一詩均録「徊」一韻，均無題。樂府詩集四一録全篇，題作「怨詩行」。「其一」二字，兩抄本、趙本均無；其下三首，兩抄本、趙本亦均無「其×」字樣，不再分别出校。

〔二〕「言」，類聚作「云」。「宕子」，活字本、趙本、類聚、樂府詩集均作「客子」，兩抄本均作「客予」，但翁抄本「予」字係由「子」字描改而成，其眉端紅筆寫一「予」字；文選「宕」字下注「善本作客」。

〔三〕「常」，活字本作「當」。

〔四〕「若」，白帖、御覽均作「爲」。

〔五〕「若」，白帖一、御覽均作「爲」，白帖六作「作」。

〔六〕「浮沉」，白帖作「沉浮」。

〔七〕「逝」，類聚作「游」。

〔八〕「良」，四玉臺本、類聚、樂府詩集均作「時」。

〔九〕「妾心」，文選作「賤妾」。「當」，類聚作「將」。

其二〔一〕

西北有織婦，綺縞何繽紛。明晨秉機杼〔二〕，日昃不成文〔三〕。太息終長夜〔四〕，悲嘯入清雲〔五〕。妾身守空房〔六〕，良人行從軍〔七〕。自期三年歸，今已歷九春。孤鳥繞林翔〔八〕，噭噭鳴索群〔九〕。願爲南流景，馳光見我君。

【校記】

〔一〕此首文選二九録全篇。類聚三二人部十六閨情録全篇，御覽八一六布帛部三綺録「紛」、「文」

二韻，均無題。

〔二〕「明」，御覽作「清」。

〔三〕「昃」，活字本作「莫」，兩抄本、趙本均作「昊」，類聚作「晏」，御覽作「暮」。

〔四〕「太」，趙本、翁抄本均作「大」。

〔五〕「清」，四玉臺本、文選、類聚均作「青」。

〔六〕「房」，文選作「闈」。

〔七〕「行從」，類聚作「從行」。

〔八〕「孤」，文選作「飛」。「林」，兩抄本、趙本、文選、類聚均作「樹」。

〔九〕「噭噭」，文選、類聚均作「嗷嗷」。

其三〔一〕

微陰翳陽景，清風飄我衣。游魚潛緑水〔二〕，翔鳥薄天飛〔三〕。眇眇客行士〔四〕，遥役不得歸〔五〕。始出嚴霜結，今來白露晞〔六〕。游子嘆黍離，處者歌式微。慷慨對嘉賓，凄愴内傷悲。

【校記】

〔一〕此首文選二九録全篇，題作「情詩」。類聚二七人部十一行旅録「飛」、「晞」二韻。類聚二九人部十三別上録全篇，無題。

〔二〕「緑」，活字本、兩抄本、類聚均作「淥」。

〔三〕「鳥」，類聚二七作「鸞」。

〔四〕「士」，活字本作「去」，文選作「日」；按，明州本文選作「士」。

〔五〕「遥」，類聚作「徭」。

〔六〕「來」，活字本作「夜」。「晞」，類聚二七作「稀」。

其四〔一〕

攬衣出中閨，逍遥步兩楹。閑房何寂寞〔二〕，緑草被階庭〔三〕。空室自生風〔四〕，百鳥翩南征〔五〕。春思安可忘？憂戚與我并〔六〕。佳人在遠道，妾身單且煢〔七〕。歡會難再遇，蘭芝不重榮〔八〕。人皆棄舊愛，君豈若平生？寄松爲女蘿，依水如浮萍。束身奉衿帶〔九〕，朝夕不墮傾。儻能終顧眄〔一〇〕，永副我中情。

【校記】

〔一〕此首類聚三二人部十六閨情録全篇，無題。

〔二〕「寞」，類聚作「寥」。

〔三〕「被」，活字本作「破」。

〔四〕「室」，類聚作「穴」。

〔五〕「翩」，兩抄本、趙本均作「翔」。

〔六〕「我」，類聚作「君」。

〔七〕「單且」，四玉臺本均作「獨單」。

〔八〕「不」，活字本作「可」。

〔九〕「東」，類聚作「賁」。

〔一〇〕「儻能終顧盻」，活字本作「儻願終盻盻」，兩抄本、趙本均作「儻願終盼眄」，類聚作「儻終顧眄恩」。

其五〔一〕

南國有佳人，容華若桃李〔二〕。朝游江北岸〔三〕，夕宿湘川沚〔四〕。時俗薄朱顔，誰爲發皓齒？俯仰歲將暮，榮曜難永恃〔五〕。

【校記】

〔一〕此首文選二九、類聚一八人部二美婦人均録全篇。類聚二六人部十言志録「李」、「沚」、「齒」三韻，署「阮籍」，題作「咏懷詩」。「其五」二字，兩抄本均作「又」，馮抄本又以白色塗去，無「宋本」印；趙本無。

〔二〕「桃李」，活字本作「李朝」。

〔三〕「朝游」，活字本作「游桃」。「北」，類聚一八作「海」。

〔四〕「湘川」，馮抄本作「湘州」，文選、類聚均作「瀟湘」。又，文選此句下注「善本作日夕宿湘沚」。

〔五〕「難永」，兩抄本、趙本、文選均作「難久」，類聚作「寧久」。

美女篇〔一〕

美女妖且閑〔二〕，采桑岐路間〔三〕。柔條紛冉冉〔四〕，落葉何翩翩〔五〕。攘袖見素手，皓腕約金環〔六〕。頭上金雀釵〔七〕，腰佩翠琅玕。明珠交玉體，珊瑚間木難〔八〕。

羅衣何飄飄〔九〕，輕裾隨風還〔一〇〕。顧盼遺光彩〔一一〕，長嘯氣若蘭〔一二〕。行徒用息駕，休者以忘餐〔一三〕。借問女安居〔一四〕？乃在城南端。青樓臨大路，高門結重關。容華輝朝日〔一五〕，誰不希令顏！媒氏何所營？玉帛不時安。佳人慕高義，求賢良獨難。衆人徒嗷嗷〔一六〕，安知彼所歡〔一七〕？盛年處幽室〔一八〕，中夜起長嘆。

【校記】

〔一〕此首文選二七録全篇；書鈔一三六服飾部三釵六十九録「玕」一韻；類聚一八人部二美婦人録「間」、「環」、「玕」、「難」、「還」、「蘭」、「餐」、「端」、「關」、「顏」十韻；初學記一九美婦人録「間」、「翩」、「鐶」、「玕」、「難」、「還」、「蘭」、「餐」八韻；御覽三八一人事部二十三美婦人下録「間」、「翩」、「鐶」、「玕」四韻，七一八服用部二十釵兩處分别録「頭上金雀釵」一句和「玕」一韻；均題作「美女篇」，其中御覽七一八録「玕」韻處署「陳司馬」。「姜」，四玉臺本均作「美」。按，鄭本目録中「姜」作「美」。四玉臺本目録均總題曹植此下三首作「樂府三首」，而不列具體詩題。

〔二〕「姜」，四玉臺本、文選、類聚、初學記、御覽均作「美」。

〔三〕「岐」，文選作「歧」。

〔四〕「柔」，四玉臺本均作「長」，御覽作「桑」。「紛冉冉」，初學記作「芬冉冉」，御覽作「芬苒苒」。

〔五〕「落葉」，文選、初學記均作「葉落」。

〔六〕「環」，初學記、御覽均作「鐶」。

〔七〕「上」，書鈔、御覽七一八均作「戴」。「金雀」，兩抄本、文選均作「金爵」，趙本作「金䨣」，類聚作「二爵」，御覽七一八録「玕」韻處作「合歡」。按，凡「爵」、「䨣」一類異文，以下不再出校。

〔八〕「木難」，活字本、兩抄本均作「朱顔」，初學記作「大難」。

〔九〕「飄飄」，兩抄本、文選、類聚均作「飄飆」；又，文選其下注「善本作飄飄」。

〔一〇〕「裾」，活字本作「裙」。

〔一一〕「眄」，兩抄本、趙本、初學記均作「眄」，文選作「眄」。「遺」，活字本作「爲」。「彩」，兩抄本均作「采」。

〔一二〕「嘯」，初學記、類聚均作「笑」。

〔一三〕「休」，馮抄本作「体」。「忘」，初學記作「志」。

〔一四〕「安」，類聚作「何」。

〔一五〕「輝」，文選作「耀」，類聚作「暉」。「朝」，活字本作「朗」。

〔一六〕「徒」，四玉臺本均作「何」，文選此字下注「善本作何」。

〔一七〕「歡」，文選作「觀」。

〔一八〕「幽」，四玉臺本、文選均作「房」。

種葛篇〔一〕

種葛南山下，葛蔓自成陰〔二〕。與君初婚時〔三〕，結髮恩義深。歡愛在枕席，宿昔同衣衾。竊慕棠棣篇〔四〕，好樂如瑟琴〔五〕。行年將晚暮，佳人懷異心。恩紀曠不接〔六〕，我情遂抑沉〔七〕。出門當何顧？徘徊步北林。下有交頸獸，仰見雙栖禽。攀枝長嘆息，泪下沾羅衿。良馬知我愁〔八〕，延頸對我吟〔九〕。昔爲同池魚，今若商與參〔一〇〕。往古皆歡遇，我獨困于今。棄置委天命，悲愁安可任〔一一〕！

【校記】

〔一〕此首類聚四二樂部二樂府録「陰」、「深」、「心」、「沉」四韻，樂府詩集六四録全篇。按，鄭本目録中「種」作「采」。

〔二〕「蔓」，樂府詩集作「虆」。

〔三〕「初婚時」，類聚作「初定婚」，樂府詩集此三字下注「一作初定婚」。

〔四〕「暮」，四玉臺本、樂府詩集均作「慕」。
〔五〕「如」，兩抄本、趙本、樂府詩集均作「和」。
〔六〕「紀」，四玉臺本均作「絶」。
〔七〕「遂」，活字本作「逐」。
〔八〕「馬」，兩抄本、趙本均作「鳥」。「愁」，兩抄本、趙本、樂府詩集均作「悲」。
〔九〕「對」，樂府詩集作「代」。
〔一〇〕「若」，樂府詩集作「爲」。
〔一一〕「悲愁」，兩抄本、趙本均作「愁愁」，樂府詩集作「悠悠」。

浮萍篇〔一〕

浮萍寄清水〔二〕，隨風東西流。結髮辭嚴親，來爲君子仇。恪勤在朝夕，無端獲罪尤〔三〕。在昔蒙恩惠，和樂如瑟琴。何意今摧頹，曠若商與參。茱萸自有芳〔四〕，不若桂與蘭。新人雖可愛〔五〕，無若故人歡〔六〕。行雲有返期，君恩儻中還。慊慊仰天嘆，愁心將何訴〔七〕？日月不常處〔八〕，人生忽若寓〔九〕。悲風來入懷，泪落如垂露〔一〇〕。發篋造新衣〔一一〕，裁縫紈與素。

【校記】

〔一〕此首類聚四一樂部一論樂録「流」、「仇」、「尤」、「蘭」、「歡」、「還」六韻，題作「蒲生行」。樂府詩集三五録全篇，題作「蒲生行浮萍篇」。

〔二〕「清」，類聚作「緑」。

〔三〕「無端」，類聚作「中年」。　「罪」，類聚作「愆」。

〔四〕「有」，類聚作「内」。

〔五〕「新人雖可愛」，類聚作「佳人雖成列」。

〔六〕「無」，類聚作「不」。　「人」，兩抄本、趙本、類聚、樂府詩集均作「所」。

〔七〕「心」，兩抄本、趙本均作「愁」。

〔八〕「常」，樂府詩集作「恒」。

〔九〕「寓」，兩抄本、趙本均作「遇」。

〔一〇〕「落」，兩抄本、趙本、樂府詩集均作「下」。

〔一一〕「發」，活字本作「小」，趙本作「𤼵」。按，凡「發」、「𤼵」一類異文，以下不再出校。　「新」，四玉臺本、樂府詩集均作「裳」。

棄婦篇〔一〕

石榴直前庭〔二〕，緑葉摇縹青。丹華灼烈烈，帷彩有光榮〔三〕。光榮曄流離〔四〕，可以處淑靈〔五〕。有鳥來集樹〔六〕，飛翼以悲鳴〔七〕。夫何爲丹華〔八〕，丹華實不成。拊心長嘆息，無子當歸寧。有子月經天，無子若流星。天月相終始，流星没無精。棲遲失所宜，下與瓦石并。憂懷從中來，嘆息通鷄鳴。反側不能寐，逍遥於前庭。踟躕還入房，肅肅帷幕聲。搴幃更攝帶〔九〕，撫弦彈素箏。慷慨有餘音，要妙悲且清。收泪長嘆息，何以負神靈。招摇待霜露，何必春夏成。晚獲爲良實，願君且安寧。

【校記】

〔一〕此首御覽九七〇果部七石榴録「青」、「（以悲）鳴」二韻，題作「棄妻詩」。「棄婦篇」，活字本作「棄婦詩　曹植」，兩抄本、趙本均作「棄婦詩一首」。按，活字本目録中「詩」作「一首」，「曹植」作「又」，兩抄本目録中題下均署「曹植」。

〔二〕「直」，四玉臺本、御覽均作「植」。

〔三〕「帷」，活字本、兩抄本均作「惟」。

〔四〕「榮」，四玉臺本均作「好」。

〔五〕「處」，兩抄本、趙本均作「戲」。「靈」，趙本作「霊」，翁抄本作「靈」；此字同類異文，以下不再出校。

〔六〕「有」，御覽作「翠」。「來集樹」，四玉臺本、御覽均作「飛來集」。

〔七〕「飛」，四玉臺本均作「樹」，御覽作「拊」。

〔八〕「夫何爲丹華」，兩抄本、趙本均作「悲鳴夫何爲」。

〔九〕「搴」，四玉臺本均作「褰」。「幃」，兩抄本、趙本均作「帷」。

樂府二首　魏明帝〔一〕

【校記】

〔一〕「樂府二首　魏明帝」，兩抄本均作「樂府詩二首」，趙本作「魏明帝樂府詩二首」。按，兩抄本目録中題下均署「魏明帝」。

其一〔一〕

昭昭素明月〔二〕，輝光燭我床。憂人不能寐〔三〕，耿耿夜何長。微風衝閨闥〔四〕，羅帷自飄揚。攬衣曳長帶，縱屣下高堂〔五〕。東西安所之？徘徊以彷徨。春鳥何南飛〔六〕，翩翩獨翱翔。悲聲命儔匹，哀鳴傷我腸。感物懷所思，泣涕忽沾裳。佇立吐高吟，舒憤訴穹蒼〔七〕。

【校記】

〔一〕此首文選二七録全篇，無署名，爲「樂府四首古辭」之第三首，題作「傷歌行」。類聚四二樂部二樂府録「床」、「長」、「揚」、「堂」四韻，無署名，題作「古長歌行」。類要二四獨深録「長」一韻，無題、名。樂府詩集六二録全篇，無署名，題作「傷歌行　古辭」。「其一」二字，兩抄本、趙本均無。

〔二〕「素」，類聚作「清」。

〔三〕「憂人」，類要作「幽衷」。

〔四〕「衝」，文選、樂府詩集均作「吹」。

〔五〕「縱屣」，兩抄本、趙本均作「縱履」，文選、類聚、樂府詩集均作「屣履」。
〔六〕「何」，兩抄本、趙本均作「向」，文選、樂府詩集均作「翻」；又，樂府詩集其下注「一作向」。
〔七〕「穹」，活字本作「窮」。「佇立吐高吟舒憤訴穹蒼」十字，兩抄本、趙本均無。

其二〔一〕

種瓜東井上〔二〕，冉冉自逾垣。與君新爲婚，瓜葛相結連。寄托不肖軀，有如倚太山。菟絲無根株〔三〕，蔓延自登緣。萍藻托清流，常恐身不全。被蒙丘山惠，賤妾執拳拳。天日照知之〔四〕，想君亦俱然〔五〕。

【校記】

〔一〕此首樂府詩集七七録全篇。「其二」二字，兩抄本、趙本均無。
〔二〕「上」，馮抄本原同，墨筆塗改作「土」，無「宋本」印。
〔三〕「菟」，樂府詩集作「兔」。「根」，活字本作「枝」。
〔四〕「照」，活字本作「昭」。
〔五〕四玉臺本此後另有阮籍、傅玄、張華、潘岳、石崇、左思詩，鄭本皆置於卷三陸機詩之前，參見該卷校記。

飲馬長城窟行

陳琳〔一〕

飲馬長城窟，水寒傷馬骨〔二〕。往謂長城吏〔三〕：愼莫稽留太原卒。官作自有程，舉築諧汝聲〔四〕。男兒寧當格鬥死，何能怫鬱築長城〔五〕？長城何連連，連連三千里。邊城多健兒〔六〕，内舍多寡婦。作書與内舍：便嫁莫留住，善事新姑嫜〔七〕，時時念我故夫子。報書與邊地〔八〕：君今出語一何鄙〔九〕！身在禍難中，何爲稽留他家子！生兒愼莫舉〔一〇〕，生女哺用脯〔一一〕。君獨不見長城下〔一二〕，死人骸骨相撑拄〔一三〕！結髮行事君，慊慊心意閒〔一四〕。明知邊地苦〔一五〕，賤妾何能久自全？

【校記】

〔一〕此首書鈔一四五酒食部四脯篇十六録「脯」一韻，無署名，題作「古樂府」。類要三六邊塞風景録「骨」、「聲」、「城」、「里」、「婦」、「拄」六韻，無題；同書三六總叙邊備録「脯」、「拄」二韻，題作「飲馬長城窟侍大」。樂府詩集三八録全篇。「飲馬長城窟行　陳琳」，兩抄本、趙本均作「陳琳飲馬長城窟行一首」，其中翁抄本「城」作「成」。按，活字本目録中「行」下有「一首」二字。四玉臺本此首均置於卷一蔡邕飲馬長城窟行之後。

〔二〕「水」，馮抄本作「冰」。　「寒」，類要作「塞」。

〔三〕「往」，活字本作「請」。

〔四〕「諧」，類要作「詣」。　「聲」，類要作「反」。

〔五〕「何」，類要作「不」。

〔六〕「兒」，兩抄本、趙本、類要、樂府詩集均作「少」。

〔七〕「嫜」，兩抄本、趙本均作「章」。

〔八〕「與」，兩抄本、趙本、樂府詩集均作「往」。

〔九〕「一」，馮抄本原作「太」，經塗改後作「一」，無「宋本」印。

〔一〇〕「兒」，四玉臺本、書鈔、類要、樂府詩集均作「男」。

〔一一〕「脯」，類要作「腑」。

〔一二〕「君」，類要無此字。　「下」，類要作「不」。

〔一三〕「撐」，兩抄本均作「樘」，趙本作「撑」；此字同類異文，以下不再出校。　「拄」，類要作「柱」。

〔一四〕「間」，活字本作「間」，兩抄本、趙本、樂府詩集均作「闕」。

〔一五〕「明知」二字，兩抄本、趙本、樂府詩集均無。

雜詩五首

徐幹〔一〕

【校記】

〔一〕「雜詩五首　徐幹」，兩抄本均作「徐幹詩五首室思一首」，其中馮抄本「幹」之「全」部似經塗改而成，無「宋本」印，翁抄本「幹」作「榦」；趙本作「徐幹室思一首」。按，活字本目録中無「雜」字，兩抄本目録中均無「徐幹」署名，趙本目録中「徐幹」下有「詩二首」三字。又，四玉臺本徐幹詩均置於卷一陳琳飲馬長城窟行之後。

其一〔一〕

沉陰結愁憂，愁憂爲誰興？念與君相別〔二〕，各在天一方。良會未有期，中心摧且傷。不聊憂餐食，慊慊常饑空。端坐而無爲，仿佛君容光。

【校記】

〔一〕「其一」二字，兩抄本均無，以下四首，兩抄本亦均無「其×」字樣，不再分別出校。按，鄭本、活字本、兩抄本徐幹名下以下六首詩，趙本作一首六章，各章相連不换行，章末分别注以「其一」、「其二」等字。

〔二〕「相」，兩抄本、趙本均作「生」。

其二

峨峨高山首，悠悠萬里道。君去日已遠〔一〕，鬱結令人老。人生一世間，忽若暮春草。時不可再得，何爲自愁惱？每誦昔鴻恩，賤軀焉足保！

【校記】

〔一〕「日已」，兩抄本、趙本均作「已日」。

其三〔一〕

浮雲何洋洋，願因通我辭。飄飄不可寄〔二〕，徙倚徒相思〔三〕。人離皆復會，君獨無返期〔四〕。自君之出矣，明鏡暗不治〔五〕。思君如流水，何有窮已時。

【校記】

〔一〕此首類聚三二人部十六閨情録全篇，題作「室思」。

〔二〕「飄飄」，兩抄本均作「飄颻」，趙本作「飄飖」，類聚作「一逝」。按，凡「飖」、「颻」一類異文，以下不再出校。

〔三〕「徙倚徒相思」，類聚作「嘯歌久踟躕」。

〔四〕「君」，類聚作「我」。

〔五〕「暗」，類聚作「開」。

其四

慘慘時節盡，蘭華凋復零。喟然長嘆息〔一〕，君期慰我情〔二〕。展轉不能寐，長夜何綿綿。躡履起出户，仰觀三星連。自恨志不遂，泣涕如涌泉。

【校記】

〔一〕「息」，活字本作「君」。

〔二〕「君」，活字本作「息」。

其五〔一〕

思君見巾櫛〔二〕，以益我勞勤〔三〕。安得鴻鸞羽，覯此心中人！誠心亮不遂〔四〕，搔首立悁悁。何言一不見〔五〕，復會無因緣〔六〕。故然比目魚〔七〕，今隔如參辰。

【校記】

〔一〕此首御覽七一四服用部十六梳篦録「勤」一韻，題作「涂岑詩」。

〔二〕「君見」，御覽作「見君」。

〔三〕「益」，御覽作「弭」。「勞勤」，兩抄本均作「勤勞」。

〔四〕「亮」，兩抄本均作「高」。

〔五〕「見」，兩抄本均作「復」。

〔六〕「復」，兩抄本均作「見」。

〔七〕「然」，兩抄本、趙本均作「如」。

室思〔一〕

人靡不有初，想君能終之。别來歷年歲，舊恩何可期〔二〕？重新而忘故，君子所猶譏〔三〕。寄身雖在遠，豈忘君須臾！既厚不爲薄，想君時見思。

【校記】

〔一〕「室思」，兩抄本、趙本均無此行。按，活字本目録中「思」下有「詩一首又」四字。兩抄本「室思一首」之題置於「徐幹詩五首」之下，其詩亦置於該題下五首詩之後。趙本則以鄭本徐幹名下雜詩五首和室思一首爲一詩六章，題作「室思一首」；參見此前「雜詩五首　徐幹」題注。

〔二〕「恩」，四玉臺本均作「思」。

〔三〕「猶」，兩抄本、趙本均作「尤」。

情詩〔一〕

高殿鬱崇崇，廣厦淒泠泠〔二〕。微風起閨闥，落日照階庭。踟蹰雲屋下，笑歌倚華楹〔三〕。君行殊不返，我飾爲誰榮〔四〕？爐薰闔不用，鏡匣上塵生。綺羅失常色，金翠暗無精。嘉肴既忘御，旨酒亦常停。顧瞻空寂寂，惟聞燕雀聲。憂思連相屬〔五〕，中心如宿酲。

【校記】

〔一〕「情詩」，兩抄本、趙本均作「情詩一首」。按，活字本目録中「詩」下有「一首又」三字，兩抄本目録中題下均署「徐幹」。

〔二〕「泠泠」，活字本、趙本、翁抄本均作「泠泠」，馮抄本作「泠泠」。

〔三〕「笑」，兩抄本、趙本均作「嘯」。

〔四〕「餙」，四玉臺本均作「飾」；按，此字同類異文，以下徑改作繁體正字，不再出校。

〔五〕「屬」，兩抄本、趙本均作「囑」。

雜詩二首并序

王宋〔一〕

王宋者，平虜將軍劉勳妻也〔二〕。後勳悦山陽司馬氏女，以宋無子，出之。

還，于道中賦此〔三〕。

【校記】

〔一〕「雜詩二首并序　王宋」，兩抄本、趙本均作「劉勳妻王氏雜詩二首并序」。按，鄭本目録中無「并序」二字，活字本目録中「王」前有「劉勳妻」三字。又，四玉臺本此詩均置於曹植詩之前。

〔二〕「也」，活字本此字下有「入門二十年」五字，兩抄本、趙本均有「入門二十餘年」六字。

〔三〕「賦此」，活字本作「作詩」，兩抄本、趙本均作「作詩二首」。

其一〔一〕

翩翩床前帳〔二〕，張以蔽光暉〔三〕。昔將爾同去〔四〕，今將爾同歸〔五〕。緘藏篋笥裏，當復何時披？

【校記】

〔一〕此首類聚二九人部十三别上録全篇，署「魏文帝」，題作「代劉勳出妻王氏詩」。「其一」二字，兩抄本、趙本均無。

〔二〕「翩翩」，馮抄本原似作「翮翮」，經塗改後作「翩翩」，無「宋本」印；翁抄本作「翮翮」。

〔三〕「張」，類聚作「可」。

〔四〕「同」，兩抄本、趙本均作「共」。

〔五〕「同」，類聚作「共」。

其二〔一〕

誰言去婦薄？去婦情更重。千里不唾井，況乃昔所奉。遠望未爲遥，踟蹰不得并〔二〕。

【校記】

〔一〕「其二」二字，兩抄本、趙本均無。按，兩抄本此首均與上首連抄，馮抄本以黑黄色綫相隔，無「宋本」印。

〔二〕「并」，活字本作「住」，兩抄本、趙本均作「往」。

卷三〔一〕

【校記】

〔一〕此卷作者及其詩作，四玉臺本除不收者外，均分見於卷二和卷三，其排列次序和作者署名相異者見各詩校記。

咏懷詩二首　　阮籍〔一〕

【校記】

〔一〕「咏懷詩二首　阮籍」，兩抄本、趙本均作「阮籍咏懷詩二首」，其中兩抄本「籍」作「藉」。按，四玉臺本阮籍此題下二詩均置於卷二魏明帝詩之後。

其一〔一〕

二妃游江濱，逍遥從風翔〔二〕。交甫解環佩〔三〕，婉孌有芬芳〔四〕。猗靡情歡愛〔五〕，千載不相忘〔六〕。傾城迷下蔡，容好結中腸〔七〕。感激生憂思，萱草樹蘭房。膏沐爲誰施？其雨怨朝陽。如何金石交〔八〕，一旦更離傷〔九〕！

【校記】

〔一〕此首文選二三録全篇，爲咏懷詩十七首之第二首。類聚一八人部二美婦人録「翔」、「芳」、「忘」、「腸」、「房」五韻，初學記一九美婦人下蔡分别于兩處録「翔」、「芳」、「腸」三韻和「翔」、「芳」、「忘」、「腸」、「房」五韻，御覽三八一人事部二十二美婦人下録「翔」、「芳」二韻，均無題。

「其二」二字，兩抄本、趙本均無。

〔二〕「逍」，初學記第二處作「適」。「從」，文選、初學記、御覽均作「順」。

〔三〕「解環」，文選、類聚均作「懷環」，初學記、御覽均作「懷玉」。

〔四〕「孌」，類聚作「婉」。

〔五〕「猗」，類聚、初學記均作「綺」。

〔六〕「載」，類聚作「歲」。

〔七〕「容好」，兩抄本均作「客好」，類聚作「容華」。「中」，初學記第二處作「衷」。

〔八〕「石」，兩抄本、趙本均作「磬」。

〔九〕「更」，活字本作「便」。

其二〔一〕

昔日繁華子，安陵與龍陽。夭夭桃李花，灼灼有輝光。悦懌若九春〔二〕，磬折似秋霜〔三〕。流盼發媚姿〔四〕，言笑吐芬芳。携手等歡愛〔五〕，宿昔同衾裳〔六〕。願爲雙飛鳥，比翼共翺翔。丹青著明誓，永世不相忘〔七〕。

【校記】

〔一〕此首文選二三録全篇，爲咏懷詩十七首之第四首。「其二」二字，兩抄本、趙本均無。

〔二〕「悦」，兩抄本均作「恍」。

〔三〕「磬折」，活字本、趙本、文選均作「磬折」，兩抄本均作「聲折」。

〔四〕「盼」，四玉臺本、文選均作「眄」。「媚姿」，文選作「姿媚」。

〔五〕「歡」，兩抄本均作「權」。

〔六〕「衾」，文選作「衣」。

〔七〕「永世」，文選作「千載」，其下注「善本作永世」。

青青河邊草篇

傅玄〔一〕

青青河邊草，悠悠萬里道。草生在春時，遠道還有期〔二〕。春至草不生〔三〕，期盡嘆無聲〔四〕。感物懷思心，夢想發中情。夢君如鴛鴦〔五〕，比翼雲間翔。既覺寂無見，曠如參與商。夢君結同心，比翼游北林。既覺寂無見，曠如商與參〔六〕。河洛自用固，不如中岳安。回流不及返〔七〕，浮雲往自還。悲風動思心，悠悠誰知者？懸景無停居，忽如馳駟馬。傾耳懷音響，轉日泪雙墮〔八〕。生存無會期，要君黄泉下。

【校記】

〔一〕此首類聚四一樂部一論樂録「道」、「期」、「聲」、「情」、「翔」、「商」六韻，樂府詩集三八録全篇，均題作「飲馬長城窟行」。　「青青河邊草篇　傅玄」，活字本此詩題作兩行，其首行題「樂府七首　傅玄」，次行題「青青河邊草篇」；兩抄本均作「青青河邊草篇　傅玄樂府七首」；趙本作「傅玄青青河邊草篇」。按，鄭本目録中「邊」作「畔」，活字本、兩抄本目録中「樂府」下有「詩」字，趙本目録中「傅玄」下有「樂府詩七首」五字，四玉臺本目録傅玄樂府詩七首下均無具體詩題。又，四玉臺本傅玄此下各詩均置於卷二阮籍詩之後。

〔二〕「遠」，類聚作「還」。

〔三〕「草不」，活字本作「不草」。

〔四〕「嘆」，類聚作「漠」。

〔五〕「如」，類聚作「若」。

〔六〕「夢君結同心比翼游北林既覺寂無見曠如商與參」二十字，兩抄本、趙本、樂府詩集均無。

〔七〕「及返」，活字本作「汲汲」，兩抄本、趙本均作「及反」。

〔八〕「日」，四玉臺本、樂府詩集均作「目」。

苦相篇〔一〕

苦相身爲女〔二〕，卑陋難再陳〔三〕。男兒當門户〔四〕，墮地自生神。雄心志四海，萬里望風塵。女育無欣愛〔五〕，不爲家所珍。長大逃深室，藏頭羞見人。垂泪適他鄉〔六〕，忽如雨絶雲。低頭和顔色，素齒結朱脣〔七〕。跪拜無復數，婢妾如嚴賓。情合雙雲漢〔八〕，葵藿仰陽春〔九〕。心乖甚水火〔一〇〕，百惡集其身。玉顏隨年變，丈夫多好新。昔爲形與影，今爲胡與秦。胡秦時相見，一絶逾參辰。

【校記】

〔一〕此首類聚四一樂部一論樂録「陳」、「神」、「塵」、「珍」、「新」、「秦」六韻，題作「豫章行」。類要二二總叙初生録「陳」、「神」二韻，無題。樂府詩集三四録全篇，題作「豫章行苦相篇」。「苦相篇」，活字本作「豫章行」，兩抄本、趙本均作「苦相篇　豫章行」。

〔二〕「苦相」，類要作「若恨」。

〔三〕「卑」，類聚作「早」。

〔四〕「男兒」，四玉臺本、樂府詩集均作「兒男」；又，樂府詩集其下注「一作男兒」。

〔五〕「愛」，類聚作「慶」。

〔六〕「垂」，兩抄本、趙本、樂府詩集均作「無」。

〔七〕「頰」，兩抄本、趙本、樂府詩集均作「齒」。

〔八〕「雙」，兩抄本、趙本、樂府詩集均作「同」。

〔九〕「仰」，活字本作「傾」。

〔一〇〕「水」，活字本作「冰」。

有女篇〔一〕

有女懷芬芳，提提步東廂〔二〕。蛾眉分翠羽〔三〕，明目發清揚〔四〕。丹脣翳皓齒，秀色若珪璋〔五〕。巧笑露歡靨〔六〕，衆媚不可詳。容儀希世出〔七〕，無乃古毛嬙。頭安金步搖〔八〕，耳繫明月璫。珠環約素腕，翠爵垂鮮光〔九〕。文袍綴藻黼，玉體映羅裳。容華既以艷〔一〇〕，志節擬秋霜。徽音冠青雲〔一一〕，聲響流四方。妙哉英媛德，宜配侯與王。靈應萬世合，日月時相望。媒氏陳束帛，羔雁鳴前堂。百兩盈中路，起若鸞鳳翔。凡夫徒踴躍〔一二〕，望絶殊參商〔一三〕。

【校記】

〔一〕此首書鈔一三五録「璫」一韻，題作「樂府艷歌行」。類聚一八人部二美婦人録「廂」、「揚」、「璋」、「嬙」、「璫」、「光」、「霜」七韻，無題；同書四二樂部二樂府録「揚」、「璋」、「霜」三韻，題作「艷歌行」。初學記一九美婦人、御覽三八一人事部二十二美婦人下録「廂」、「揚」、「璋」、「詳」、

「嫱」、「璫」六韻，均無題。樂府詩集三九録全篇，題作「艶歌行有女篇」。「有女篇」，活字本作「艶歌行」，兩抄本、趙本均作「有女篇　艶歌行」。

〔二〕「提提」，兩抄本、趙本、類聚、初學記、御覽、樂府詩集均作「媞媞」。「廂」，兩抄本、趙本均作「箱」。

〔三〕「分翠羽」，類聚一八作「若雙翠」，初學記、御覽均作「雙翠羽」。

〔四〕「目」，活字本作「發」，類聚一八、初學記、御覽、樂府詩集均作「眸」，類聚四二作「月」。「發」，活字本作「目」。「揚」，活字本、兩抄本、類聚均作「陽」，初學記、御覽均作「光」。

〔五〕「色」，類聚一八、初學記、御覽均作「顔」。

〔六〕「露歡靨」，兩抄本、趙本均作「露權靨」，初學記、御覽均作「露靨輔」，樂府詩集作「雲權靨」。

〔七〕「容」，類聚、初學記、御覽、樂府詩集均作「令」。

〔八〕「頭安」，書鈔、類聚、初學記、御覽均作「首戴」；又，樂府詩集此句下注「一作首戴金步摇」。

〔九〕「爵」，類聚、樂府詩集均作「羽」。

〔一〇〕「以」，類聚一八、樂府詩集均作「已」。

〔一一〕「徽」，樂府詩集作「微」。「青」，兩抄本均作「清」。

〔一二〕「凡」，兩抄本、趙本均作「兄」。

〔一三〕「殊」，馮抄本原作「如」，經塗改後作「殊」，有「宋本」印。

朝時篇〔一〕

昭昭朝時日，皎皎晨明月〔二〕。十五入君門，一別終華髮。同心忽異離，曠若胡與越〔三〕。胡越有會時，參辰遼且闊。形影雖仿佛〔四〕，音聲寂無達。纖弦感促柱，觸之哀聲發。情思如循環，憂來不可遏。塗山有餘恨，詩人咏采葛。蜻蛚吟床下〔五〕，回風起幽闥。春榮隨露落〔六〕，芙蓉生木末。自傷命不遇，良辰永乖別。已爾可奈何，譬如紈素裂。孤雌翔故巢，星流光景絶。魂神馳萬里，甘心要同穴。

【校記】

〔一〕此首樂府詩集四二録全篇，題作「怨歌行朝時篇」。「朝時篇」，活字本作「怨歌行」，兩抄本、趙本均作「朝時篇　怨歌行」。

〔二〕「晨」，樂府詩集作「最」。

〔三〕「若」，四玉臺本、樂府詩集均作「如」。

〔四〕「雖」，兩抄本、趙本、樂府詩集均作「無」。
〔五〕「蜊」，活字本作「蚓」。
〔六〕「露」，樂府詩集作「路」。

明月篇〔一〕

皎皎明月光，灼灼朝日輝。昔爲春蠶絲〔二〕，今爲秋女衣。丹唇列素齒〔三〕，翠彩發蛾眉〔四〕。嬌子多好言，歡合易爲姿。玉顏盛有時〔五〕，秀色隨年衰。常恐新間舊，變故興細微。浮萍無根本〔六〕，非水將何依？憂喜更相接，樂極還自悲〔七〕。

【校記】

〔一〕此首類聚四一樂部一論樂録「衣」、「眉」、「衰」、「微」、「依」五韻，題作「怨詩」。樂府詩集六五録全篇。
〔二〕「蠶」，活字本、馮抄本均作「蠒」，趙本作「繭」，翁抄本作「璽」。「絲」，類聚作「緒」。
〔三〕「列」，類聚作「形」。

〔四〕「蛾」，兩抄本、趙本、類聚均作「娥」。

〔五〕「玉」，活字本作「王」。「盛」，類聚作「虧」。

〔六〕「無根本」，類聚、樂府詩集均作「本無端」；又，樂府詩集此句下注「一作浮萍無根本」。

〔七〕「還自」，兩抄本、趙本均作「自還」。

秋蘭篇〔一〕

秋蘭蔭玉池，池水清且芳〔二〕。芙蓉隨風發，中有雙鴛鴦。雙魚自踴躍〔三〕，兩鳥時回翔〔四〕。君期歷九秋〔五〕，與妾同衣裳。

【校記】

〔一〕此首類聚八一藥香草部蘭、初學記二七蘭、御覽九八三香部三蘭香均録「芳」、「翔」二韻，題作「咏秋蘭詩」。樂府詩集六四録全篇。

〔二〕「清且芳」，類聚作「清其芳」，樂府詩集作「且芳香」。

〔三〕「踴躍」，樂府詩集作「湧濯」。

〔四〕「回」，類聚、樂府詩集均作「迴」，初學記、御覽均作「徊」。

〔五〕「期」，樂府詩集作「其」，其下注「一作期」。

西長安行

所思兮何在？乃在西長安。何用存問妾？香襛雙珠環〔一〕。何用重存問？羽爵翠琅玕。今我兮聞君，更有兮異心。香亦不可燒，環亦不可沉。香燒日有歇，環沈日自深。

【校記】

〔一〕「襛」，馮抄本原似同，經塗改後作「橙」，無「宋本」印。

和秋胡行〔一〕

秋胡納令室，三日宦他鄉〔二〕。皎皎潔婦姿，冷冷守空房〔三〕。嬿婉不終夕〔四〕，別如參與商。憂來猶四海，易感難可防。人言生日短，愁者苦夜長。百草揚春華〔五〕，攘腕采柔桑。素手尋繁枝，落葉不盈筐。羅衣翳玉體，迴目流彩章。君子倦任歸〔六〕，車馬如龍驤。精誠馳萬里，既去兩相忘〔七〕。行人悦令色〔八〕，借息此路傍〔九〕。誘以逢卿喻〔一〇〕，遂下黄金裝。烈烈貞女忿，言辭厲秋霜。長驅及居室〔一一〕，奉金升北堂。母立呼婦來，歡情樂未央。秋胡見此婦，惕然懷探湯。負心豈不慚？永誓非所望。清濁自異源〔一二〕，鳧鳳不并翔。引身赴長流，果哉潔婦腸！彼夫既不淑，此婦亦太剛〔一三〕。

【校記】

〔一〕此首類聚一八人部二賢婦人録「鄉」、「房」、「商」、「忘」、「傍」、「裝」六韻，題作「秋胡詩」。樂府詩集三六録全篇，題作「秋胡行」。「和秋胡行」，活字本作「和班氏詩一首　傅玄」，兩抄本、趙本均作「和班氏詩一首」。按，活字本目録中「傅玄」作「又」，兩抄本目録中題下均署「傅玄」。

〔二〕「宦」，樂府詩集作「官」。

〔三〕「冷冷」，活字本、趙本、翁抄本、類聚、樂府詩集均作「泠泠」，馮抄本作「泠冷」。

〔四〕「嬿婉」，類聚作「嬿娩」，樂府詩集作「燕婉」。「夕」，活字本作「久」。

〔五〕「揚」，翁抄本作「楊」。

〔六〕「任」，兩抄本、趙本、樂府詩集均作「仕」。

〔七〕「去」，四玉臺本、類聚、樂府詩集均作「至」。

〔八〕「令色」，兩抄本均作「令顔」，趙本、類聚、樂府詩集均作「令顔」。

〔九〕「借」，四玉臺本均作「請」；樂府詩集作「情」，其下注「一作借」。「路」，兩抄本、趙本、類聚、樂府詩集均作「樹」。

〔一〇〕「誘」，類聚作「言」。「卿」，四玉臺本均作「郎」。

〔一一〕「居」，活字本作「君」。

〔一二〕「自」，兩抄本、趙本、樂府詩集均作「必」。

〔一三〕「太」，兩抄本、趙本均作「大」。

情詩五首 張華〔一〕

【校記】

〔一〕「情詩五首 張華」，趙本作「張華情詩五首」。按，四玉臺本張華此下各詩均置於卷二傅玄詩之後。

其一〔一〕

北方有佳人，端坐鼓鳴琴。終晨撫管弦，日夕不成音〔二〕。憂來結不解，我思存所欽。君子尋時役，幽妾懷苦辛〔三〕。初爲三載別，於今久滯淫。昔耶生户牖〔四〕，庭内自成陰〔五〕。翔鳥鳴翠隅〔六〕，草蟲相和吟〔七〕。心悲易感激，俯仰泪流衿。願托晨風翼，束帶侍衣衾。

【校記】

〔一〕此首書鈔一〇九樂部九琴録「琴」、「音」二韻，無題。類聚三二人部十六閨情録「琴」、「音」、「欽」三韻。「其一」二字，兩抄本、趙本均無；其下四首，兩抄本、趙本亦均無「其×」字樣，不再分别出校。

〔二〕「日」，書鈔作「旦」。

〔三〕「辛」，四玉臺本均作「心」。

〔四〕「耶」，活字本、兩抄本均作「柳」，趙本作「邪」。

〔五〕「陰」，兩抄本、趙本均作「林」。

〔六〕「隅」，活字本、兩抄本均作「偶」。

〔七〕「蟲」，趙本作「蟲」；此字同類異文，以下不再出校。

其二〔一〕

明月曜清景，曨光照玄墀〔二〕。幽人守静夜，迴身入空帷〔三〕。束帶俟將朝，廓落晨星稀。寑假交精爽〔四〕，覿我佳人姿。巧笑媚歡靨〔五〕，聯娟眸與眉〔六〕。寐言增長嘆，凄然心獨悲。

【校記】

〔一〕「其二」一首，馮抄本與第一、第三首連抄，之間以紅綫相隔，有「宋本」印。翁抄本第一、二首均結束于一行末字。

〔二〕「曨」，趙本作「朧」。

〔三〕「帷」，四玉臺本均作「帷」。

〔四〕「寑」，活字本作「寐」，兩抄本均作「寐」，趙本作「寐」；按，凡「寐」、「寐」、「寐」一類異文，以下不再出校。「精」，兩抄本均作「情」。

〔五〕「歡」，兩抄本、趙本均作「權」。

〔六〕「娟」，趙本作「媚」。

其三〔一〕

清風動帷簾，晨月燭幽房〔二〕。佳人處遐遠，蘭室無容光。衿懷擁虛景〔三〕，輕衾覆空床。居歡惜夜促〔四〕，在戚怨宵長。撫枕獨吟嘆〔五〕，綿綿心內傷〔六〕。

【校記】

〔一〕此首唐寫本殘存「覆空床」、「心內」五字。文選二九録全篇。

〔二〕「燭」，文選此字下注「善本作照」。

〔三〕「虛」，文選此字下注「善本作靈」。

〔四〕「歡」，兩抄本均作「權」。「惜」，兩抄本均作「借」，文選此字下注「善本作惕」。

〔五〕「撫」，文選此字下注「善本作拊」。「吟」，文選作「嘯」。

〔六〕「綿綿」，文選作「感慨」。

其四〔一〕

君居北海陽，妾在江南陰〔二〕。懸邈修塗遠〔三〕，山川阻且深。承歡注隆愛，結分投所欽。銜恩篤守義〔四〕，萬里托微心〔五〕。

【校記】

〔一〕此首唐寫本殘存「綿邈修」、「銜思守」六字。類聚三二人部十六閨情録全篇。

〔二〕「江南」，兩抄本、趙本均作「南江」。

〔三〕「懸邈修塗遠」，唐寫本殘存此句前三字作「綿邈修」，類聚作「懸貌極修途」。

〔四〕「銜恩篤守義」，唐寫本殘存此句前三字作「銜思守」，活字本、類聚均作「銜恩守篤義」，馮抄本、趙本均作「銜思守篤義」，翁抄本作「銜思守萬義」。

〔五〕「微」，活字本作「徵」。

其五〔一〕

游目四野外〔二〕，逍遥獨延佇。蘭蕙緣清渠〔三〕，繁華蔭緑渚〔四〕。佳人不在兹，取此欲誰與〔五〕？巢居覺風寒〔六〕，穴處識陰雨〔七〕。未曾遠別離〔八〕，安知慕儔侶？

【校記】

〔一〕此首唐寫本殘存「蘭蕙」二字及「渚」以下三十一字。文選二九、類聚三二人部十六閨情均録全篇。

〔二〕「目」，兩抄本、趙本均作「自」。

〔三〕「清渠」，兩抄本均作「情蕖」，趙本作「清蕖」。

〔四〕「繁」，活字本作「繫」。「蔭」，類聚作「陰」。「緑」，類聚作「渌」。「渚」，活字本作「墅」，翁抄本此字原同，後用紅筆抹去「氵」旁作「者」。

〔五〕「此」，類聚作「之」。

〔六〕「覺風寒」，唐寫本作「覺風飆」，四玉臺本均作「覺風飄」，文選作「知風寒」，類聚作「知寒風」。

〔七〕「識」，類聚作「知」。

〔八〕「未」，文選、類聚均作「不」。

雜詩二首

其一〔一〕

逍遥游春空〔二〕，容與緑池阿〔三〕。白蘋開素葉〔四〕，朱草茂丹華。微風摇茝若〔五〕，增波動芰荷〔六〕。榮彩曜中林〔七〕，流馨入綺羅〔八〕。王孫游不歸，修路邈以遐〔九〕。誰與玩遺芳，佇立獨咨嗟。

【校記】

〔一〕此首唐寫本存全篇。「其一」二字，唐寫本、兩抄本、趙本均無，活字本作「其一　張華」。

〔二〕「空」，唐寫本、兩抄本、趙本均作「宫」。

〔三〕「緑池阿」，唐寫本作「緣池河」，活字本作「緑流阿」。

〔四〕「開」，唐寫本、兩抄本、趙本均作「齊」。

〔五〕「茝」，唐寫本作「蘘」。

〔六〕「增」，活字本作「層」。

〔七〕「榮彩」，馮抄本作「榮榮」，翁抄本作「榮采」； 按，兩抄本第二字均係紅筆補入，馮抄本無「宋本」印。

〔八〕「馨」，唐寫本作「聲」。

〔九〕「邈以」，唐寫本作「以邈」。

其二〔一〕

荏苒日月運，寒暑忽流易。同好逝不存〔二〕，迢迢遠離析〔三〕。房櫳自來風〔四〕，户庭無行迹。蒹葭生床下，蛛蝥網四壁〔五〕。懷思豈不隆？感物重鬱積。游雁比翼翔，歸鴻知接翮。來哉彼君子，無愁徒自隔〔六〕。

【校記】

〔一〕此首唐寫本存全篇。 「其二」二字，唐寫本、兩抄本、趙本均無。

〔二〕「逝」，四玉臺本均作「游」。

〔三〕「迢迢」，唐寫本作「茗茗」，四玉臺本均作「苕苕」。 「遠」，唐寫本作「久」。 「析」，唐寫本、活字本、趙本均作「析」，兩抄本均作「拚」。

〔四〕「櫳」，兩抄本均作「攏」。

〔五〕「綱」，唐寫本作「絅」，活字本作「綱」，兩抄本、趙本均作「絅」。「璧」，兩抄本、趙本均作「壁」。

〔六〕「愁」，唐寫本作「然」。「隔」，兩抄本均作「隔」，趙本作「隔」；此字同類異文，以下不再出校。

内顧詩二首　潘岳〔一〕

【校記】

〔一〕「内顧詩二首　潘岳」，唐寫本作「潘岳詩四首內顧二首悼亡二首　內顧二首」。兩抄本均作「内顧詩二首」，馮抄本下端原有「潘岳」二字，後被紅黑色塗圈，無「宋本」印；趙本作「潘岳内顧詩二首」。按，兩抄本目録中題下均署「潘岳」。四玉臺本潘岳此下各詩均置於卷二張華詩之後。

其一〔一〕

静居懷所歡，登城望四澤。春草鬱青青，桑柘何奕奕〔二〕。芳林振朱榮〔三〕，渌水激素石〔四〕。初征冰未泮，忽然衫絺綌〔五〕。漫漫三千里，迢迢遠行客〔六〕。馳情戀朱顔，寸陰過盈尺。夜愁極清晨，朝悲終日夕。山川信悠永〔七〕，願言良弗獲〔八〕。引領訊歸雲〔九〕，沉思不可釋。

【校記】

〔一〕此首唐寫本存全篇。類聚三二人部十六閨情録全篇。「其一」二字，唐寫本、兩抄本、趙本均無。

〔二〕「栢」，唐寫本作「柏」，類聚作「者」。「奕奕」，唐寫本作「弈弈」，兩抄本、類聚均作「弈弈」。

〔三〕「芳」，類聚作「丹」。

〔四〕「渌」，趙本作「緑」。

〔五〕「然」，唐寫本、四玉臺本、類聚均作「焉」。「衫」，唐寫本作「搿」，兩抄本、趙本、類聚均作「振」。「綌」，唐寫本作「緖」，兩抄本均作「綌」。

〔六〕「迢迢」，唐寫本作「苕苕」，四玉臺本均作「苕苕」。

〔七〕「信」，類聚作「自」。

〔八〕「弗」，類聚作「不」。

〔九〕「引領訊歸雲」，唐寫本作「引領訴歸雲」，類聚作「别嶺訴歸期」。

其二〔一〕

獨悲安所慕〔二〕，人生若朝露。綿邈寄絶域，眷戀想平素〔三〕。爾情既來追，我心亦還顧。形體隔不達，精爽交中路。不見山下松〔四〕，隆冬不易故？不見澗邊柏〔五〕，歲寒守一度〔六〕？無謂希見疏〔七〕，在遠分彌固。

【校記】

〔一〕此首唐寫本存全篇。「其二」二字，唐寫本、兩抄本、趙本均無。

〔二〕「慕」，唐寫本作「暮」。

〔三〕「想」，唐寫本作「相」。

〔四〕「下」，唐寫本、兩抄本、趙本均作「上」。

〔五〕「澗邊」，唐寫本作「陵間」，四玉臺本均作「陵澗」。

〔六〕「歲寒」一句，兩抄本與前一句之間分别空兩格和三格，并另行頂格，馮抄本無「宋本」印。

〔七〕「見」，兩抄本、趙本均作「是」。

悼亡詩二首〔一〕

【校記】

〔一〕「悼亡詩二首」，唐寫本作「悼亡二首」，活字本作「悼亡詩二首　潘岳」。按，活字本目録中「潘岳」作「又」，兩抄本目録中題下均署「潘岳」。

其一〔一〕

荏苒冬春謝〔二〕，寒暑忽流易。之子歸窮泉，重壤永幽隔。私懷誰克從〔三〕？淹留亦何益！僶俛恭朝命，迴心返初役〔四〕。望廬思其人，入室想所歷。幃屏無仿佛〔五〕，翰墨有餘迹〔六〕。流芳未及歇，遺挂猶在壁〔七〕。悵怳如或存〔八〕，周遑忡驚惕〔九〕。如彼翰林鳥，雙栖一朝隻〔一〇〕。如彼游川魚，比目中路析〔一一〕。春風緣隙來〔一二〕，晨溜依檐滴〔一三〕。寢息何時忘，沈憂日盈積。庶幾有時衰〔一四〕，莊缶猶可擊。

【校記】

〔一〕此首唐寫本存全篇。文選二三録全篇，類聚三四人部十八哀傷録「易」、「隔」、「歷」、「迹」、「壁

（璧〕」、「惕」、「隻」、「析」八韻。「其一」二字，唐寫本、兩抄本、趙本均無。

〔二〕「荏苒」，活字本作「苒荏」。「冬春」，唐寫本作「春冬」。

〔三〕「克」，唐寫本作「尅」；文選作「剋」，其下注「善本作克」。

〔四〕「迴」，唐寫本作「迥」。

〔五〕「幃」，唐寫本作「愇」，類聚作「帷」。

〔六〕「翰」，唐寫本作「朝」。

〔七〕「挂」，唐寫本作「桂」。「璧」，唐寫本、四玉臺本、文選、類聚均作「壁」。

〔八〕「悵恍」，馮抄本作「帳幓」，趙本、翁抄本均作「帳幔」，類聚作「悵脱」。按，翁抄本「幔」右邊有一小紅圈，其頁底紅筆寫一「帆」字。

〔九〕「周遑」，唐寫本作「周皇」，四玉臺本均作「回遑」，文選作「周惶」，類聚作「迴遑」。

〔一〇〕「栖」，唐寫本、文選均作「飛」；又，文選其下注「善本作栖」。

〔一一〕「析」，唐寫本、類聚均作「隔」，兩抄本均作「拆」。

〔一二〕「隙」，唐寫本、活字本、兩抄本均作「隟」；此字同類異文，以下不再出校。

〔一三〕「依檐滴」，唐寫本作「依簷適」，文選作「承檐滴」。

〔一四〕「哀」，唐寫本、兩抄本、趙本、文選均作「衰」。

其二〔一〕

皎皎窗中月〔二〕，照我室南端〔三〕。清商應秋至，溽暑隨節闌。凜凜涼風升〔四〕，始覺夏衾單。豈曰無重纊〔五〕？誰與同歲寒〔六〕！歲寒無與同〔七〕，朗月何朧朧〔八〕。展轉眄枕席〔九〕，長簟竟床空〔一〇〕。床空委清塵，室虛來悲風。獨無李氏靈，彷佛睹爾容〔一一〕。撫衿長嘆息〔一二〕，不覺涕沾胸〔一三〕。沾胸安能已〔一四〕？悲嘆從中起〔一五〕。寢興目存形〔一六〕，遺音猶在耳。上慚東門吴，下愧蒙莊子。賦詩欲言志，零落具難紀〔一七〕。命也可奈何〔一八〕，長戚自令鄙〔一九〕。

【校記】

〔一〕此首唐寫本存全篇。文選二三録全篇，類聚三四人部十八哀傷録「端」、「闌」、「單」、「寒」、「朧」、「空」、「風」、「起」、「耳」九韻，御覽七〇七服用部九被録「單」、「寒」二韻，同書七〇八服用部十簟録「空」一韻。書鈔一五〇天部二月四録「朧」一韻，無題。事類賦五歲時部二秋賦録「端」、「闌」二韻，題作「古詩」。御覽二五時序部十秋下録「端」、「闌」、「單」三韻，署「陸機」。

「其二」二字，唐寫本、兩抄本、趙本均無。
〔一〕「皎皎」，兩抄本、趙本均作「皦皦」，事類賦、御覽均作「皦皦」。「月」，事類賦作「日」。
〔三〕「照」，唐寫本作「昭」。
〔四〕「風」，御覽二五作「氣」。
〔五〕「纊」，御覽作「纊」。
〔六〕「誰」，御覽作「詩」。
〔七〕「無」，書鈔作「先」。
〔八〕「朧朧」，唐寫本作「曨曨」。
〔九〕「展」，文選作「輾」，其下注「善本作展」。「眄」，御覽作「睇」。
〔一〇〕「篁」，活字本作「篁」。
〔一一〕「睹」，唐寫本作「見」。
〔一二〕「衿」，馮抄本原似作「琴」，經塗改後作「衿」，有「宋本」印。
〔一三〕「胸」，唐寫本作「匈」。
〔一四〕「胸」，唐寫本作「匈」。「能」，文選作「寧」。按，明州本文選作「能」。
〔一五〕「嘆」，唐寫本、四玉臺本、文選、類聚均作「懷」。「起」，趙本作「起」；此字同類異文，以下不再出校。

〔一六〕「目」，唐寫本、四玉臺本、文選均作「自」；又，文選其下注「善本作目」。

〔一七〕「零落」，文選作「此志」。「具難」，唐寫本、四玉臺本、文選均作「難具」。

〔一八〕「命也」，唐寫本作「今世」。「可」，兩抄本、趙本均作「詩」。

〔一九〕「自令」，唐寫本作「令自」。

王昭君辭并序

石崇〔一〕

王明君者，本名王昭君〔二〕，以觸文帝諱，故改〔三〕。匈奴盛請婚於漢，元帝詔以後宮良家子明君配焉〔四〕。昔公主嫁烏孫，令琵琶馬上作樂〔五〕，以慰其道路之思。其送明君，亦必爾也〔六〕。其新造之曲多哀聲〔七〕，故敘之于紙云爾。

我本漢家子，將適單于庭。辭決未及終〔八〕，前驅已抗旌〔九〕。僕御涕流離，轅馬悲且鳴〔一〇〕。哀鬱傷五内，泣泪沾朱纓〔一一〕。行行日已遠，遂造匈奴城〔一二〕。延我于穹廬〔一三〕，加我閼氏名〔一四〕。殊類非所安〔一五〕，雖貴非所榮〔一六〕。父子見陵辱，對之慚且驚。殺身良未易〔一七〕，默默以苟生。苟生亦何聊〔一八〕，積思常憤盈〔一九〕。願假飛鴻翼〔二〇〕，乘之以遐征〔二一〕。飛鴻不我顧〔二二〕，佇立以屏營。昔爲匣中玉〔二三〕，今爲糞上英。朝華不足歡〔二四〕，甘與秋草并〔二五〕。傳語後世人，遠嫁難爲情。

【校記】

〔一〕此首唐寫本存全篇。文選二七録全篇，題作「王明君辭」。類聚四二樂部二樂府録「庭」、「旌」、「鳴」、「城」、「名」、「生」、「征」、「英」、「并」、「情」十韻，題作「明君辭」。樂府詩集二九録全篇，題作「王明君」。「王昭君辭并序　石崇」，唐寫本、趙本均作「石崇王昭君辭一首并序」，活字本、馮抄本均作「王昭君辭一首并序　石崇」，翁抄本作「王昭君辭一首并序」。按，兩抄本目録中「昭」均作「招」，其中馮抄本此字係塗改而成，有「宋本」印；翁抄本目録中題下署「石崇」。又，四玉臺本石崇此詩均置於卷二潘岳詩之後。

〔二〕「名」，唐寫本、四玉臺本均作「爲」。「昭」，唐寫本作「照」。

〔三〕「改」，唐寫本作「改改也」。

〔四〕「詔」，唐寫本、兩抄本、趙本均無此字。「子」，唐寫本、兩抄本、趙本均作「女子」。「君」，唐寫本無此字。

〔五〕「琵琶」，唐寫本作「琶琵」，兩抄本均作「琵琶」。「樂」，唐寫本作「曲」。

〔六〕「必」，唐寫本無此字。

〔七〕「新造」，唐寫本、兩抄本、趙本均作「造新」。「哀聲」，唐寫本作「悲哀之聲」，兩抄本均作「哀之聲」，趙本作「哀怨之聲」。又，兩抄本「其」字下均另行，馮抄本有「宋本」印。

〔八〕「決」，唐寫本、四玉臺本、文選、類聚、樂府詩集均作「訣」。

〔九〕「抗旌」，唐寫本作「枕旍」，兩抄本、趙本均作「抗旍」，類聚作「杭旌」。

〔一〇〕「悲且鳴」，唐寫本、四玉臺本均作「爲悲鳴」。

〔一一〕「泪」，唐寫本作「涕」。「沾」，文選此字下注「善本作濕」。「朱纓」，唐寫本、四玉臺本均作「珠瓔」，文選作「珠纓」。

〔一二〕「遂造」，唐寫本作「遂入」，四玉臺本均作「乃造」。「匈」，唐寫本作「凶」。

〔一三〕「窮廬」，唐寫本、兩抄本、趙本、文選、類聚、樂府詩集均作「穹廬」，活字本作「穹盧」。

〔一四〕「閼」，唐寫本作「闐」。

〔一五〕「非」，唐寫本作「悲」。

〔一六〕「雖」，唐寫本作「非」。

〔一七〕「殺」，活字本作「熬」，兩抄本均作「煞」。「未」，唐寫本、文選、類聚、樂府詩集均作「不」。

〔一八〕「苟生亦何聊」，活字本作「苟生亦聊積」。

〔一九〕「積」，活字本作「何」。

〔二〇〕「鴻」，唐寫本作「鳴」。
〔二一〕「乘」，唐寫本、類聚均作「弃」，四玉臺本、文選、樂府詩集均作「棄」。按，明州本文選作「乘」。
〔二二〕「鴻」，唐寫本作「鳴」。
〔二三〕「玉」，類聚作「琴」。
〔二四〕「朝」，唐寫本作「英」。「歡」，樂府詩集作「嘉」，其下注「一作歡」。
〔二五〕「與」，四玉臺本均作「爲」。「秋草」，活字本作「草秋」。

嬌女詩

左思〔一〕

吾家有嬌女〔二〕，皎皎頗白晰〔三〕。小字爲紈素〔四〕，口齒自清歷〔五〕。鬢髮覆廣額〔六〕，雙耳似連璧。明朝弄梳臺，黛眉類掃迹。濃朱衍丹脣，黄吻爛漫赤〔七〕。嬌女若連瑣〔八〕，忿速乃明憒。握筆利彤管，篆刻未期益。執書愛綈素，誦習矜所獲。其姊字惠芳〔九〕，兩目燦如畫〔一〇〕。輕妝喜樓邊〔一一〕，臨鏡忘紡績。舉觶擬京兆，立的成復易。玩弄眉頰間〔一二〕，劇兼機杼役。從容好趙舞，延袖像飛翮。上下弦柱際，文史輒卷襞。顧眄屏風畫〔一三〕，如見已指擿。丹青日塵暗，明義爲隱賾。馳騖翔園林〔一四〕，果下皆生摘〔一五〕。紅葩掇紫蔕〔一六〕，萍實驟抵擲〔一七〕。貪華風雨中〔一八〕，倏忽數百適〔一九〕。務躡霜雪戲，重綦常累積。并心注肴饌，端坐理盤槅。翰墨戢閑按〔二〇〕，相與數離逖。動爲鑪鉦屈，屣履任之適〔二一〕。止爲荼菽據〔二二〕，吹噓對鼎鑩〔二三〕。脂膩漫白袖，烟薰染阿錫〔二四〕。衣破皆重施〔二五〕，難與沈水碧〔二六〕。任其孺子意，羞受長者責。瞥聞當與杖，泪淹俱向壁〔二七〕。

【校記】

〔一〕此首唐寫本殘存「吾家」及「齒自青歷」共六字。事類賦一七飲食部茶賦録「晰」、「歷」、「（數百）適」、「鑩」四韻，御覽三八一人事部二十二美婦人下録「晰」、「歷」、「壁」、「迹」四韻，同書八六七飲食部二十五茗録「晰」、「歷」、「畫」、「摘」、「（數百）適」、「鑩」六韻。「嬌女詩　左思」，活字本、兩抄本均作「嬌女詩一首　左思」，趙本作「左思嬌女詩一首」。按，四玉臺本左思詩均置於卷二石崇詩之後。

〔二〕「嬌」，事類賦、御覽八六七均作「好」。

〔三〕「皎皎」，御覽三八一作「嬌女」。「頰」，御覽三八一作「皦」，事類賦、御覽八六七均作「常」。「晰」，活字本、兩抄本均作「晳」。

〔四〕「織」，四玉臺本、事類賦、御覽均作「紈」。

〔五〕「清」，唐寫本作「青」。

〔六〕「鬢」，御覽作「鬠」。「覆」，翁抄本作「霞」。

〔七〕「呦」，兩抄本、趙本均作「吻」。

〔八〕「女」，四玉臺本均作「語」。

〔九〕「姊」，御覽作「始」。「惠」，御覽作「蕙」。

〔一〇〕「兩」，兩抄本、趙本均作「面」，御覽作「眉」。「燦」，兩抄本均作「睬」，趙本作「瞭」，御覽作「粲」。

〔一一〕「妝」，兩抄本、趙本均作「莊」。「樓」，兩抄本、趙本均作「縷」。「邊」，趙本作「邉」；此字同類異文，以下不再出校。

〔一二〕「頰」，兩抄本均作「頬」。

〔一三〕「盻」，四玉臺本均作「眄」。

〔一四〕「鶩」，御覽作「鶩」。

〔一五〕「果下」，御覽作「草木」。「摘」，兩抄本均作「樀」。

〔一六〕「蒂」，活字本作「萍」。

〔一七〕「萍」，活字本作「蒂」。「抵」，兩抄本、趙本均作「抵」；此字同類異文，以下不再出校。

〔一八〕「華」，事類賦、御覽均作「走」。

〔一九〕「忽」，兩抄本、趙本均作「胂」。

〔二〇〕「閑」，兩抄本、趙本均作「函」。

〔二一〕「屣」，兩抄本均作「屣」。「任」，活字本、兩抄本均作「往」。

〔二二〕「止爲茶荈據」，事類賦、御覽均作「心爲茶荈劇」。

〔二三〕「噓」，四玉臺本均作「吁」。

〔二四〕「薰」，兩抄本、趙本均作「勳」。「阿」，四玉臺本均作「珂」。

〔二五〕「破」，四玉臺本均作「被」。「施」，兩抄本均作「地」，趙本作「池」。

〔二六〕「沈」，兩抄本、趙本均作「次」。

〔二七〕「泪淹」，活字本作「泪掩」，兩抄本、趙本均作「掩泪」。

擬行行重行行

陸機〔一〕

悠悠行邁遠，戚戚憂思深。此思亦何思？思君徽與音。音徽日夜離，緬邈若飛沉。王鮪懷河岫，晨風思北林。游子眇天末，還期不可尋〔二〕。驚飆褰反信，歸雲難寄音。佇立想萬里，沈憂萃我心。攬衣有餘帶，循形不盈衿。去去遺情累，安處撫清琴。

【校記】

〔一〕陸機擬行行重行行一首，四玉臺本均無。文選三〇録全篇。

〔二〕「還」，文選作「遠」，其下注「善本作還」。

擬迢迢牽牛星〔一〕

昭昭清漢暉〔二〕，粲粲光天步。牽牛西北迴，織女東南顧。華容一何冶〔三〕，揮手如振素〔四〕。怨彼河無梁，悲此年歲暮。跂彼無良緣，睆焉不得度〔五〕。引領望大川，雙涕如沾露。

【校記】

〔一〕此首文選三〇録全篇。「擬迢迢牽牛星」，兩抄本、趙本均作「擬苕苕牽牛星」，其中趙本此題置於本詩正文末。按，四玉臺本目録均僅有總題「擬古七首」，而不列具體詩題。又，四玉臺本卷三均始於陸機擬古七首，此詩爲擬古七首之第四首。

〔二〕「昭昭」，四玉臺本均作「炤炤」。「清」，四玉臺本均作「天」。

〔三〕「冶」，四玉臺本均作「綺」。

〔四〕「素」，馮抄本作「索」，翁抄本原作「索」，紅筆描改作「素」，其頁眉相應處紅筆寫「素」字。

〔五〕「晥」，活字本作「皖」，馮抄本作「晲」，趙本作「睨」，翁抄本原作「晲」，紅筆描改作「睨」。

擬明月何皎皎〔一〕

安寢北堂上，明月入我牖。照之有餘暉，攬之不盈手〔二〕。凉風繞曲房，寒蟬鳴高柳。踟蹰感節物，我行永已久。游宦會無成，離思難常守。

【校記】

〔一〕擬明月何皎皎一首，四玉臺本均無。文選三〇録全篇。書鈔一五〇天部二月四録「牖」一韻，事類賦一天部一月賦、御覽一八八居處部十六窗録「牖」、「手」二韻，均無題。按，鄭本目録中

「皎皎」作「皓皓」。

〔二〕「攬」，御覽作「覽」。

擬蘭若生朝陽〔一〕

嘉樹生朝陽，凝霜封其條〔二〕。執心守時信，歲寒終不雕〔三〕。美人何其曠，灼灼在雲霄〔四〕。隆想彌年月〔五〕，長嘯入飛飆〔六〕。引領望天末，譬彼向陽翹。

【校記】

〔一〕此首文選三〇録全篇。類聚三二人部十六閨情録「條」、「雕」、「霄」三韻，題作「擬蘭若生春陽」。「擬蘭若生朝陽」，四玉臺本均作「擬蘭若生春陽」，其中趙本此題置於本詩正文末；以下四題格式同，不再分別出校。按，四玉臺本此詩均爲陸機擬古七首之第三首。

〔二〕「霜」，類聚作「想」。

〔三〕「終不雕」，四玉臺本均作「不敢凋」，文選、類聚均作「終不凋」。

〔四〕「灼灼」，類聚作「的的」。

〔五〕「月」，四玉臺本均作「時」。
〔六〕「飛飆」，四玉臺本均作「風飄」。

擬東城一何高〔一〕

西山何其峻，曾曲鬱崔嵬〔二〕。零露彌天墜，蕙葉憑林衰。寒暑相因襲，時逝忽如頹〔三〕。三閭結飛轡〔四〕，大耋嗟落暉〔五〕。曷爲牽世務，中心若有違〔六〕。京洛多妖麗，玉顔侔瓊蕤〔七〕。閑夜撫鳴琴，惠音清且悲〔八〕。長歌赴促節，哀響逐高徽〔九〕。一唱萬夫嘆〔一〇〕，再唱梁塵飛。思爲河曲鳥，雙游豐水湄〔一一〕。

【校記】

〔一〕此首文選三〇録全篇。類要二六老耄兩處録「暉」一韻，第一處題作「雜擬詩」，第二處題作「擬東城高且長」；同書二九歌録「飛」一韻，無題。「一何高」，四玉臺本均作「高且長」。按，四玉臺本此詩均爲陸機擬古七首之第二首。

〔二〕「曾」，活字本作「層」。

〔三〕「頹」，四玉臺本均作「遺」；文選作「積」，其下注「善本作頹」。

〔四〕「三」，兩抄本均作「一」。「間」，類要二六第一處作「閣」。

〔五〕「大」，四玉臺本均作「太」。「嗟」，四玉臺本均作「悲」。

〔六〕「若」，四玉臺本均作「悵」。

〔七〕「蕤」，馮抄本作「蕤」，翁抄本作「蕤」；此字同類異文，以下不再出校。

〔八〕「惠音」，兩抄本均作「專言」。

〔九〕「逐」，活字本作「遂」。

〔一〇〕「嘆」，四玉臺本均作「歎」。

〔一一〕「豐」，活字本、文選均作「灃」；又，文選其下注「善本作豊」。

擬庭中有奇樹〔一〕

歡交蘭時往〔二〕，迢迢匿音徽〔三〕。虞淵引絶景，四節逝若飛〔四〕。芳草久已茂〔五〕，佳人竟不歸。躑躅遵林渚，惠風入我懷。感物戀所歡，采此欲貽誰〔六〕？

【校記】

〔一〕此首文選三〇録全篇，類聚二九人部十三别上録「歸」、「誰」二韻。按，活字本此詩爲陸機擬古七首之第五首，兩抄本、趙本均爲其第六首。

〔二〕「交」，兩抄本、趙本、文選均作「友」。

〔三〕「迢迢」，兩抄本、趙本均作「苕苕」，文選此二字下注「善本作苕苕」。

〔四〕「逝」，兩抄本、趙本均作「游」。

〔五〕「久」，類聚作「忽」。

〔六〕「欲貽」，類聚作「當遺」。

擬青青河畔草〔一〕

靡靡江蘺草〔二〕，燿燿生河側〔三〕。皎皎彼姝女〔四〕，阿那當軒織〔五〕。粲粲妖容姿〔六〕，灼灼華美色〔七〕。良人游不歸，偏栖常隻翼〔八〕。空室來悲風〔九〕，中夜起嘆息。

【校記】

〔一〕此首文選三〇、類聚三二人部十六閨情均録全篇。按，活字本此詩爲陸機擬古七首之第六首，兩抄本、趙本均爲其第五首。

〔二〕「蘺」，兩抄本、趙本、類聚均作「離」，文選此字下注「善本作離」。

〔三〕「耀耀」，活字本作「熠熠」，兩抄本、趙本、文選均作「熠耀」，類聚作「熠爍」。

〔四〕「姝」，四玉臺本、文選均作「姝」。

〔五〕「阿那」，文選作「阿郍」，類聚作「婀娜」。

〔六〕「妖」，類聚作「嬌」。

〔七〕「華美」，文選、類聚均作「美顔」。

〔八〕「常」，四玉臺本、文選、類聚均作「獨」。

〔九〕「室」，四玉臺本、文選、類聚均作「房」。

擬涉江采芙蓉〔一〕

上山采瓊蕊〔二〕，窮谷饒芳蘭〔三〕。采采不盈掬，悠悠懷所歡。故鄉一何曠，山川阻且難。沈思鍾萬里〔四〕，躑躅獨吟嘆〔五〕。

【校記】

〔一〕此首文選三〇録全篇。按，四玉臺本此詩均爲陸機擬古七首之第七首。

〔二〕「蕊」，趙本作「縈」；此字同類異文，以下不再出校。

〔三〕「窮」，四玉臺本、文選均作「穹」。

〔四〕「鍾」，趙本作「鐘」；此字同類異文，以下不再出校。

〔五〕按，四玉臺本陸機擬古七首之第一首擬西北有高樓，爲鄭本所無，現據活字本補録於左，并校以其他各本。

擬古七首　陸機①

擬西北有高樓②

高樓一何峻③，迢迢峻而安。綺窗出塵冥，飛階躡雲端④。佳人撫琴瑟⑤，纖手清且閑。芳草隨風結⑥，哀響馥若蘭。玉容誰能顧⑦？傾城在一彈。佇立望日昃⑧，躑躅再三嘆。不怨佇立久，但願歌者歡。思駕歸鴻羽，比翼雙飛翰。

①「擬古七首　陸機」，兩抄本均無此行，趙本作「陸機擬古七首」。按，兩抄本目録中有「擬古七首陸

機」總題。

②此首文選三〇録全篇。類聚六二居處部二臺録「安」、「端」、「閑」、「蘭」、「彈」五韻，題作「擬古」。「擬西北有高樓」之題，趙本置於本詩正文末。按，四玉臺本目録陸機擬古七首下均無具體詩題。又，四玉臺本卷三均始於此詩。

③「樓」，類聚作「臺」。

④「階」，文選作「陛」。

⑤「琴」，類聚作「瑶」。

⑥「草」，文選作「氣」，類聚作「音」。

⑦「能」，文選此字下注「善本作得」。

⑧「昃」，兩抄本、趙本均作「昊」。

爲顧彦先贈婦二首〔一〕

【校記】

〔一〕「爲顧彦先贈婦二首」，活字本作「爲顧彦先贈婦二首　陸雲」。

其一〔一〕

辭家遠行游，悠悠三千里。京洛多風塵，素衣化爲緇。修身悼憂苦〔二〕，感念同懷子。隆思亂心曲，沈歡滯不起。歡沈難克興〔三〕，心亂誰爲理？願假歸鴻翼，翻飛浙江汜〔四〕。

【校記】

〔一〕此首文選二四録全篇。　「其一」二字，兩抄本、趙本均無。

〔二〕「修」，兩抄本均作「偱」，趙本作「循」。

〔三〕「克」，文選作「剋」。

〔四〕「浙」，文選作「游」，其下注「善本作浙」。

其二〔一〕

東南有思婦〔二〕，長嘆充幽闥。借問嘆何爲？佳人眇天末。游宦久不歸〔三〕，山川修且闊。形影參商乖〔四〕，音息曠不達〔五〕。離合非有常〔六〕，譬彼弦與筈〔七〕。願保金石軀〔八〕，慰妾長飢渴。

【校記】

〔一〕此首文選二四録全篇，初學記一八離別録「達」、「筈」二韻。類要二四書題上録「達」一韻，無題。「其二」二字，兩抄本、趙本均無。

〔二〕「婦」，活字本作「歸」。

〔三〕「宦」，馮抄本經塗改後作「窅」，無「宋本」印；翁抄本原作「官」，紅筆添作「宦」。

〔四〕「商」，兩抄本均作「高」。「乖」，類要無此字。

〔五〕「息」，初學記作「信」。「曠不達」，類要作「不違」。

〔六〕「非」，初學記作「豈」。

〔七〕「筈」，初學記作「括」。

〔八〕「軀」，四玉臺本均作「志」。

周夫人贈車騎〔一〕

碎碎織細練〔二〕，當爲君作襦〔三〕。君行豈有顧？憶君是妾夫。昔者得君書，聞君在高平。今時得君書，聞君在京城。京城華麗鄉〔四〕，璀粲多異端。男兒多遠志，豈知妾念君〔五〕。昔者與君別，歲律薄將暮〔六〕。日月一何速，素秋墜湛露。湛露何冉冉，思君隨歲晚〔七〕。對食不能餐，臨觴不能飯〔八〕。

【校記】

〔一〕「周夫人贈車騎」，活字本作「贈車騎一首　周夫人」，兩抄本、趙本均作「周夫人贈車騎一首」。

〔二〕「纖細」，活字本作「細纖」。

〔三〕「當爲君作襦」，兩抄本均作「當爲君作緉襦」，趙本作「爲君作緉襦」。

〔四〕「鄉」，兩抄本、趙本均作「所」。

〔五〕「妾」，兩抄本均作「委」。

〔六〕「律」，兩抄本、趙本均作「聿」。

〔七〕「晚」，馮抄本原作「曉」，經塗改後作「晚」，有「宋本」印；翁抄本作「曉」。

〔八〕「飯」，活字本作「飲」。

艷歌行〔一〕

扶桑升朝暉〔二〕，照我高臺端〔三〕。臺端多艷麗〔四〕，浚房出清顔〔五〕。淑貌耀皎日〔六〕，惠心清且閑〔七〕。美目揚玉澤〔八〕，蛾眉象翠翰〔九〕。鮮膚一何潤，秀色若可餐〔一〇〕。窈窕多容儀〔一一〕，婉美巧笑言〔一二〕。暮春春服成〔一三〕，粲粲綺與紈〔一四〕。金雀垂藻翹，瓊佩結瑶璠。方駕揚清塵〔一五〕，濯足洛水瀾。藹藹風雲會，佳人一何繁。南崖充羅幕，北渚盈軿軒。清川含藻景〔一六〕，高岸被華丹〔一七〕。馥馥芳袖揮，泠泠纖指彈〔一八〕。悲歌吐清音〔一九〕，雅韻播幽蘭〔二〇〕。丹脣含九秋，妍迹淩七盤〔二一〕。赴曲迅驚鴻，蹈節如集鸞。綺態隨顔變，沈姿無定源〔二二〕。俯仰紛阿那，顧步咸可歡。遺芳結飛飆〔二三〕，浮景映清湍。冶容不足咏〔二四〕，春游良可嘆。

【校記】

〔一〕此首文選二八録全篇，題作「日出東南隅行」，其下注「或曰羅敷艷歌」。書鈔一〇六樂部二歌篇二録「端」、「顏」二韻，題作「艷歌詩」；同書同篇另一處録「悲歌吐清響」一句，無題。類聚四一樂部一論樂録「端」、「閑」、「翰」、「紈」、「璠」、「瀾」、「蘭」、「鸞」、「歡」九韻，樂府詩集二八録全篇，均題作「日出東南隅行」。事類賦一一樂部歌賦録「蘭」、「盤」二韻，題作「古樂府日出東南隅行」。御覽三八一人事部二十二美婦人下録「翰」一韻。「艷歌行」，活字本此詩題作兩行，其首行題「樂府三首」，次行題「艷歌行」；趙本總題作「樂府三首」，其「艷歌行」之題置於本詩正文末，以下二首格式同，不再分別出校。按，兩抄本目録均有「樂府三首」總題，四玉臺本目録總題下均不列具體詩題。

〔二〕「扶」，趙本作「榑」。

〔三〕「我」，四玉臺本、文選、書鈔、類聚、樂府詩集均作「此」。「臺」，活字本作「樓」。

〔四〕「臺端」，活字本作「高堂」，兩抄本、趙本、文選、書鈔、樂府詩集均作「高臺」。「艷」，兩抄本、趙本、文選、書鈔、樂府詩集均作「妖」。

〔五〕「浚」，四玉臺本均作「洞」。

〔六〕「淑」，類聚作「涉」。「耀」，趙本、類聚均作「曜」。

〔七〕「惠」，類聚作「蕙」。

〔八〕「揚」，御覽作「楊」。

〔九〕「蛾」，類聚作「娥」，樂府詩集作「峨」。

〔一〇〕「秀」，兩抄本均作「采」，趙本作「彩」。

〔一一〕「窈窕」，兩抄本均作「窕窈」。

〔一二〕「美」，兩抄本、趙本、文選、樂府詩集均作「媚」。「巧」，樂府詩集作「乃」。

〔一三〕「暮」，樂府詩集作「莫」。

〔一四〕「粲粲」，類聚作「霞粲」。

〔一五〕「揚」，兩抄本均作「楊」。

〔一六〕「景」，兩抄本、趙本均作「影」。

〔一七〕「岸」，文選此字下注「善本作崖」，樂府詩集此字下注「一作崖」。

〔一八〕「泠泠」，馮抄本作「泠冷」。

〔一九〕「音」，文選、書鈔、類聚、事類賦、樂府詩集均作「嚮」。

〔二〇〕「韻」，四玉臺本、文選、事類賦均作「舞」。

〔二一〕「迹」，事類賦作「節」。「凌」，文選、事類賦均作「陵」。

〔二二〕「定」，文選此字下注「善本作乏」。

〔二三〕「飆」，兩抄本均作「猋」，趙本作「猋」。

〔二四〕「治」，兩抄本均作「治」。

前緩聲歌〔一〕

游仙聚靈族〔二〕，高會曾城阿〔三〕。長風萬里舉〔四〕，慶雲鬱嵯峨。宓妃興洛浦〔五〕，王韓起泰華〔六〕。北徵瑶臺女，南要湘川娥。肅肅霄駕動〔七〕，翩翩翠蓋羅。羽旗栖瓊鸞〔八〕，玉衡吐鳴和。太容揮高弦〔九〕，洪崖發清歌〔一〇〕。獻酬既已周〔一一〕，輕軒乘紫霞〔一二〕。揔轡扶桑枝〔一三〕，濯足暘谷波〔一四〕。清暉溢天門，垂慶惠皇家。

【校記】

〔一〕此首文選二八、樂府詩集六五均録全篇。類聚四二樂部二樂府録「阿」、「峨」、「娥」、「羅」、「歌」、「霞」六韻，題作「前緩聲歌行」。御覽五六地部二十一阿録「阿」、「峨」二韻，題作「緩齊歌行」。

〔二〕「游」，御覽作「遨」。

〔三〕「會」，類聚作「宴」，御覽作「讌」。「城」，兩抄本、趙本均作「山」。

〔四〕「舉」，類聚作「急」。

〔五〕「宓」，文選作「虙」。「興」，兩抄本均作「與」。

〔六〕「泰」，文選、樂府詩集均作「太」。

〔七〕「霄」，四玉臺本、類聚均作「宵」。

〔八〕「瓊」，兩抄本、趙本均作「璝」。「鸞」，文選作「鑾」。

〔九〕「容」，類聚作「客」。

〔一〇〕「崖」，類聚作「涯」。

〔一一〕「周」，類聚作「終」。

〔一二〕「軒」，文選、類聚、樂府詩集均作「舉」。「乘」，四玉臺本均作「垂」。

〔一三〕「揔」，活字本作「摠」，趙本作「總」。按，此字同類異文，以下不再出校。「枝」，文選作「底」，其下注「善本作枝」；樂府詩集此字下注「一作底」。

〔一四〕「暘」，四玉臺本均作「湯」，文選此字下注「善本作湯」。

塘上行〔一〕

江籬生幽渚〔二〕，微芳不足宣。被蒙風雲會〔三〕，移居華池邊〔四〕。發藻玉臺下，垂影滄浪淵〔五〕。沾潤既已渥，結根奥且堅。四節逝不處〔六〕，繁華難久鮮〔七〕。淑氣與時殞〔八〕，餘芳隨風捐。天道有遷易，人理無常全。男歡智傾愚〔九〕，女愛衰避妍。不惜微軀退〔一〇〕，但懼蒼蠅前〔一一〕。願君廣末光，照妾薄暮年。

【校記】

〔一〕此首文選二八、樂府詩集三五均録全篇，類聚四一樂部一論樂録「宣」、「邊」、「全」、「妍」、「前」、「年」六韻。

〔二〕「籬」，活字本、趙本、文選、樂府詩集均作「蘺」。

〔三〕「雲」，四玉臺本、樂府詩集均作「雨」。

〔四〕「居」，四玉臺本均作「君」。

〔五〕「淵」，文選、樂府詩集均作「泉」；又，樂府詩集其下注「一作淵」。

〔六〕「逝」，四玉臺本均作「游」。

〔七〕「繁華」，四玉臺本均作「華繁」，文選此二字下注「善本作華繁」。

〔八〕「殞」，文選作「隕」。

〔九〕「男歡」，兩抄本均作「南權」，類聚作「男稚」。

〔一〇〕「軀」，類聚作「驅」。「退」，兩抄本均作「退」，趙本作「退」；此字同類異文，以下不再出校。

〔二〕「但」，樂府詩集作「恒」。「懽」，活字本作「嘆」，兩抄本均作「歡」。

爲顧彦先贈婦四首　陸雲〔一〕

【校記】

〔一〕「爲顧彦先贈婦四首　陸雲」，活字本作「爲顧彦先贈婦往反四首　陸雲」，兩抄本均作「爲顧彦先贈婦往反四首」，趙本作「陸雲爲顧彦先贈婦往反四首」。按，鄭本目録中「四」作「二」，活字本目録中「雲」作「云」，兩抄本目録題下均署「陸雲」。

其一〔一〕

我在三川陽，子居五湖陰〔二〕。山海一何曠，譬彼飛與沉。目想清惠姿，耳存淑媚音。獨寐多遠念，寢言撫空衿〔三〕。彼美同懷子，非爾誰爲心？

【校記】

〔一〕此首類要一兩浙路湖録「陰」一韻，題作「贈顧先詩」。「其一」二字，兩抄本、趙本均無；其下三首，兩抄本、趙本亦均無「其×」字樣，不再分別出校。

〔二〕「我在三川陽子居五湖陰」十字，類要作「我家四合陰君住三山陽」。

〔三〕「寢」，兩抄本、趙本均作「寤」。

其二〔一〕

悠悠君行邁，煢煢妾獨止。山河安可逾？永路隔萬里〔二〕。京室多妖冶，粲粲都人子。雅步擢纖腰〔三〕，巧笑發皓齒。佳麗良可羨，衰賤焉足紀！遠蒙眷顧言，銜恩非望始。

【校記】

〔一〕此首文選二五録全篇。

〔二〕「路隔」，四玉臺本均作「隔路」。

〔三〕「擢」，四玉臺本均作「裊」。

其三

翩翩飛蓬征，郁郁寒木榮。游止固殊性〔一〕，浮沉豈一情〔二〕。隆愛結在昔，信誓貫三靈。秉心金石固，豈從時俗傾。美目逝不顧〔三〕，纖腰徒盈盈。何用結中款〔四〕，仰指北辰星。

【校記】

〔一〕「止」，馮抄本原作「子」，經塗改後作「止」，有「宋本」印。

〔二〕「情」，兩抄本均作「清」。

〔三〕「美」，活字本作「笑」。

〔四〕「款」，趙本作「欵」；此字同類異文，以下不再出校。

其四〔一〕

浮海難爲水，游林難爲觀。容色貴及時，朝華忌日晏〔二〕。皎皎彼妹子〔三〕，灼灼懷春粲。西城善雅舞，總章饒清彈。鳴簧發丹脣，朱弦繞素腕〔四〕。輕裾猶電揮〔五〕，雙袂如霞散〔六〕。華容溢藻幄，哀響入雲漢〔七〕。知音世所稀〔八〕，非君誰能贊？棄置北辰星，問此玄龍煥〔九〕。時暮復何言〔一〇〕，華落理必賤。

【校記】

〔一〕此首類要二九舞録「彈」一韻，署「舞雲」，題作「爲顧彦先贈婦詩」；按，「舞雲」當爲「陸雲」之訛。
〔二〕「忌」，活字本、兩抄本均作「忘」。
〔三〕「妹」，四玉臺本均作「姝」。
〔四〕「弦」，兩抄本均作「紡」。
〔五〕「裾」，活字本作「裙」。
〔六〕「霞」，文選作「霧」。
〔七〕「響」，文選作「哀」，其下注「善本作響」。
〔八〕「稀」，四玉臺本文選均作「希」。
〔九〕「問」，活字本作「聞」。
〔一〇〕「復何」，四玉臺本均作「勿復」。

雜詩

張協〔一〕

秋夜涼風起，清氣蕩暄濁。蜻蛚吟階下〔二〕，飛蛾拂明燭。君子從遠役，佳人守煢獨。離居幾何時，鑽燧忽改木。房櫳無行迹〔三〕，庭草萋已緑〔四〕。青苔依空墻〔五〕，蜘蛛網四屋〔六〕。感物多所懷〔七〕，沈憂結心曲。

【校記】

〔一〕此首文選二九録全篇。類要二四時序録「木」一韻，無題。「雜詩　張協」，活字本作「雜詩一首　楊方」，兩抄本均作「雜詩一首」，趙本作「張協雜詩一首」。

〔二〕「蛚」，活字本作「蜊」。

〔三〕「櫳」，馮抄本作「攏」。

〔四〕「已」，文選此字下注「善本作以」。

〔五〕「苔」，趙本作「菭」；此字同類異文，以下不再出校。

〔六〕「綱」，活字本作「綱」，趙本作「網」；翁抄本原作「綱」，紅筆改作「網」。

〔七〕「物」，活字本作「好」。

合歡詩二首　楊方〔一〕

【校記】

〔一〕「合歡詩二首　楊方」，活字本、兩抄本均作「合歡詩五首」，趙本作「楊方合歡詩五首」。按，兩抄本目録中題下均署「楊方」。四玉臺本合歡詩五首均包括鄭本此題二首及其後之雜詩三首。

其一〔一〕

虎嘯谷風起〔二〕，龍躍景雲浮。同聲好相應，同氣自相求。我情與子親，譬如形追軀〔三〕。食共并根穗〔四〕，飲共連理杯〔五〕。衣共雙絲絹，寢共無縫裯〔六〕。居願接膝坐〔七〕，行願携手游〔八〕。子静我不動〔九〕，子游我無留〔一〇〕。齊彼同心鳥，譬此比目魚〔一一〕。情至斷金石，膠漆未爲牢〔一二〕。但願長無別，合形作一軀。生爲并身物，死爲同槨灰〔一三〕。秦氏自言至，我情不可儔。

【校記】

〔一〕此首樂府詩集七六録全篇。「其一」二字，兩抄本、趙本均無。

〔二〕「嘯」，活字本作「肅」。

〔三〕「形」，四玉臺本、樂府詩集均作「影」。

〔四〕「并」，樂府詩集作「同」。

〔五〕「共」，四玉臺本均作「用」。

〔六〕「裯」，四玉臺本均作「綯」。

〔七〕「膝」，兩抄本均作「脨」。

〔八〕「携」，活字本作「儁」。「游」，四玉臺本、樂府詩集均作「趨」。

〔九〕「静」，活字本、兩抄本均作「靖」。

〔一〇〕「無」，樂府詩集作「不」。

〔一一〕「此」，樂府詩集作「彼」。

〔一二〕「漆」，馮抄本作「膝」。

〔一三〕「槨」，兩抄本、趙本、樂府詩集均作「棺」。

其二〔一〕

磁石引長針〔二〕，陽燧下炎烟。宮商聲相和，心同自相親。我情與子合，亦如影追身〔三〕。寢共織成彼〔四〕，絮用同功綿〔五〕。暑摇比翼扇，寒坐并肩氈。子笑我必哂，子戚我無歡〔六〕。來與子共迹，去與子同塵。齊彼蛩蛩獸，舉動不相捐。唯願長無別，合形作一身〔七〕。生有同室好，死成并棺民。徐氏自言至，我情不可陳。

【校記】

〔一〕此首樂府詩集七六録全篇。「其二」二字，兩抄本、趙本均無。又，馮抄本此首與上首連抄，中間以紅綫相隔，有「宋本」印；翁抄本上首結束於一行末字。

〔二〕「磁」，兩抄本、趙本均作「礠」。　「引」，四玉臺本均作「招」。

〔三〕「追」，馮抄本原作「隨」，經塗改後作「追」，有「宋本」印。

〔四〕「織」，兩抄本均作「纖」。　「彼」，四玉臺本、樂府詩集均作「被」。

〔五〕「用」，樂府詩集作「共」。

〔六〕「戚」，樂府詩集作「蹙」。

〔七〕「形」，兩抄本均作「刑」。

雜詩三首〔一〕

【校記】

〔一〕「雜詩三首」，四玉臺本均無此行。按，鄭本此題下三首依次爲四玉臺本合歡詩五首之第三、四、五首。

其一〔一〕

獨坐空室中，愁有數千端。悲響答愁嘆，哀涕應苦心〔二〕。彷徨四顧望，白日入西山。不睹佳人來，但見飛鳥還。飛鳥亦何樂，夕宿自作群〔三〕。

【校記】

〔一〕此首樂府詩集七六録全篇，爲楊方合歡詩五首之第三首。「其一」二字，活字本作「其三」，兩抄本、趙本均無。

〔二〕「心」，四玉臺本、樂府詩集均作「言」。

〔三〕「夕」，翁抄本此前衍一「亦」字。

其二〔一〕

飛黄銜長轡，翼翼回輕輪。俯涉渌水澗〔二〕，仰過九層山。修途曲且險，秋草生兩邊。黄華如沓金，白花如散銀。青敷羅翠彩〔三〕，絳葩象赤雲。爰有承露枝，紫榮合素芬。扶疏垂清藻〔四〕，布翹芳且鮮。目爲艷彩迴，心爲奇色旋。撫心悼孤客，俯仰還自憐。踟蹰向壁嘆，攬筆作此文。

【校記】

〔一〕此首樂府詩集七六録全篇，爲楊方合歡詩五首之第四首。「其二」二字，活字本作「其四」，兩抄本、趙本均無。

〔二〕「淥」，趙本作「緑」。

〔三〕「敷」，活字本作「敷」，趙本作「敷」；此字同類異文，以下不再出校。

〔四〕「疏」，兩抄本、樂府詩集均作「路」。「垂」，兩抄本、樂府詩集均作「重」。

其三〔一〕

南林有奇樹〔二〕，承春挺素華。豐翹被長條，緑葉蔽朱柯。因風吐徽音〔三〕，芳氣入紫霞。我心羨此木，願徙著余家〔四〕。夕得游其下，朝得弄其葩。爾根深且堅〔五〕，余宅淺且洿〔六〕。移植無良期〔七〕，嘆息將何如〔八〕！

【校記】

〔一〕此首類聚八九木部下合歡録全篇。樂府詩集七六録全篇，爲楊方合歡詩五首之第五首。「其三」二字，活字本作「其五」，兩抄本、趙本均無。

〔二〕「林」，兩抄本、趙本、類聚、樂府詩集均作「鄰」。

〔三〕「吐」，樂府詩集作「吹」。「徽」，兩抄本、趙本、類聚、樂府詩集均作「微」。

〔四〕「芳氣入紫霞我心羨此木願徙著余家」十五字，兩抄本均作「芳霞我心羨柴氣入紫顯從着余家」；按，馮抄本「柴」字經塗改後，以紅綫分隔作「此木」，有「宋本」印。

〔五〕「堅」，類聚作「固」。

〔六〕「余」，樂府詩集作「予」。

〔七〕「無良」，兩抄本、趙本、類聚、樂府詩集均作「良無」。

〔八〕「嘆」，樂府詩集作「欲」。「何如」，四玉臺本、類聚、樂府詩集均作「如何」。

七夕觀織女

王鑑〔一〕

牽牛悲殊館，織女怨離家〔二〕。一稔期一宵〔三〕，此期良可嘉。赫奕玄門開〔四〕，飛閣鬱嵯峨。隱隱驅千乘，闐闐越星河。六龍奮瑶轡，文螭負瓊車。火丹乘塊燭〔五〕，素女執瓊華。絳旗若吐電〔六〕，朱蓋如振霞〔七〕。雲韶何嘈嗽，靈鼓鳴相和〔八〕。亭軒佇高眄〔九〕，眷予在岌峨。澤因芳露沾〔一〇〕，恩附蘭風加。明發相從游，翩翩鸞鶱羅。同游不同觀，念子游怨多〔二〕。敬因三祝末，以爾屬皇娥。

【校記】

〔一〕「七夕觀織女　王鑑」，活字本作「七夕觀織女詩一首　王鑒」，兩抄本均作「七夕觀織女一首　王鑒」，趙本作「王鑒七夕觀織女一首」。按，活字本目録中「王鑒」作「鑒王」，兩抄本、趙本目録中「女」下均有「詩」字。

〔二〕「怨」，兩抄本、趙本均作「悼」。

〔三〕「霄」，四玉臺本均作「宵」。

〔四〕「弈」，活字本、趙本均作「奕」。

〔五〕「乘」，兩抄本、趙本均作「秉」。「塊」，四玉臺本均作「瑰」。

〔六〕「吐電」，兩抄本均作「出吐」。

〔七〕「朱」，兩抄本均作「失」。

〔八〕「和」，兩抄本此字均空缺，馮抄本於空缺處有「宋本」印。

〔九〕「伫」，兩抄本、趙本均作「紆」。「盻」，活字本作「眄」，兩抄本均作「盱」，趙本作「眝」。

〔一〇〕「因」，馮抄本此字係漏抄後補入，有「宋本」印。

〔一一〕「游」，四玉臺本均作「憂」。

嘲友人　李充〔一〕

同好齊歡愛，纏綿一何深。子既識我情，我亦知子心。嬿婉歷年歲〔二〕，和樂如瑟琴。良辰不我俱，中闊似商參。爾隔北山陽，我分南川陰。嘉會罔克從，積思安可任？目想妍麗姿，耳存清媚音。修晝興永念，遥夜獨悲吟。逝將尋行役，言别涕沾襟〔三〕。願爾降玉趾〔四〕，一顧重千金。

【校記】

〔一〕此首類聚二五人部九嘲戲録全篇。「嘲友人　李充」，活字本、兩抄本均作「嘲友人一首　李充」，趙本作「李充嘲友人一首」。

〔二〕「嬿」，類聚作「燕」。

〔三〕「襟」，兩抄本均作「衿」，趙本作「衿」；此字同類異文，以下不再出校。

〔四〕「爾」，類聚作「尒」。

夜聽搗衣

曹毗〔一〕

寒興御紈素，佳人理衣衾〔二〕。冬夜清且永，皓月照堂陰。纖手疊輕素，朗杵叩鳴砧〔三〕。清風流繁節，迴飆灑微吟。嗟此嘉運速〔四〕，悼彼幽滯心。二物感余懷，豈但聲與音。

【校記】

〔一〕此首類聚六七衣冠部衣裳録全篇。「夜聽搗衣　曹毗」，活字本、兩抄本均作「夜聽搗衣一首　曹毗」，趙本作「曹毗夜聽搗衣一首」。

〔二〕「理」，類聚作「治」。「衾」，兩抄本、趙本、類聚均作「襟」。

〔三〕「朗」，翁抄本原同，後紅筆劃去「月」中間兩横。「砧」，類聚作「碪」。

〔四〕「嘉」，四玉臺本均作「往」。

擬古詩　陶潛〔一〕

日暮天無雲，春風扇微和。佳人美清夜，達曙酣且歌。歌竟長嘆息，持此感人多。明明雲間月，灼灼葉中花。豈無一時好，不久當如何〔二〕？

【校記】

〔一〕此首文選三〇録全篇。「擬古詩　陶潛」，活字本作「擬古詩一首　陶潛」，兩抄本均作「明擬古一首　陶潛」，趙本作「陶潛擬古一首」。按，兩抄本目録中「明擬古」均作「擬古詩」，翁抄本目録中紅筆改「潛」作「湝」。趙本目録中「古」下有「詩」字。

〔二〕四玉臺本此後另有荀昶、王微、謝惠連、劉鑠詩，鄭本皆置於卷四王僧達詩之前，參見該卷校記。

卷　四〔一〕

【校記】

〔一〕此卷作者及其詩作，四玉臺本除不收者外，均分見於卷三和卷四，其排列次序和作者署名相異者見各詩校記。

擬相逢狹路間

荀昶〔一〕

朝發邯鄲邑，暮宿井陘間。井陘一何狹，車馬不得旋。邂逅相逢值，崎嶇交一言。一言不容多，伏軾問君家。君家誠易知〔二〕，易知復易博。南面平原居，北趣相如閣〔三〕。飛樓臨名都〔四〕，通門枕華郭〔五〕。入門無所見，但見雙棲鶴。棲鶴數十雙，鴛鴦群相追。大兄珥金璫〔六〕，中兄振纓緌〔七〕。伏臘一來歸〔八〕，鄰里生光輝。小弟無所作〔九〕，鬥鷄東陌逵。大婦織紈綺，中婦縫羅衣。小婦無所作，挾瑟弄音徽。丈人且却坐，梁塵將欲飛。

【校記】

〔一〕此首樂府詩集三五録全篇，題作「長安有狹斜行」。「擬相逢狹路間　荀昶」，活字本此詩題作兩行，其首行題「樂府詩二首　荀昶」，次行題「擬相逢狹路間」；兩抄本均作「擬相逢狹路間　荀昶樂府二首」；趙本總題作「荀昶樂府二首」，而置「擬相逢狹路間」之題於本詩正文末。按，兩抄本目録中「二」均作「一」，四玉臺本目録荀昶名下均無具體詩題。又，四玉臺本荀昶詩均置於卷三陶潛詩之後。

〔二〕「易知」，四玉臺本均作「難知」。下句「易知」異文同，不另出校。

〔三〕「趣」，趙本作「趨」。

〔四〕「名」，四玉臺本、樂府詩集均作「夕」。

〔五〕「郭」，兩抄本均作「廓」。又，兩抄本於「華」字前均衍「樓臨夕都通門枕」七字，翁抄本此七字上均有紅圈，其眉端紅筆寫「原本有」三字。

〔六〕「珥」，活字本、兩抄本均作「弭」。「璫」，兩抄本、趙本均作「鐺」。

〔七〕「緌」，活字本作「綉」。又，樂府詩集此句下注「一作中兄纓玉蕤」。

〔八〕「一」，兩抄本、趙本均作「二」。

〔九〕「作」，樂府詩集作「爲」。

擬青青河邊草〔一〕

熒熒山上火，苕苕隔隴左〔二〕。隴左不可至，精爽通寤寐。寤寐衾幃同〔三〕，忽覺在他邦。他邦各異邑，相逐不相及〔四〕。迷墟在望烟，木落知冰堅。升朝各自進〔五〕，誰肯相攀牽？客從北方來，遺我端弋綈〔六〕。命僕開弋綈，中有隱起珪。長跪讀隱珪，辭苦聲亦凄。上言各努力〔七〕，下言長相懷。

【校記】

〔一〕此首類要二四書題上録「綈」、「珪」、「凄」、「懷」四韻，題作「疑台誐何畔草」。樂府詩集三八録全篇，題作「青青河畔草」。「擬青青河邊草」之題，趙本置於本詩正文末。

〔二〕「苕苕」，活字本作「迢迢」。

〔三〕「幃」，兩抄本、趙本、樂府詩集均作「幬」。

〔四〕「逐」，活字本作「遂」。

〔五〕「各」，活字本作「冬」。

〔六〕「遺我」，類要作「遺吾」。

〔七〕「努」，類要作「弩」。

雜詩二首　王徽〔一〕

【校記】

〔一〕「雜詩二首　王徽」，活字本作「雜詩二首」，其「王徽」署名置於次行「其一」下端；馮抄本作「雜詩三首　王微」，趙本作「王微雜詩二首」，翁抄本作「雜詩二首　王微」。按，馮抄本目録中「三」作「二」。四玉臺本王徽詩均置於卷三荀昶詩之後。

其一〔二〕

桑妾獨何懷，傾筐未盈把〔三〕。自言悲苦多，排却不肯捨〔三〕。妾悲四陳訴〔四〕，填憂不銷冶〔五〕。寒雁歸所從，半塗失憑假。壯情抃驅馳〔六〕，猛氣捍朝社〔七〕。常懷雲漢慚，常欲復周雅。重名好銘勒，輕軀願圖寫。萬里度沙漠，懸師蹈朔野。傳聞兵失利，不見來歸者。奚處埋旍麾〔八〕，何處喪車馬？拊心悼恭人，零泪覆面下。徒謂久别離，不見長孤寡。寂寂掩高門〔九〕，寥寥空廣厦。待君竟不歸，收顔今就價〔一〇〕。

【校記】

〔一〕「其一」二字，兩抄本、趙本均無。

〔二〕「把」，馮抄本原似作「扎」，經塗改後作「把」，有「宋本」印。

〔三〕「肯」，趙本作「肎」；此字同類異文，以下不再出校。

〔四〕「四」，兩抄本、趙本均作「叵」。

〔五〕「銷」，兩抄本、趙本均作「消」。

〔六〕「抃」，活字本作「忭」。

〔七〕「社」，翁抄本作「杜」。

〔八〕「旖麾」，活字本作「旖摩」。

〔九〕「掩」，四玉臺本均作「揜」。

〔一〇〕「價」，兩抄本、趙本均作「櫝」。

其二〔一〕

思婦臨高臺，長想憑華軒。弄弦不成曲，哀歌送苦言〔二〕。箕帚留江介，良人處鴈門〔三〕。詎憶無衣苦〔四〕，但知狐白温〔五〕。日暗牛羊下，野雀滿空園。孟冬寒風起〔六〕，東壁正中昏。朱火獨照人，抱景自愁怨。誰知心曲亂，所思不可論。

【校記】

〔一〕此首文選三〇録全篇，署「王景玄」，題作「雜詩一首」。「其二」二字，兩抄本、趙本均無。

〔二〕「送苦」，四玉臺本均作「若送」。

〔三〕「良」，馮抄本原不知作何字，經塗改後作「長」，有「宋本」印，翁抄本作「長」。

〔四〕「衣」，活字本作「夜」。

〔五〕「但」，文選作「粗」，其下注「善本作但」。「知」，活字本作「和」。

〔六〕「孟」，文選作「猛」；按，明州本文選作「孟」。

七月七日咏牛女

謝惠連〔一〕

落日隱櫩楹，升月照房櫳〔二〕。團團滿葉露，淅淅振條風〔三〕。蹀足循廣塗〔四〕，瞬目矖曾穹〔五〕。雲漢有靈匹，彌年闕相從。遐川阻昵愛，修渚曠清容。弄杼不成藻〔六〕，聳轡騖前縱〔七〕。昔離秋已兩，今聚夕無雙。傾河易迴斡〔八〕，款顏難久悰〔九〕。沃若靈駕旋，寂寥雲幄空〔一〇〕。留情顧華寢〔一一〕，遥心逐奔龍〔一二〕。沈吟爲爾感，情深意彌重。

【校記】

〔一〕此首文選三〇録全篇，題作「七月七日夜咏牛女」。類聚四歲時中七月七日、初學記四七月七日均録「櫳」、「風」、「窮」、「從」、「容」、「縱」、「雙」、「悰」、「空」、「龍」十韻，均題作「七夕咏牛女」。初學記三秋録「風」一韻，無題。事類賦五歲時部秋賦録「從」一韻，題作「七夕詩」。御覽三一時序部十六七月七日録「櫳」、「風」、「窮」、「從」、「容」、「縱」、「雙」、「悰」、「空」、「龍」十韻，題作「咏牛女詩」。　「七月七日咏牛女　謝惠連」，活字本此詩題作兩行，其首行題「雜詩三首謝惠連」，次行題「七月七日咏牛女」，兩抄本均作「七月七日咏牛女　謝惠連三首」，趙本作「謝惠連七月七日咏牛女」。按，兩抄本目録中「三」前有「雜詩」二字，趙本目録中「連」下有「雜詩三首」四字，四玉臺本目録謝惠連名下均無具體詩題。又，四玉臺本謝惠連詩均置於卷三王微詩之後。

〔二〕「升」，初學記作「斜」。　「房櫳」，翁抄本作「房攏」，文選、類聚、初學記、御覽均作「簾櫳」。

〔三〕「淅淅」，兩抄本均作「枅枅」，趙本、文選均作「析析」，初學記、御覽均作「淅淅」。

〔四〕「塗」，文選、類聚、初學記均作「除」。按，御覽無「循廣塗瞬目矖曾窮雲漢有靈匹彌」十四字，自「足」至「年」間空四格左右。

〔五〕「矖」，活字本、趙本均作「曬」。　「窮」，四玉臺本、文選、類聚、初學記均作「穹」。

〔六〕「弄」，初學記作「投」。　「藻」，活字本、兩抄本均作「采」，趙本作「彩」。

〔七〕「鶩」，四玉臺本均作「鷩」。　「縱」，四玉臺本、文選、類聚、初學記、御覽均作「蹤」。

〔八〕「河易迴」，馮抄本原作「迴易河」，經塗改後作「河易迴」，有「宋本」印。　「斡」，活字本、初學記、御覽均作「幹」。

〔九〕「顔」，文選、御覽均作「情」，初學記作「倩」；又，文選其下注「善本作顔」。

〔一〇〕「寥」，初學記、御覽均作「寞」。　「幄」，御覽作「⿰忄屋」。

〔一一〕「寢」，趙本作「寑」；此字同類異文，以下不再出校。

〔三〕「逐奔」，活字本作「遂奔」，兩抄本均作「逐本」。

擣衣〔一〕

衡紀無淹度〔二〕，晷運倏如催。白露滋園菊，秋風落庭槐。肅肅莎鷄羽〔三〕，烈烈寒螿啼〔四〕。夕陰結空幕，霄月皓中閨〔五〕。美人戒裳服〔六〕，端飾相招攜〔七〕。簪玉出北房〔八〕，鳴金步南階。櫩高砧響發〔九〕，楹長杵聲哀。微芳起兩袖〔一〇〕，輕汗染雙題〔一一〕。紈素既已成，君子行未歸〔一二〕。裁用笥中刀，縫爲萬里衣。盈篋自予手〔一三〕，幽緘俟君開〔一四〕。腰帶准疇昔〔一五〕，不知今是非。

【校記】

〔一〕此首文選三〇録全篇，類聚六七衣冠部衣裳録「催」、「槐」、「啼」、「閨」、「攜」、「階」、「哀」、「題」八韻，事類賦五歲時部二秋賦注録「催」、「槐」二韻，御覽二五時序部十秋下録「催」、「槐」、「啼」、「閨」、「攜」、「階」、「哀」七韻。

〔二〕「紀」，馮抄本此字係塗改而成，有「宋本」印。

〔三〕「莎」，兩抄本、趙本均作「沙」。

〔四〕「烈烈」，類聚作「冽冽」。

〔五〕「霄」，活字本、趙本、文選、類聚均作「宵」；又，文選其下注「善本作霄」。「中」，類聚作「空」。

〔六〕「戒裳」，活字本作「成常」，兩抄本、趙本均作「戒常」，御覽作「式常」。

〔七〕「飾」，活字本、趙本均作「飭」，馮抄本作「飭」，翁抄本作「餝」，御覽作「餝」。「携」，馮抄本此字係塗改而成，有「宋本」印。

〔八〕「房」，活字本作「方」。

〔九〕「櫩」，四玉臺本均作「欄」，類聚、御覽均作「檐」。

〔一〇〕「起」，類聚作「發」。

〔一一〕「汗」，類聚作「汙」。

〔一二〕「未」，兩抄本、趙本均作「不」。

〔一三〕「筐」，四玉臺本、文選均作「篋」。「予」，文選作「余」。

〔一四〕「俟」，馮抄本作「侯」，但其右上角係塗改而成，無「宋本」印；翁抄本作「矦」，文選此字下注「善本作候」。

〔一五〕「准」，趙本作「準」。

代古〔一〕

客從遠方來，贈我鵠文綾〔二〕。貯以相思篋〔三〕，緘以同心繩。裁爲親身服，着以俱寢興〔四〕。別來經年歲，歡心不可凌〔五〕。瀉酒置井中〔六〕，誰能辯斗升？合如杯中水，誰能判淄澠？

【校記】

〔一〕此首白帖二綾録「綾」一韻，御覽四七八人事部一百一十九贈遺録「綾」、「興」二韻，均無題。

〔二〕「鵠」，白帖、御覽均作「鶴」。

〔三〕「篋」，活字本作「筴」。

〔四〕「俱」，御覽作「便」。

〔五〕「凌」，馮抄本原作「綾」，經塗改後作「凌」，有「宋本」印；翁抄本作「綾」。

〔六〕「瀉」，四玉臺本均作「寫」。

擬行行重行行

劉鑠〔一〕

眇眇淩長道〔二〕，遥遥行遠之。迴車背京邑〔三〕，揮手從此辭〔四〕。堂上流塵生，庭中緑草滋。寒螿翔水曲，秋兔依山基。芳年有華月，佳人無還期。日夕涼風起，對酒長相思。悲發江南調，憂委子衿詩。卧看明燈晦〔五〕，坐見輕紈緇。泪容不可飾〔六〕，幽鏡難復治〔七〕。願垂薄暮景，照妾桑榆時。

【校記】

〔一〕此首文選三一録全篇，署「劉休玄」。「擬行行重行行　劉鑠」，活字本題作「代行行重行行　劉鑠」；馮抄本此詩題作兩行，其首行題「雜詩五首」，次行題「代行行重行行　劉鑠」；趙本總題作「劉鑠雜詩五首」，而置「代行行重行行」之題於本詩正文末；翁抄本此詩題作兩行，其首行題「雜詩五首　劉鑠」，次行題「代行行重行行」。按，活字本目録中有「雜詩五首」總題，四玉臺本目録劉鑠名下均無具體詩題。又，四玉臺本劉鑠詩均置於卷三謝惠連詩之後。

〔二〕「長」，兩抄本、趙本均作「羨」。

〔三〕「邑」，兩抄本、趙本、文選均作「里」。
〔四〕「從」，兩抄本、趙本均作「於」。
〔五〕「看」，文選作「覺」。
〔六〕「不可」，兩抄本、趙本均作「曠不」。
〔七〕「治」，活字本作「持」。

擬明月何皎皎〔一〕

落宿半遥城，浮雲藹曾闕〔二〕。玉宇來清風〔三〕，羅帳延秋月。結思想伊人，沉憂懷明發。誰謂行客久〔四〕，屢見流芳歇〔五〕。河廣川無梁，山高路難越。

【校記】

〔一〕此首文選三一録全篇。「擬明月何皎皎」，四玉臺本均作「代明月何皎皎」；其中趙本此題置於本詩正文末，以下三首格式同，不再分别出校。
〔二〕「闕」，兩抄本均作「闉」。

〔三〕「玉」，翁抄本作「五」。
〔四〕「行客」，文選作「客行」。「久」，四玉臺本均作「游」。
〔五〕「流芳」，活字本作「芳流」。

擬孟冬寒氣至〔一〕

白露秋風始〔二〕，秋風明月初。明月照高樓，白露皎玄除。迨及凉風起〔三〕，行見寒林疏。客從遠方至，贈我千里書。先叙懷舊愛，末陳久離居〔四〕。一章意不盡，三復情有餘。願遂平生志〔五〕，無使甘言虚。

【校記】

〔一〕「擬」，四玉臺本均作「代」。「氣」，馮抄本作「風」。
〔二〕「露」，翁抄本作「霧」。
〔三〕「迨」，翁抄本作「迢」。「風」，兩抄本、趙本均作「雲」。
〔四〕「久」，活字本作「夕」。

〔五〕「志」，兩抄本、趙本均作「眷」。

擬青青河邊草〔一〕

淒淒含露臺，肅肅迎風館。思女御櫺軒，哀心徹雲漢。端撫悲弦泣，獨對明燈嘆。良人久遥役〔二〕，耿介終昏旦〔三〕。楚楚秋水歌〔四〕，依依采菱彈〔五〕。

【校記】

〔一〕「擬」，四玉臺本均作「代」。「邊」，兩抄本、趙本均作「畔」。

〔二〕「遥」，四玉臺本均作「徭」。

〔三〕「介」，活字本、兩抄本均作「分」。「旦」，翁抄本作「且」。

〔四〕「水」，兩抄本均作「木」。

〔五〕「采菱」，活字本作「授菱」，趙本作「采淩」；按，凡「菱」、「淩」一類異文，以下不再出校。

咏牛女〔一〕

秋動清風扇〔二〕，火移炎氣歇。廣欄含夜陰〔三〕，高軒通夕月。安步巡芳林，傾望極雲闕〔四〕。組幕縈漢陳，龍駕凌霄發。誰云長河遥？頗覺促筵悦〔五〕。沉情未申寫，飛光已飄忽。來對眇難期〔六〕，今歡自兹没。

【校記】

〔一〕此首類聚四歲時中七月七日、初學記四七月七日均録「歇」、「月」、「闕」、「發」、「忽」、「没」六韻，均題作「七夕咏牛女」。

〔二〕「風」，四玉臺本均作「氛」，但馮抄本原作「气」，經塗改後作「氛」，有「宋本」印。

〔三〕「欄」，類聚、初學記均作「檐」。

〔四〕「傾」，初學記作「仰」。

〔五〕「覺」，兩抄本、趙本均作「劇」。「悦」，兩抄本、趙本均作「越」。

〔六〕「來」，馮抄本此字原似作「未」，經塗改後作「来」，無「宋本」印；翁抄本作「未」。

七夕月下

王僧達〔一〕

遠山斂氛祲，廣庭揚月波。氣往風集隙〔二〕，秋還露泫柯。節氣既已孱〔三〕，中霄振綺羅〔四〕。來歡詎終夕，收泪泣分河。

【校記】

〔一〕此首類聚四歲時中七月七日、初學記四七月七日均録全篇。「七夕月下　王僧達」，兩抄本均作「七夕月下　王僧達一首」，趙本作「王僧達七夕月下一首」。按，活字本目録中「下」下有「一首」二字，兩抄本目録中「一首」二字均置於詩題下。又，四玉臺本卷四均始於此詩。

〔二〕「氣」，四玉臺本均作「期」。

〔三〕「氣」，初學記作「期」。「孱」，初學記作「屏」。

〔四〕「霄」，活字本作「宵」。

爲織女贈牽牛

顔延年〔一〕

婺女儷經星〔二〕，嫦娥栖飛月〔三〕。慚無二媛靈〔四〕，托身侍天闕。閶闔殊朱暉〔五〕，咸池豈沐髮〔六〕。漢陰不夕張〔七〕，長河爲誰越？雖有促讌期〔八〕，方須凉風發〔九〕。虚計雙曜周〔一〇〕，空遲三星没。非怨杼軸勞〔一一〕，但念芳菲歇。

【校記】

〔一〕此首類聚四歲時中七月七日録「月」、「闕」、「髮」、「越」、「發」五韻。初學記四七月七日録「月」一韻，御覽三一時序部十六七月七日録「月」、「闕」、「髮」、「越」、「發」、「歇」六韻，均題作「織女贈牽牛」。「爲織女贈牽年　顔延年」，活字本作「爲織女贈牽牛　顔延之」，兩抄本均作「爲織女贈牽牛　顔延之二首」，趙本作「顔延之爲織女贈牽牛」。按，活字本目録中「顔」作「彦」，兩抄本目録中無「二首」二字，兩抄本、趙本目録中「牛」下均有「七夕一首」四字。

〔二〕「儷」，初學記、御覽均作「麗」。

〔三〕「嫦」，活字本、類聚、御覽均作「姮」，兩抄本作「常」，初學記作「恒」。　「娥」，趙本作「娍」。

「栖」，兩抄本、初學記、御覽均作「捿」。
〔四〕「二」，御覽作「一」。
〔五〕「閶闔殊朱暉」，四玉臺本、類聚均作「閶闔殊未暉」，御覽作「閶殊闔未央」。
〔六〕「咸池」，兩抄本均作「成池」，御覽作「銀河」。
〔七〕「夕張」，趙本、翁抄本均作「久張」，御覽作「夕悵」。
〔八〕「雖有促讌」，類聚作「雖有促宴」，御覽作「有促讌歸」。
〔九〕「方須」，御覽作「萬頃」。
〔一〇〕「曜」，四玉臺本均作「曜」。
〔一一〕「軸」，御覽作「柚」。

秋胡九首〔一〕

【校記】

〔一〕「秋胡九首」，活字本、兩抄本均作「秋胡」，趙本作「秋胡詩一首」。按，活字本目録中題下有「詩九首又」四字，兩抄本目録中題下均有「詩一首顔延之」六字。

其一〔一〕

椅梧傾高鳳，寒谷待鳴律。影響豈不懷？自遠每相匹〔二〕。婉彼幽閑女，作嬪君子室。峻節貫秋霜，明艶侔朝日。嘉運既我從，欣願自此畢。

【校記】

〔一〕此首文選二一録全篇，題作「秋胡詩一首」；按，文選所録本題下九首前後相連作一首。事類賦二四木部一木賦録「律」一韻。樂府詩集三六録全篇，爲秋胡行九首之第一首。「其一」二字，活字本無，其下八首，活字本亦均無「其×」字樣；兩抄本、趙本均以雙行小字注於該章末，其下八章亦均注有「其×」字樣；不再分别出校。

〔二〕「遠」，活字本作「達」。

其二〔一〕

燕居未及歡〔二〕，良人顧有違。脱巾千里外，結綬登王畿。戒塗在昧旦〔三〕，左右來相依〔四〕。驅車出郊郭，行路正威遲〔五〕。存爲久離别，没爲長不歸。

【校記】

〔一〕此首文選二一録全篇，題作「秋胡詩一首」。類聚一八人部二賢婦人録「違」、「饑」、「依」三韻；按，類聚所録本題下其二三韻、其五三韻、其六二韻、其九二韻前後相連作一首。樂府詩集三六録全篇，爲秋胡行九首之第二首。

〔二〕「歡」，馮抄本此字空缺，有「宋本」印；趙本、類聚均作「好」；翁抄本此字原空缺，紅筆補入「歡」字，其眉端紅筆注「歡字遵王摹出」六字；文選此字下注「善本作好」。

〔三〕「塗」，四玉臺本、文選、類聚、樂府詩集均作「徒」。

〔四〕「來相」，樂府詩集作「相來」。

〔五〕「威」，活字本作「倭」。「遲」，兩抄本均作「遲」。

其三〔一〕

嗟余怨行役，三陟窮晨暮。嚴駕越風寒，解鞍犯霜露。原隰多悲凉，迴飆卷高樹。離獸起荒蹊，驚鳥縱横去〔二〕。悲哉游宦子〔三〕，勞此山川路〔四〕。

【校記】

〔一〕此首文選二一録全篇，題作「秋胡詩一首」。樂府詩集三六録全篇，爲秋胡行九首之第三首。

〔二〕「縱」，文選作「從」。
〔三〕「宦」，樂府詩集作「官」。
〔四〕「勞」，活字本作「榮」。

其四〔一〕

迢遥行人遠〔二〕，婉轉年運徂〔三〕。良時爲此别〔四〕，日月方向除。孰知寒暑積，僶俛見榮枯。歲暮臨空房，涼風起坐隅。寢興日已寒，白露生庭蕪。

【校記】

〔一〕此首文選二一録全篇，題作「秋胡詩一首」。樂府詩集三六録全篇，爲秋胡行九首之第四首。
〔二〕「迢」，文選、樂府詩集均作「超」。
〔三〕「婉」，文選、樂府詩集均作「宛」。
〔四〕「時」，文選作「人」。

其五〔一〕

勤役從歸願〔二〕，反路遵山河。昔辭秋未素〔三〕，今也歲載華。蠶月觀時暇〔四〕，桑野多經過。佳人從所務〔五〕，窈窕援高柯。傾城誰不顧？彌節停中阿〔六〕。

【校記】

〔一〕此首文選二一録全篇，題作「秋胡詩一首」。類聚一八人部二賢婦人録「過」、「柯」、「阿」三韻。樂府詩集三六録全篇，爲秋胡行九首之第五首。

〔二〕「顧」，趙本作「顧」。

〔三〕「辭」，文選此字下注「善本作辭」。

〔四〕「觀」，活字本作「歡」；兩抄本原同，後均改作「歡」，馮抄本有「宋本」印。

〔五〕「所」，文選此字下注「善本作此」。

〔六〕「彌」，四玉臺本、文選、類聚、樂府詩集均作「弭」。

其六〔一〕

年往誠思勞，路遠闊音形〔二〕。雖爲五載別，相與昧平生。捨車遵往路，鳧藻馳目成〔三〕。南金豈不重？聊自意所輕。義心多苦調，密比金玉聲〔四〕。

【校記】

〔一〕此首文選二一録全篇，題作「秋胡詩一首」。類聚一八人部二賢婦人録「輕」、「聲」二韻。樂府詩集三六録全篇，爲秋胡行九首之第六首。

〔二〕「路」，四玉臺本均作「事」，文選此字下注「善本作事」。

〔三〕「皃」，馮抄本作「皃」。「目」，活字本作「日」。「成」，兩抄本均作「誠」。

〔四〕「比」，兩抄本、趙本、文選、樂府詩集均作「此」。

其七〔一〕

高節難久淹，朅來空復辭。遲遲前途盡，依依造門基。上堂拜嘉慶，入室問所之〔二〕。日暮行采歸，物色桑榆時。美人望昏至，慚嘆前相持。

【校記】

〔一〕此首文選二一録全篇，題作「秋胡詩一首」。樂府詩集三六録全篇，爲秋胡行九首之第七首。

〔二〕「所」，四玉臺本、文選、樂府詩集均作「何」。

其八〔一〕

有懷誰能已？聊用申苦難。離居殊年歲〔二〕，一別阻河關〔三〕。春來無時豫，秋至恒早寒〔四〕。明發動愁心，閨中起長嘆〔五〕。慘凄歲方晏〔六〕，日落游子顔〔七〕。

【校記】

〔一〕此首文選二一録全篇，題作「秋胡詩一首」。類要二四行旅下、羈旅均録「顔」一韻。樂府詩集三六録全篇，爲秋胡行九首之第八首。

〔二〕「歲」，文選、樂府詩集均作「載」。

〔三〕「關」，翁抄本作「開」。

〔四〕「恒」，四玉臺本均作「應」。

〔五〕「起」，樂府詩集作「夜」。

〔六〕「凄」，類要羈旅作「復」。「方」，類要行旅下作「月」。

〔七〕「日落」，活字本作「落日」。

其九〔一〕

高張生絶弦，聲急由調起。自昔枉光塵，結言固終始〔二〕。如何久爲别〔三〕，百行愆諸己〔四〕。君子失明義〔五〕，誰與偕没齒？愧彼行露詩〔六〕，甘之長川汜〔七〕。

【校記】

〔一〕此首文選二一録全篇，題作「秋胡詩一首」。類聚一八人部二賢婦人録「己」、「汜」二韻。樂府詩集三六録全篇，爲秋胡行九首之第九首。

〔二〕「始」，活字本作「如」。

〔三〕「如」，活字本作「始」。

〔四〕「愆」，文選此字下注「善本作諐」。

〔五〕「明」，四玉臺本均作「時」。

〔六〕「露」，活字本作「路」。

〔七〕「汜」，類聚作「涘」。

玩月城西門廨中

鮑昭〔一〕

始見西南樓〔二〕，纖纖如玉鉤。末映東北墀〔三〕，娟娟似蛾眉〔四〕。蛾眉蔽朱櫳〔五〕，玉鉤隔綺窗〔六〕。三五二八時，千里與君同。夜移衡漢落，徘徊帷幌中〔七〕。歸華先委露，別葉早辭風。客游厭辛苦〔八〕，仕子倦飄塵。休澣自公日〔九〕，宴慰及私晨〔一〇〕。蜀琴抽白雪，郢曲繞陽春〔一一〕。肴乾酒未缺〔一二〕，金壺啓夕淪〔一三〕。迴軒駐輕蓋，留酌待情人。

【校記】

〔一〕此首文選三〇録全篇，「廨」字下注「善本作解」。類聚一天部上月録「窗」、「同」、「中」三韻，署「鮑照」，題作「玩月詩」。初學記一月録「鉤」、「眉」二韻，署「鮑」，無題。事類賦一天部一月賦、御覽四天部四月録「鉤」、「眉」、「窗」、「同」、「中」五韻，均題作「玩月詩」。「玩月城西門廨中　鮑昭」，兩抄本均作「玩月城西門　鮑昭九首」，趙本作「鮑昭玩月城西門」。按，活字本目録於「鮑昭」前、趙本目録於「鮑昭」後分別有「雜詩九首」四字，兩抄本目録中「昭」下有「雜詩」二字，四玉臺本目録鮑昭名下均無具體詩題。

〔二〕「見」，文選作「出」，其下注「善本作見」。　「西」，事類賦作「東」。

〔三〕「未」，活字本、文選、初學記、御覽均作「末」，馮抄本原作「未」，經塗改後作「末」，無「宋本」印。　「東」，初學記、事類賦均作「西」。

〔四〕「蛾」，兩抄本、趙本、初學記均作「娥」。

〔五〕「蛾」，兩抄本、趙本均作「娥」。　「朱櫳」，兩抄本、趙本均作「珠籠」，文選、類聚、事類賦均作「珠櫳」，御覽作「珠攏」。

〔六〕「綺」，文選、類聚、事類賦、御覽均作「瑣」。　「窗」，翁抄本原同，紅筆描改作「恕」，其頁底紅筆又寫一「恕」字。

〔七〕「帷幌」，趙本作「帷櫎」，文選作「入户」，事類賦作「庭户」，御覽作「帷户」；又，文選「入」字下注「善本作帷」。

〔八〕「厭」，兩抄本均作「倦」。　「辛苦」，文選作「苦辛」。

〔九〕「休澣」，活字本作「沐瀚」，兩抄本均作「沐澣」，趙本作「沐澣」。

〔一〇〕「宴」，趙本作「晏」。　「晨」，四玉臺本、文選均作「辰」。

〔一一〕「繞」，文選此字下注「善本作發」。

〔一二〕「缺」，兩抄本均作「鈌」；文選作「闋」，其下注「善本作缺」。

〔三〕「壺」，四玉臺本、文選均作「壺」；又，文選其下注「善本作臺」。「淪」，四玉臺本均作「輪」。

煌煌京洛行〔一〕

鳳樓十二重〔二〕，四户八綺窗。繡桷金蓮花〔三〕，桂柱玉盤龍。珠簾無隔露〔四〕，羅幌不勝風〔五〕。寶帳三千所〔六〕，爲爾一朝容。揚芬紫烟上〔七〕，垂彩緑雲中。春吹迴白日，霜歌落塞鴻。但懼秋塵起，盛愛逐衰蓬〔八〕。坐視青苔滿，臥對錦筵空。琴瑟縱横散〔九〕，舞衣不復縫。古來皆歇薄〔一〇〕，君意豈獨濃？唯見雙黄鵠，千里一相從。

【校記】

〔一〕此首類聚四三樂部三歌録「窗」、「龍」、「風」、「鴻」、「蓬」、「空」、「縫」七韻，初學記一八貴録「窗」、「龍」、「風」、「容」四韻，均題作「代京洛篇」。類要一三總叙宫掖録首三句、一九歌録「鴻」一韻，均題作「京洛篇」。類要一三總叙皇居録「窗」、「龍」、「風」三韻，題作「京路篇」。樂府詩集三九録全篇，署「鮑照」。「煌煌京洛行」，四玉臺本均作「代京雒篇」。

〔二〕「鳳樓十二重」，類聚作「鳳臺十二重」，類要一三總叙皇居作「風臺十二重」，同卷總叙宮掖作「風樓十二裹」。

〔三〕「桷」，初學記、類要一三總叙宮掖均作「角」，類要一三總叙皇居作「補」。「蓮」，類要一三總叙宮掖作「連」。

〔四〕「露」，樂府詩集作「路」。

〔五〕「幌」，類要作「晃」。

〔六〕「千所」，兩抄本、趙本均作「千萬」，初學記作「十萬」。

〔七〕「揚」，兩抄本均作「楊」。

〔八〕「逐」，活字本作「遂」。「蓬」，活字本作「篷」。

〔九〕「瑟」，兩抄本、趙本、類聚均作「筑」。

〔一〇〕「皆」，樂府詩集作「兵」。

擬白頭吟〔一〕

直如朱絲繩〔二〕，清如玉壺冰〔三〕。何慚宿昔意，猜恨坐相仍。人情賤恩舊，世議逐衰興〔四〕。毫髮一爲瑕，丘山不可勝。食苗實碩鼠，點白信蒼蠅〔五〕。梟鴟遠成美〔六〕，薪蒭前見凌〔七〕。申黜褒女進〔八〕，班去趙姬升〔九〕。周王日淪惑，漢帝益嗟稱。心賞猶難恃，貌恭豈易憑？古來共如此，非君獨撫膺。

【校記】

〔一〕此首文選二八、樂府詩集四一均録全篇，題作「白頭吟」。類聚四一樂部一論樂録「冰」、「仍」、「興」、「勝」、「凌」、「升」、「膺」七韻，題作「白頭行吟」。御覽七六六雜物部一繩録「冰」一韻，無署名，題作「古詩」。「擬白頭吟」，四玉臺本均作「擬樂府白頭吟」。

〔二〕「絲」，御覽作「弦」。

〔三〕「壺」，四玉臺本、文選、樂府詩集均作「壼」。「冰」，御覽作「水」。

〔四〕「議」，四玉臺本均作「義」，樂府詩集作「路」。

〔五〕「點」，文選此字下注「善本作玷」。

〔六〕「鴟」，類聚作「鶴」。

〔七〕「蒭」，四玉臺本、文選、類聚均作「芻」。

〔八〕「褒」，兩抄本、趙本均作「襃」。

〔九〕「趙」，活字本作「信」。

朗月行〔一〕

朗月出東山，照我綺窗前。窗中多佳人，被服妖且妍。靚妝坐帷袖〔二〕，當户弄清弦。鬢奮衛女迅，體絶飛燕先。爲君歌一曲，當作朗月篇〔三〕。酒至顔自解，聲和心亦宣。千金何足重，所存意氣間。

【校記】

〔一〕朗月行一首，四玉臺本均無。樂府詩集六五録全篇，署名「鮑照」。

〔二〕「袖」，樂府詩集作「裹」。

〔三〕「當作朗月篇」，樂府詩集此句下注「一作堂上朗月篇」。

東門行〔一〕

傷禽惡弦驚〔二〕，倦客惡離聲〔三〕。離聲斷客情，賓御皆涕零。涕零心斷絶，將去還復訣〔四〕。一息不相知，何況異鄉別。遥遥征駕遠〔五〕，杳杳白日晚〔六〕。居人掩閨卧，行子中夜飯〔七〕。野風吹草木〔八〕，行子心腸斷〔九〕。食梅常苦酸〔一〇〕，衣葛常苦寒〔一一〕。絲竹徒滿座〔一二〕，憂人不解顏〔一三〕。長歌欲自慰，彌起長恨端。

【校記】

〔一〕東門行一首，四玉臺本均無。文選二八録全篇，署「鮑明遠」。類聚四一樂部一論樂録「聲」、「零」、「訣」、「別」、「晚」、「飯」、「寒」、「顏」、「端」九韻，題作「驅馬上東門行」。類要二四離別録「聲」、「零」、「訣」、「別」、「晚」、「飯」、「斷」、「寒」、「顏」九韻，題作「東門行運」；同書二五被罪録「聲」一韻，無題。樂府詩集三七録全篇，署名「鮑照」。

〔二〕「惡」，類聚作「見」。

〔三〕「惡」，類要二四無此字。

〔四〕「還復」，文選、類聚、類要、樂府詩集均作「復還」。又，類要「訣」一韻置於「別」韻後。

〔五〕「駕」，類要作「屆」。

〔六〕「白」，文選、類聚、類要均作「落」，樂府詩集此字下注「一作落」。

〔七〕「行」，類要作「竹」。「中夜」，文選、類要、樂府詩集均作「夜中」，類聚作「野中」。

〔八〕「吹草木」，文選作「吹秋木」，類要作「秋吹木」。
〔九〕「腸斷」，類要作「斷腸」。
〔一〇〕「常」，類要作「嘗」。
〔一一〕「常」，類要作「嘗」。　「苦」，類要作「若」。
〔一二〕「座」，文選作「坐」。
〔一三〕「憂」，類要作「愛」。

采桑詩〔一〕

季春梅始落，女工事蠶作〔二〕。采桑淇洧間〔三〕，還戲上宫閣。早蒲時結陰，晚篁初解籜〔四〕。藹藹霧滿閨，融融景盈幕〔五〕。乳燕逐草蟲，巢蜂拾花蕚〔六〕。景節最暄妍〔七〕，佳服又新爍。歛嘆對迥塗〔八〕，楊歌弄場藿〔九〕。抽琴拭紵思〔一〇〕，薦佩果成托〔一一〕。承君郢中美，服義久心諾。衛風古愉艷，鄭俗舊浮薄。虛願悲渡湘〔一二〕，宓賦笑瀍洛〔一三〕。盛明難重來，淵意爲誰涸？君其且調弦，桂酒妾行酌〔一四〕。

【校記】

〔一〕此首樂府詩集二八録全篇，署名「鮑照」。

〔二〕「女工」，樂府詩集作「工女」。

〔三〕「淯」，樂府詩集作「澳」。

〔四〕「篁」，樂府詩集此字下注「一作竹」。

〔五〕「景」，兩抄本均作「京」。

〔六〕「蕚」，兩抄本、趙本、樂府詩集均作「藥」。

〔七〕「景」，四玉臺本、樂府詩集均作「是」。「喧」，樂府詩集作「喧」。

〔八〕「斂」，活字本、樂府詩集均作「欽」；馮抄本原作「斂」，經塗改後作「欽」，有「宋本」印；翁抄本原作「斂」，紅筆描改作「欽」。「迴」，兩抄本均作「迴」，趙本、樂府詩集均作「回」。

〔九〕「楊」，活字本、兩抄本均作「陽」，趙本、樂府詩集均作「揚」。

〔一〇〕「抽琴拭紵思」，四玉臺本均作「抽琴試伫思」，樂府詩集作「琴抽試紵思」。

〔一一〕「薦」，兩抄本均作「鳸」。「果」，活字本作「杲」。「成」，四玉臺本均作「誠」。

〔一二〕「虛」，樂府詩集作「靈」。

〔一三〕「宓」，四玉臺本均作「空」。「瀍」，兩抄本均作「湹」，樂府詩集此字下注「一作景」。

〔一四〕「酌」，馮抄本原同，經塗改後作「□」，無「宋本」印；翁抄本此字上有一紅圈。

夢還詩

銜泪出郭門，撫劍無人逵〔一〕。沙風暗塞起，離心眷鄉畿。夜分就孤枕，夢想暫言歸。孀婦當户嘆〔二〕，繅絲復鳴機〔三〕。慊款論久別，相將還綺幃。歷歷檐下凉〔四〕，朧朧窗裏暉。刈蘭争芬芳，采菊競葳蕤。開奩集香蘇〔五〕，探袖解纓徽。寐中長路近，覺後大江違。驚起空嘆息，怳惚神魂飛〔六〕。白水漫浩浩，高山壯巍巍。波潮異往復〔七〕，風雲改榮衰〔八〕。此土非吾土，慷慨當訴誰！

【校記】

〔一〕「劍」，活字本、趙本均作「劒」，兩抄本均作「釼」；此字同類異文，以下不再出校。

〔二〕「嘆」，兩抄本、趙本均作「笑」。

〔三〕「繅」，兩抄本、趙本均作「搔」。

〔四〕「歷歷」，四玉臺本均作「靡靡」。「檐」，兩抄本均作「簷」。

〔五〕「奩」，兩抄本均作「奩」，趙本作「匳」；此字同類異文，以下不再出校。

〔六〕「惚」，趙本作「忽」。又，兩抄本此字下均衍一「目」字。
〔七〕「潮」，翁抄本作「湖」。
〔八〕「雲」，兩抄本、趙本均作「霜」。

擬古

河畔草未黄，胡鷹已矯翼〔一〕。秋蟲挾户吟〔二〕，寒婦成夜織〔三〕。去歲征人還，流傳舊相識。聞君上隴時〔四〕，東望久嘆息。宿昔改衣帶〔五〕，旦暮異容色。念此憂如何？夜長愁更多〔六〕。明鏡塵匣中〔七〕，寶瑟生網羅〔八〕。

【校記】

〔一〕「鷹」，兩抄本、趙本均作「雁」。
〔二〕「蟲」，兩抄本、趙本均作「蛩」。「挾」，馮抄本、趙本均作「扶」；翁抄本原作「挾」，紅筆描改作「狀」，其頁眉紅筆寫「狀」字。
〔三〕「成」，四玉臺本均作「晨」。

〔四〕「隴」，四玉臺本均作「壟」。
〔五〕「改衣帶」，兩抄本、趙本均作「衣帶改」。
〔六〕「愁更多」，兩抄本均作「憂向身」，趙本作「憂向多」。
〔七〕「明鏡」，兩抄本均作「人金」。
〔八〕「瑟」，四玉臺本均作「琴」。

咏雙燕〔一〕

雙燕戲雲崖，羽翮始差池。出入南閨裏，經過北堂陲〔二〕。意欲巢君幕〔三〕，層楹不可窺。沉吟芳歲晚，徘徊韶景移〔四〕。悲歌辭舊愛，銜泥覓新知〔五〕。

【校記】

〔一〕此首類聚九二鳥部下燕録全篇。「咏雙燕」，兩抄本、趙本均作「咏燕」。
〔二〕「陲」，活字本、兩抄本均作「垂」，趙本作「垂」。
〔三〕「君」，馮抄本作「居」。

〔四〕「徘徊」，兩抄本均作「俳佪」，趙本作「徘回」。

〔五〕「泥」，類聚作「汨」。「新」，類聚作「所」。

贈故人馬子喬二首〔一〕

【校記】

〔一〕「贈故人馬子喬二首」，活字本無「二首」二字，兩抄本、趙本均作「贈故人」。

其一〔一〕

寒灰滅更燃，夕華晨更鮮。春冰雖暫解，冬冰還復堅〔二〕。佳人捨我去〔三〕，賞愛長絕緣。歡至不留時，每念輒傷年〔四〕。

【校記】

〔一〕「其一」二字，四玉臺本均無。

〔二〕「還復」，兩抄本、趙本均作「復還」。

〔三〕「捨」，馮抄本作「拾」。

〔四〕「念」，兩抄本、趙本均作「感」。

其二〔一〕

雙劍將别離，先在匣中鳴。烟雨交將夕，從此遂分形。雌沉吴江水〔二〕，雄飛入楚城。吴江深無底，楚闕有崇扃〔三〕。一爲天地别，豈直限幽明〔四〕？神物終不隔，千祀儻還并〔五〕。

【校記】

〔一〕此首類聚六〇軍器部劍、御覽三四四兵部七十五劍下均録「鳴」、「城」、「扃」、「明」、「并」五韻，均無題。「其二」二字，四玉臺本均無。

〔二〕「水」，類聚、御覽均作「裏」。

〔三〕「闕」，兩抄本、趙本均作「城」。

〔四〕「限」，馮抄本原作「阻」，經塗改後作「且」，有「宋本」印；趙本作「阻」；翁抄本原作「阻」，紅筆圈去「阝」旁。

〔五〕「儻」，兩抄本均作「償」。

學阮步兵體

王素〔一〕

沉情發遐慮，紆鬱懷所思。仿佛聞簫管〔二〕，鳴鳳接嬴姬。聯綿共雲翼〔三〕，嬿婉相携持。寄言芳華士，寵利不常期。涇渭分清濁，視彼國風詩〔四〕。

【校記】

〔一〕「學阮步兵體　王素」，兩抄本「王」均作「玉」，趙本作「王素學阮步兵體」。按，兩抄本目録中「玉」作「王」，四玉臺本目録中「體」下均有「一首」二字。

〔二〕「聞簫」，兩抄本此二字均空缺，馮抄本於空缺處有「宋本」印。「管」，翁抄本原同，紅筆塗改作「官」，此行下端紅筆寫一「官」字。

〔三〕「綿」，兩抄本均作「錦」。

〔四〕「國」，兩抄本、趙本均作「谷」。

飛來雙白鵠

吴邁遠〔一〕

可憐雙白鵠〔二〕，雙雙絶塵氛。連翩弄光景，交頸游青雲。逢羅復逢繳，雌雄一旦分。哀聲流海曲，孤叫絶江濆〔三〕。豈不慕前侶，爲爾不及群。步步一零泪，千里猶待君。樂哉新相知，悲矣生别離〔四〕。持此百年命〔五〕，共逐寸陰移。譬如空山草〔六〕，零落心自知。

【校記】

〔一〕此首樂府詩集三九録全篇。「飛來雙白鵠　吴邁遠」，兩抄本均作「飛來雙白鵠　吴邁遠擬樂府四首」；趙本總題作「吴邁遠擬樂府四首」，而置「飛來雙白鵠」之題於本詩正文末。按，活字本目録中有「擬樂府四首」總題，四玉臺本目録吴邁遠擬樂府四首下均無具體詩題。

〔二〕「鵠」，兩抄本、趙本均作「鶴」。

〔三〕「絶」，四玉臺本均作「出」，樂府詩集作「去」。

〔四〕「矣」，樂府詩集作「來」。

〔五〕「持」，兩抄本、趙本均作「恃」。
〔六〕「譬」，兩抄本均作「辟」。

陽春曲〔一〕

百里望咸陽，知是帝京邑〔二〕。緑樹摇雲光，春城起風色。佳人愛華景〔三〕，流靡園塘側。妍姿艷月映，羅衣飄蟬翼。宋玉歌陽春〔四〕，巴人長嘆息。雅鄭不同賞，那令君愴惻？生平重愛惠〔五〕，私自憐何極。

【校記】

〔一〕此首類聚四二樂部二樂府録「色」、「側」、「息」、「極」四韻。樂府詩集五二録全篇，題作「陽春歌」。「陽春曲」之題，趙本置於本詩正文末；以下二首格式同，不再分别出校。
〔二〕「邑」，兩抄本、趙本、樂府詩集均作「域」。
〔三〕「華景」，四玉臺本均作「景華」。
〔四〕「玉」，活字本作「王」。

〔五〕「生平重愛惠」，類聚作「生重愛惠輕」，樂府詩集作「生重受惠輕」。

長別離〔一〕

生離不可聞，況復長相思。如何與君別，當我盛年時〔二〕。蕙花每搖蕩，妾心空自持〔三〕。榮乏草木歡，悴極霜露悲。富貴貌難變〔四〕，貧賤顔易衰〔五〕。持此斷君腸，君亦且自疑〔六〕。淮陰有逸將，折羽謝翻飛〔七〕。楚有扛鼎士〔八〕，出門不得歸。正爲隆準公，杖劍入紫微〔九〕。君才定何如，白日不争暉〔一〇〕。

【校記】

〔一〕此首類聚四二樂部二樂府録「思」、「時」、「持」三韻，題作「長離別」。樂府詩集七二録全篇。

〔二〕「盛」，樂府詩集作「少」。

〔三〕「空」，樂府詩集作「長」，其下注「一作空」。

〔四〕「貌難變」，四玉臺本均作「身難老」，樂府詩集作「皃難變」；又，樂府詩集「皃」字下注「一作身」。

〔五〕「顏」，兩抄本、趙本均作「年」。

〔六〕「且」，四玉臺本、樂府詩集均作「宜」。

〔七〕「折」，活字本作「拆」，樂府詩集作「析」。「羽」，兩抄本、趙本均作「翮」。「謝翻」，樂府詩集作「不曾」。

〔八〕「有」，四玉臺本均作「亦」。

〔九〕「杖」，樂府詩集作「仗」。

〔一〇〕「不」，四玉臺本、樂府詩集均作「下」。

長相思〔一〕

晨有行路客〔二〕，依依造門端。人馬風塵色，知從河塞還〔三〕。時我有同棲，結宦游邯鄲〔四〕。將不異客子，分飢復共寒。煩君尺帛書〔五〕，寸心從此殫〔六〕。道妾長憔悴〔七〕，豈復歌笑顏〔八〕。檐隱千霜樹〔九〕，庭枯十載蘭〔一〇〕。經春不舉袖，秋落寧復看？一見願道意，君門已九關。虞卿棄相印，檐笠爲同歡〔一一〕。閨陰欲早霜，何事空盤桓。

【校記】

〔一〕此首類聚四二樂部二樂府録「端」、「還」、「殫」、「顔」、「蘭」、「看」六韻，樂府詩集六九録全篇。
〔二〕「行路」，類聚作「遠道」。
〔三〕「河」，類聚作「關」。
〔四〕「宦」，活字本作「官」。
〔五〕「帛」，類聚作「錦」。
〔六〕「殫」，兩抄本、趙本均作「單」。
〔七〕「道」，兩抄本、趙本、樂府詩集均作「遣」。
〔八〕「豈」，類聚作「無」。
〔九〕「檐」，類聚作「攔」。
〔一〇〕「載」，類聚作「年」。
〔一一〕「檐笠」，兩抄本均作「擔登」，趙本、樂府詩集均作「擔簦」。

擬青青河畔草

鮑令暉〔一〕

褭褭臨窗竹〔二〕，藹藹垂門桐。灼灼青軒女，泠泠高堂中〔三〕。明志逸秋霜，玉顔掩春紅〔四〕。人生誰不别，恨君早從戎。鳴弦慚夜月，紺黛羞春風。

【校記】

〔一〕「擬青青河畔草　鮑令輝」，活字本作「擬青青河畔草　鮑令暉」，兩抄本均作「擬青青河畔草鮑令暉六首」，趙本作「鮑令暉擬青青河畔草」。按，活字本目録中有「雜詩六首」總題，兩抄本目録中「六」前有「雜詩」二字，趙本目録中「暉」下有「雜詩六首」四字，四玉臺本目録鮑令暉雜詩六首下均無具體詩題。

〔二〕「褭褭」，活字本作「裹裹」，兩抄本均作「褭褭」，趙本作「梟梟」。

〔三〕「泠泠」，馮抄本作「冷冷」。　「堂」，兩抄本、趙本均作「臺」。

〔四〕「掩」，兩抄本、趙本均作「艷」。

擬客從遠方來

客從遠方來，贈我漆鳴琴。木有相思文，弦有别離音。終身執此調，歲寒不改心。願作陽春曲，宮商長相尋。

寄人行〔一〕

自君之出矣，臨軒不解顔。砧杵夜不發，高門晝常關〔二〕。帳中流熠耀〔三〕，庭前華紫蘭〔四〕。楊枯識節異〔五〕，鴻來知客寒〔六〕。游暮冬盡月〔七〕，除春待君還〔八〕。

【校記】

〔一〕此首類聚三一人部十五贈答録「顔」、「關」、「蘭」、「寒」四韻，題作「題書寄行人」；樂府詩集六九録全篇，題作「自君之出矣」；均署「鮑令暉」。「寄人行」，四玉臺本均作「題書後寄行人」。按，鄭本目録中「人行」作「行人」。

〔二〕「常」，馮抄本原作「長」，經塗改後作「常」，有「宋本」印；類聚、樂府詩集均作「恒」。

〔三〕「帳」，樂府詩集作「帷」。「熠耀」，兩抄本均作「耀熠」。

〔四〕「庭」，翁抄本原同，紅筆描改作「夜」，其頁眉紅筆寫「夜」字。

〔五〕「楊」，兩抄本、趙本、類聚、樂府詩集均作「物」。「識」，兩抄本、趙本均作「謝」。

〔六〕「來」，樂府詩集作「歸」。
〔七〕「游暮冬盡月」，活字本作「游月暮冬盡」，兩抄本、趙本均作「游用暮冬盡」，樂府詩集作「游取暮春盡」。
〔八〕「除春」，樂府詩集作「餘思」。

古意贈今人〔一〕

寒鄉無異服，氈褐代文練〔二〕。月月望君歸，年年不解綖〔三〕。荆楊春早和〔四〕，幽冀猶霜霰〔五〕。北寒妾已知，南心君不見。誰爲道辛苦？寄情雙飛燕。形迫杼煎絲〔六〕，顔落風催電。容華一朝改〔七〕，唯餘心不變。

【校記】

〔一〕此首類聚四二樂部二樂府、樂府詩集七六均録「練」、「綖」、「霰」、「見」四韻，均署「吴邁遠」，類聚題作「秋風曲」，樂府詩集題作「秋風」。
〔二〕「氈褐」，兩抄本、趙本、類聚、樂府詩集均作「衣氈」。

〔三〕「綖」，類聚、樂府詩集均作「腺」。
〔四〕「楊」，活字本作「揚」。「春早」，兩抄本、類聚、樂府詩集均作「早春」。
〔五〕「冀」，類聚、樂府詩集均作「地」。
〔六〕「煎」，兩抄本均作「前」。
〔七〕「改」，兩抄本、趙本均作「盡」。

代葛沙門妻郭小玉作二首〔一〕

【校記】

〔一〕「作二首」，活字本作「詩二首」，兩抄本、趙本均作「詩」。又，翁抄本黄筆描「玉」作「五」。

其一〔二〕

明月何皎皎，垂幌照羅茵〔三〕。若共相思夜，知同憂怨晨。芳華豈矜貌，霜露不憐人。君非青雲逝，飄迹事咸秦。妾持一生泪，經秋復度春。

【校記】

〔一〕「其一」二字，兩抄本、趙本均無。

〔二〕「幌」，趙本作「横」。

其二〔一〕

君子將遥役〔二〕，遺我雙題錦。臨當欲去時，復留相思枕。題用常著心，枕以憶同寢。行行日已遠，轉覺思彌甚。

【校記】

〔一〕「其二」二字，兩抄本、趙本均無。

〔二〕「遥」，活字本、趙本均作「徭」，兩抄本均作「傜」。

詠七寶扇

丘巨源〔一〕

妙縞貴東夏〔二〕，巧媛出吴閶〔三〕。裁如白玉璧〔四〕，縫似明月輪〔五〕。表裏鏤七寶，中銜駭鷄珍。畫作景山樹〔六〕，圖爲河洛神。來延揮握玩，入與鐶釧親。生風長袖際，晞華紅粉津〔七〕。拂眄迎嬌意〔八〕，隱映含歌人。時移務忘故，節改競存新。卷情隨象簟，舒心謝錦茵。厭歇何足道〔九〕，敬哉先後晨。

【校記】

〔一〕此首類聚六九服飾部上扇録「輪」、「珍」、「神」、「津」、「人」五韻，題作「咏七寶團扇」。初學記二五扇録全篇，題作「咏七寶畫圖扇」。「咏七寶扇　丘巨源」，兩抄本均作「咏七寶扇　丘巨源二首」，趙本作「丘巨源咏七寶扇」。按，活字本目録中有「雜詩五首」總題，兩抄本目録中「二」前有「雜詩」二字，趙本目録中「源」下有「雜詩二首」四字，四玉臺本目録丘巨源雜詩二首（活字本「二」誤作「五」）下均無具體詩題。

〔二〕「縞」，初學記作「絰」。「東」，初學記作「冬」。

〔三〕「媛」，初學記作「僞」。

〔四〕「如」，四玉臺本、類聚、初學記均作「狀」。

〔五〕「月」，馮抄本無此字。

〔六〕「畫」，初學記作「晝」。

〔七〕「粉」，類聚作「柳」。

〔八〕「拂」初學記作「清」。　「眄」，類聚作「盼」。　「嬌」，初學記作「驕」。

〔九〕「厭歌」，兩抄本、趙本均作「懕歌」，初學記作「歇歌」。

聽鄰妓

披衽乏游術，憑軾寡文才。蓬門長自寂，虚席視生埃〔一〕。貴里臨倡館〔二〕，東鄰歌吹臺。雲間嬌響徹，風末艷聲來。飛華瑶翠幄，揚芬金碧杯〔三〕。久絶中州美，從念尸鄉灰。遺情悲近世，中山安在哉！

【校記】

〔一〕「埃」，兩抄本均作「竢」。

〔二〕「倡」，兩抄本、趙本均作「妝」。

〔三〕「揚」，兩抄本均作「楊」。

古意二首　王融〔一〕

【校記】

〔一〕「古意二首　王融」，活字本作「古意　元長王氏」，兩抄本均作「古意　王長元五首」，趙本作「王元長古意」。按，活字本目録中「元長王氏」作「王元長」，兩抄本目録中「王長元」作「王元長」，四玉臺本目録王融雜詩五首下均無具體詩題。

其一〔一〕

游禽暮知返，行人獨不歸。坐銷芳草氣，空度明月輝。嚬容入朝鏡，思泪點春衣。巫山綉雲没〔二〕，淇上緑楊稀〔三〕。待君竟不至，秋雁雙雙飛。

【校記】

〔一〕「其一」二字，四玉臺本均無。

〔二〕「綉」，四玉臺本均作「彩」。

〔三〕「楊」，兩抄本、趙本均作「條」。

其二〔一〕

霜氣下孟津，秋風度函谷。念君凄已寒，當軒卷羅縠。纖手廢裁縫，曲鬢罷膏沐。千里不相聞，寸心鬱氛氳。況復飛螢夜，木葉亂紛紛〔二〕。

【校記】

〔一〕「其二」二字，四玉臺本均無。

〔二〕「木」，活字本作「水」。

咏琵琶〔一〕

抱月如可明〔二〕，懷風殊復清。絲中傳意緒，花裏寄春情。掩抑有奇態，凄鏘多好聲。芳袖幸時拂，龍門空自生。

【校記】

〔一〕此首類聚四四樂部四琵琶、初學記一六琵琶均録全篇。

〔二〕「月」，類聚作「目」。

咏幔〔一〕

幸得與珠綴〔二〕，羃䍥君之楹〔三〕。月映不辭卷〔四〕，風來輒自輕。每聚金爐氣，時駐玉琴聲。但願置尊酒〔五〕，蘭釭當夜明〔六〕。

【校記】

〔一〕此首類聚六九服飾部上幔、初學記二五幃幕、御覽六九九服用部一幔均録全篇。

〔二〕「綴」，初學記作「級」。

〔三〕「君」，初學記作「看」。

〔四〕「月」，御覽作「日」。

〔五〕「但」，兩抄本、趙本均作「俱」。「置」，兩抄本、趙本、類聚均作「致」。「尊」，兩抄本、類聚、初學記均作「樽」，御覽作「撙」。

〔六〕「釭」，活字本作「缸」，馮抄本作「釭」，初學記作「卸」。

巫山高〔一〕

想像巫山高〔二〕，薄暮陽臺曲。烟霞乍舒卷〔三〕，蘅芳自斷續〔四〕。彼美如可期，寤言紛在矚〔五〕。憮然坐相思〔六〕，秋風下庭緑。

【校記】

〔一〕此首類聚四二樂部二樂府録「曲」、「續」、「緑」三韻。樂府詩集一七録全篇。

〔二〕「想像」，四玉臺本均作「響像」，類聚作「仿象」，樂府詩集此二字下注「一作仿佛」。

〔三〕「霞」，類聚作「華」，樂府詩集作「雲」。「舒卷」，類聚作「卷舒」。

〔四〕「蘅芳自」，兩抄本、類聚均作「行芳時」，趙本作「蘅芳時」，樂府詩集作「猿鳥時」。又，樂府詩集此韻下注「一作烟華乍卷舒行芳時斷續」。

〔五〕「矚」，四玉臺本均作「屬」。

〔六〕「憮然」，類聚作「無忘」。「思」，類聚、樂府詩集均作「望」。

芳樹〔一〕

相望早春日，烟華雜如霧。復此佳麗人，含情結芳樹。綺羅已自憐，萱風多有趣。去來徘徊者，佳人不可遇。

【校記】

〔一〕芳樹一首，四玉臺本均無。樂府詩集一七録全篇。

迴文詩〔一〕

枝大柳塞北，葉暗榆關東。垂條逐絮轉，落蕊散花叢。池蓮照曉月，幔錦拂朝風。低吹雜綸羽〔二〕，薄粉艷妝紅。離情隔遠道，嘆結深閨中。

【校記】

〔一〕迴文詩一首，四玉臺本均無。類聚五六雜文部二詩録全篇。

〔二〕「低吹雜綸羽」，類聚作「曉吹綸雜羽」。

蕭諮議西上夜禁〔一〕

徘徊將所愛〔二〕，惜別在河梁〔三〕。衿袖三春隔，江山千里長。寸心無遠近，邊地有風霜〔四〕。勉哉勤歲暮，敬矣慎容光。山中殊未懌〔五〕，杜若空自芳。

【校記】

〔一〕蕭諮議西上夜禁一首，四玉臺本均無。類聚二九人部十三別上、初學記一八離別録全篇，均題作「蕭諮議西上夜集」。

〔二〕「愛」，類聚作「憂」。

〔三〕「惜」，初學記作「昔」。

〔四〕「邊」，初學記作「兩」。

〔五〕「懌」，初學記作「澤」。

贈王主簿二首　謝朓〔一〕

【校記】

〔一〕「贈王主簿二首　謝朓」，兩抄本均作「贈王主簿　謝朓一十二首」，趙本作「謝朓贈王主簿」；其中，馮抄本原作「十二首」，經塗改後作「一十二首」，有「宋本」印。按，活字本、趙本目録中均有「雜詩十二首」總題，兩抄本目録中「一」作「雜詩」，四玉臺本目録謝朓雜詩十二首下均無具體詩題。

其一〔一〕

日落窗中坐，紅妝好顔色。舞衣襞未縫，流黄覆不織。蜻蛉草際飛，游蜂花上食。一遇長相思〔二〕，願寄連翩翼。

【校記】

〔一〕「其一」二字，四玉臺本均無。

〔二〕「相思」，活字本作「思相」。

其二〔一〕

清吹要碧玉，調弦命緑珠。輕歌急綺帶，含笑解羅襦。餘曲詎幾許〔二〕，高駕且踟躕。徘徊憐暮景〔三〕，惟有洛城隅。

【校記】

〔一〕「其二」二字，四玉臺本均無。

〔二〕「詎」，兩抄本均作「巨」。

〔三〕「憐暮景」，兩抄本、趙本均作「韶景暮」。

和王主簿怨情〔一〕

掖庭聘絕國〔二〕，長門失歡讌〔三〕。相逢咏蘼蕪〔四〕，辭寵悲團扇〔五〕。花叢亂數蝶，風簾入雙燕〔六〕。徒使春帶賒，坐惜紅妝變〔七〕。平生一顧重〔八〕，夙昔千金賤〔九〕。故人心尚爾〔一〇〕，故心人不見〔一一〕。

【校記】

〔一〕此首文選三〇録全篇。「和」，四玉臺本均作「同」。

〔二〕「聘」，活字本、兩抄本均作「娉」。

〔三〕「讌」，文選作「宴」。

〔四〕「咏蘼蕪」，兩抄本均作「詠蘼蕪」；按，翁抄本紅筆圈去「詠」之「言」部和「蘼」之「麻」部，且紅筆描了「詠」之「永」部，其眉端紅筆寫「原本僅存𣱵」；又，文選「蘼」下注「善本作縻」。

〔五〕「團」，文選此字下注「善本作班」。

〔六〕「雙」，文選作「飛」，其下注「善本作雙」。

〔七〕「妝」，四玉臺本均作「顔」，文選作「裝」。

〔八〕「平生」，文選此二字下注「善本作生平」。

〔九〕「夙」，文選作「宿」。

〔一〇〕「爾」，兩抄本、趙本均作「永」。

〔一一〕「心人」，文選此二字下注「善本作人心」。

夜聽妓二首〔一〕

【校記】

〔一〕「二首」二字，四玉臺本均無。

其一〔一〕

瓊閨釧響聞，瑶席芳塵滿。要取洛陽人，共命江南管。情多舞態遲，意傾歌弄緩。知君密見親，寸心傳玉腕〔二〕。

【校記】

〔一〕「其一」二字，四玉臺本均無。

〔二〕「傳」，活字本作「傅」。「腕」，四玉臺本均作「鋺」。

其二〔一〕

上客光四座，佳麗直千金。挂釵報纓絶〔二〕，墮珥答琴心。蛾眉已共笑，清香復入衿〔三〕。歡樂夜方静〔四〕，翠帳垂沉沉。

【校記】

〔一〕「其二」二字，四玉臺本均無。

〔二〕「報」，兩抄本原同，馮抄本經塗改後作「服」，有「宋本」印；翁抄本紅筆描改作「服」，其右邊紅筆又寫「服」字。

〔三〕「入」，兩抄本均作「人」。

〔四〕「歡」，兩抄本、趙本均作「夜」。

銅雀臺妓〔一〕

繐緯飄井幹，樽酒若平生。鬱鬱西陵樹，詎聞歌吹聲。芳襟染泪迹，嬋媛空復情。玉座猶寂寞，况乃妾身輕。

【校記】

〔一〕銅雀臺妓一首，四玉臺本均無。

咏邯鄲故才人嫁爲厮養卒婦〔一〕

生平宫閣裏，出入侍丹墀。開笥方羅縠，窺鏡比蛾眉。初别意未解，去久日生悲。憔悴不自識，嬌羞餘故姿。夢中忽仿佛，猶言承讌私。

【校記】

〔一〕此首樂府詩集七三録全篇，題作「邯鄲才人嫁爲厮養卒婦」。

秋夜

秋夜促織鳴，南鄰擣衣急。思君隔九重，夜夜空佇立。北窗輕幔垂，西户月光人。何知白露下，坐視前階濕。誰能長分居，秋盡冬復及！

贈故人〔一〕

芳洲有杜若，可以慰佳期〔二〕。望望忽超遠，何由見所思。我行未千里，山川已間之〔三〕。離居方歲月，佳人不在兹〔四〕。清風動簾夜，孤月照窗時。安得同攜手，酌酒賦新詩？

【校記】

〔一〕贈故人一首，四玉臺本均無。類聚二一人部五交友録全篇，題作「贈友人」。同書二九人部十三別上録全篇，題作「懷故人」。類要二四離別録「時」、「詩」二韻，無署名，題作「懷故人」。

〔二〕「慰」，類聚作「贈」。

〔三〕「已」，類聚二一作「以」。

〔四〕「佳」，類聚作「故」。

别江水曹〔一〕

山中上芳月，故人清樽賞。遠山翠百重，迴流映千丈。花枝聚如雪，垂藤散似網〔二〕。别後能相思，何嗟異風壤。

【校記】

〔一〕别江水曹一首，四玉臺本均無。類聚二九人部十三别上録全篇，題作「與江水曹」。

〔二〕「似」，類聚作「猶」。

離夜詩〔一〕

玉繩隱高樹，斜漢映層臺。離堂華燭盡，别幌清琴哀〔二〕。翻潮尚知恨〔三〕，客思眇難裁〔四〕。山川不可盡〔五〕，况乃故人杯。

【校記】

〔一〕離夜詩一首，四玉臺本均無。類聚二九人部十三別上録全篇。類要二四離別録「哀」、「裁」、「杯」三韻，無題。

〔二〕「幌」，類要作「愰」。「琴」，類要作「瑟」。

〔三〕「恨」，類聚作「限」，類要作「浪」。

〔四〕「眇」，類要作「渺」。

〔五〕「盡」，類聚、類要均作「夢」。

咏燈〔一〕

發翠斜漢裏〔二〕，蓄寶宕山峰〔三〕。抽莖數仙掌〔四〕，銜光似燭龍。飛蛾再三繞，輕花四五重。孤對相思夕，空照舞衣縫〔五〕。

【校記】

〔一〕此首類聚八〇火部燈、初學記二五燈均録全篇。「咏燈」，活字本此詩題作兩行，其首行題

「雜詩五首」，次行題「燈」；馮抄本作「雜咏五首　燈」；趙本總題作「雜咏五首」，而置「鐙」之題於本詩正文末；翁抄本題作兩行，其首行題「雜咏五首」，次行題「燈」。按，活字本目録無「雜詩五首」之題，兩抄本、趙本目録均無「雜咏五首」之題。

〔二〕「漢」，類聚、初學記均作「溪」。

〔三〕「寶」，類聚作「實」。

〔四〕「數」，四玉臺本、類聚、初學記均作「類」。

〔五〕「舞」，兩抄本、趙本均作「儛」。「縫」，初學記作「絳」。

咏燭〔一〕

杏梁賓未散，桂宫明欲沉。曖色輕帷裏，低光照寶琴。徘徊雲髻影，灼爍綺疏金。恨君秋月夜，遺我洞房陰。

【校記】

〔一〕此首類聚八〇火部燭録全篇。「咏燭」，四玉臺本均作「燭」，其中馮抄本此題置於其前一首詩正文末，趙本置於本詩正文末；以下三首格式同，不再分别出校。

咏席〔一〕

本生朝夕池〔二〕，落景照參差〔三〕。汀洲蔽杜若〔四〕，幽渚奪江籬〔五〕。遇君時采擷，玉座奉金卮〔六〕。但願羅衣拂，無使素塵彌。

【校記】

〔一〕此首類聚六九服飾部上薦席録全篇。初學記二五席録全篇，題作「賦咏席」。「咏席」，四玉臺本均作「席」。

〔二〕「池」，初學記作「地」。

〔三〕「參差」，馮抄本作「叅茬」。

〔四〕「汀」，類聚作「河」。

〔五〕「籬」，兩抄本、趙本、類聚、初學記均作「離」。

〔六〕「座」，類聚作「坐」。

咏鏡臺〔一〕

玲瓏類丹檻〔二〕，苕亭似玄闕〔三〕。對鳳懸清冰〔四〕，垂龍挂明月〔五〕。照粉拂紅妝，插花理雲髮〔六〕。玉顔徒自見，常畏君情歇〔七〕。

【校記】

〔一〕此首初學記二五鏡臺録全篇。御覽七一七服用部十九鏡録全篇，無題。「咏鏡臺」，四玉臺本均作「鏡臺」。

〔二〕「檻」，初學記作「楹」。

〔三〕「苕亭」，初學記作「迢亭」，御覽作「孤高」。

〔四〕「懸」，活字本作「縣」，初學記、御覽均作「臨」。「冰」，初學記、御覽均作「水」。

〔五〕「垂」，御覽作「乘」。

〔六〕「理」，兩抄本原同，經塗改後均作「埋」，馮抄本有「宋本」印，翁抄本於頁此字右邊一小紅「△」，此行眉紅筆寫一「埋」字；趙本作「埋」。

〔七〕「常畏」，御覽作「畏見」。

咏竹火籠〔一〕

庭雪亂如花，井冰粲成玉。因炎入貂袖〔二〕，懷溫奉芳褥。體密用宜通，文斜性非曲。暫承君王旨〔三〕，請謝陽春旭。

【校記】

〔一〕咏竹火籠一首，四玉臺本均無。類聚七〇服飾部下火籠錄全篇。御覽七一一服用部十三火籠錄「玉」、「褥」、「曲」三韻。

〔二〕「貂」，御覽作「豹」。

〔三〕「旨」，類聚作「指」。

落梅

新葉何冉冉〔一〕，初蕊新霏霏。逢君後園讌，相隨巧笑歸。親勞君王指〔二〕，摘以贈南威。用持插雲髻，翡翠比光輝。日暮長零落，君恩不可追〔三〕。

【校記】

〔一〕「何冉冉」，四玉臺本均作「初苒苒」。

〔二〕「王」，兩抄本、趙本均作「玉」。

〔三〕「恩」，活字本作「思」。

中山王孺子妾歌

陸厥〔一〕

如姬卧寢内〔二〕，班妾坐同車〔三〕。洪波陪飲帳〔四〕，林光宴秦餘〔五〕。歲暮寒飆及，秋水落芙蕖。子瑕矯後駕，安陵泣前魚〔六〕。賤妾終已矣〔七〕，君子定焉如。

【校記】

〔一〕此首文選二八録全篇，署「陸韓卿」。類要一〇總叙衆嬪録「車」、「餘」二韻，無題、名；同書一三内苑録「車」、「餘」二韻，題作「山中王孺子宴歌」。樂府詩集八四録全篇，題作「中山孺子妾歌」。　「中山王孺子妾歌　陸厥」，兩抄本「孺」均作「𡦗」，趙本作「陸厥中山王孺子妾歌」。按，活字本目録中「中山王孺子」作「子山王孺中」，兩抄本目録「𡦗」下無「子」字，兩抄本、趙本目録中「歌」下均有「一首」二字。

〔二〕「卧寢内」，四玉臺本、文選、樂府詩集均作「寢卧内」，類要一〇作「寢寤内」，類要一三作「寢内卧」。

〔三〕「妾」，文選、類要一〇、樂府詩集均作「婕」；又，樂府詩集其下注「一作妾」。　「車」，類要一〇作「奉」。

〔四〕「飲」，類要一三作「陰」。　「帳」，翁抄本作「悵」。

〔五〕「宴秦餘」，活字本作「宴春餘」，兩抄本均作「宴泰餘」，趙本作「晏秦餘」，類要一三作「晏秦余」。

〔六〕「安陵」，兩抄本均作「陵安」。

〔七〕「終」，文選作「恩」，其下注「善本作終」。　「矣」，文選作「畢」，其下注「善本作矣」。又，樂府詩集此句下注「一作賤妾恩已畢」。

邯鄲行〔一〕

趙女擫鳴琴，邯鄲紛躧步。長袖曳三街，兼金輕一顧。有美獨臨風，佳人在遐路。相思欲褰衽，叢臺日已暮。

【校記】

〔一〕邯鄲行一首，四玉臺本均無。樂府詩集七六録全篇。

自君之出矣

虞羲〔一〕

自君之出矣〔二〕，楊柳正依依。君出無消息，惟見黄鶴飛。關山多險阻，士馬少光輝。流年無止極，君去何時歸〔三〕？

【校記】

〔一〕虞羲自君之出矣一首，四玉臺本均無。樂府詩集六九録全篇。

〔二〕「出」，樂府詩集作「去」。

〔三〕按，四玉臺本卷四末陸厥詩後均尚有施榮泰雜詩一首，爲鄭本所無。現據活字本補録於左，并校以其他各本。

雜詩　施榮泰①

趙女修麗姿②，燕姬正容飾。妝成桃毀紅，黛起草慚色。羅裙數十重，猶輕一蟬翼。不言縠袖軟③，專嘆風多力。鏘佩玉池邊，弄笑銀臺側。折柳貽目成，采蒲贈心識④。來時嬌未盡⑤，還去媚何極。

①「雜詩　施榮泰」，趙本作「施榮泰雜詩」。

②「姿」，兩抄本均作「委」。

③「縠」，兩抄本、趙本均作「穀」。「軟」，兩抄本、趙本均作「輕」。

④「采」，兩抄本、趙本均作「插」。

⑤「未」，翁抄本作「不」。

卷　五〔一〕

【校記】

〔一〕此卷作者及其詩作，四玉臺本除不收者外，均見於卷七，其排列次序及作者署名相異者見各詩校記。

擣衣

梁武帝〔一〕

駕言易水北，送别河之陽。沉思慘行鑣〔二〕，結夢在空床。既寤丹緑謬，始知紈素傷。中州木葉下〔三〕，邊城應早霜。陰蟲日慘烈，庭草復云黄〔四〕。金風徂清夜〔五〕，明月懸洞房〔六〕。裊裊同宫女，助我理衣裳。參差夕杵引，哀怨秋砧揚。輕羅飛玉腕，弱翠低紅妝。朱顔日已興〔七〕，眄睇色增光〔八〕。擣以一匪石，文成雙鴛鴦〔九〕。制握斷金刀，薰用如蘭芳〔一〇〕。佳期久不歸，持此寄寒鄉。妾身誰與容〔一一〕，思君苦入腸〔三〕。

【校記】

〔一〕「擣衣　梁武帝」，兩抄本均作「梁武帝一十四首　擣衣」，其中馮抄本「梁武」二字係塗改而成，有「宋本」印，翁抄本「擣衣」之題另起一行；趙本作「梁武帝擣衣」。按，趙本目録中「帝」下有「一十四首」四字，兩抄本、趙本目録梁武帝名下均無具體詩題。

〔二〕「鏕」，四玉臺本均作「鑣」。

〔三〕「州」，活字本、兩抄本均作「洲」。

〔四〕「草」，趙本作「艸」；此字同類異文，以下不再出校。

〔五〕「金」，兩抄本、趙本均作「冷」。「徂」，活字本、趙本均作「但」，馮抄本作「伹」，翁抄本作「促」。

〔六〕「懸」，活字本作「縣」。

〔七〕「日」，兩抄本、趙本均作「色」。

〔八〕「盻」，兩抄本均作「緜」，趙本作「眄」。「色」，兩抄本、趙本均作「目」。

〔九〕「成」，兩抄本均作「武」。「鴛鴦」，活字本作「夗央」；此字同類異文，以下不再出校。

〔一〇〕「芳」，活字本、兩抄本均作「房」。

〔一一〕「與」，兩抄本、趙本均作「爲」。

〔一二〕「苦入」，四玉臺本均作「苦人」；按，馮抄本「苦」字係塗改而成，原作「若」，有「宋本」印。

擬長安有狹斜〔一〕

洛陽有曲陌〔二〕，陌曲不通驛。忽逢二少童〔三〕，扶轡問君宅。君宅邯鄲右〔四〕，易憶復可知。大息組絪縕，中息佩陸離。小息尚青綺，總轡游南皮〔五〕。三息俱入門，家臣拜門垂。三息俱升堂，旨酒盈千巵。三息俱入户，户内有光儀。大婦理金翠，中婦事玉觴〔六〕。少婦獨閑暇〔七〕，調笙游曲池。丈夫少徘徊〔八〕，鳳吹方參差。

【校記】

〔一〕此首樂府詩集三五録全篇，題作「長安有狹斜行」。「擬長安有狹斜」，四玉臺本均作「擬長安有狹斜十韻」，其中兩抄本此題均置於其前一首詩正文末。按，活字本目録中題下有「又」字。

〔二〕「陌」，樂府詩集作「曲」。

〔三〕「逢」，樂府詩集作「遇」。「二」，活字本作「一」。
〔四〕「君」，樂府詩集作「我」。
〔五〕「轡」，兩抄本均作「卝」，趙本作「丱」，樂府詩集作「角」。
〔六〕「玉」，兩抄本、趙本均作「么」。
〔七〕「少」，兩抄本、趙本、樂府詩集均作「小」。
〔八〕「夫」，兩抄本、趙本、樂府詩集均作「人」。「徘徊」，樂府詩集作「裴回」。

擬明月照高樓〔一〕

圓魄當虛闥，清光流思筵。筵思對孤影〔二〕，凄怨還自憐。臺鏡早生塵〔三〕，匣琴又無弦。悲慕屢傷節，離憂亟華年。君如東扶景〔四〕，妾似西柳烟。相去既路迥，明晦亦殊懸。願爲銅鐵轡，以感長樂前。

【校記】

〔一〕此首樂府詩集四五録全篇，題作「明月照高樓」。按，活字本目録中題下有「又」字。

〔二〕「對」，兩抄本均作「熤」，趙本、樂府詩集均作「照」。
〔三〕「早」，活字本作「旱」。
〔四〕「東」，活字本作「朿」。

擬青青河邊草〔一〕

幕幕綉户絲，悠悠懷昔期。昔期久不歸，鄉國曠音徽〔二〕。音徽空結遲，半寢覺如至〔三〕。既寤了無形，與君隔死生〔四〕。月以雲掩光〔五〕，葉以霜催老〔六〕。當塗竸自容〔七〕，莫肯與妾道〔八〕。

【校記】

〔一〕此首樂府詩集三八録全篇，題作「青青河畔草」。
〔二〕「徽」，四玉臺本、樂府詩集均作「輝」。下句「徽」字情況同，不再出校。
〔三〕「覺如」，活字本作「覺知」，兩抄本均作「亹如」。
〔四〕「死」，兩抄本、趙本、樂府詩集均作「平」。

〔五〕「以」，活字本作「似」。
〔六〕「以」，四玉臺本、樂府詩集均作「似」。「催」，兩抄本、趙本、樂府詩集均作「摧」。
〔七〕「兢」，四玉臺本均作「競」。
〔八〕「與」，兩抄本、趙本、樂府詩集均作「爲」。

代蘇屬國婦〔一〕

良人如我期〔二〕，不謂當過時。秋風忽送節，白露凝前基。愴愴獨凉枕，慅慅孤月帷〔三〕。忽聽西北雁〔四〕，似從東海湄〔五〕。果銜萬里書，中有生離辭〔六〕。惟言長別矣，不復道相思。胡羊久剽奪〔七〕，漢節故支持。帛上看未終，臉下泪如絲。空懷之死誓，遠勞同穴詩。

【校記】

〔一〕「代蘇屬國婦」之題，馮抄本置於其前一首詩正文末。
〔二〕「如」，四玉臺本均作「與」。

〔三〕「慅慅」，四玉臺本均作「搔搔」。
〔四〕「忽」，四玉臺本均作「或」。
〔五〕「東」，四玉臺本均作「寒」。
〔六〕「辭」，兩抄本、趙本均作「詞」。
〔七〕「剽」，馮抄本作「漂」，趙本作「瀌」，翁抄本僅寫此字左邊作「票」。

古意二首〔一〕

【校記】

〔一〕「古意二首」，活字本、兩抄本均作「古意」。按，鄭本、趙本之古意二首，活字本、兩抄本分置兩處，均題作「古意」，參見下文校記。

其一〔一〕

飛鳥起離離，驚散忽差池。嗷嘈繞樹上，翩翻集寒枝〔二〕。既悲征役久〔三〕，偏傷壠上兒。寄言閨中妾〔四〕，此心詎能知？不見松蘿上〔五〕，葉落根不移！

【校記】

〔一〕「其一」二字，四玉臺本均無。

〔二〕「翻」，活字本、兩抄本均作「翾」，趙本作「翾」。

〔三〕「悲」，馮抄本作「彼」。

〔四〕「妾」，四玉臺本均作「愛」。

〔五〕「蘿上」，兩抄本、趙本均作「上蘿」。

其二〔一〕

當春有一草，緑花復垂枝〔二〕。云是忘憂物，生在北堂陲〔三〕。飛飛雙蛺蝶〔四〕，低低兩差池。差池低復起，此芳性不移。飛蝶雙復隻，此心人莫知。

【校記】

〔一〕「其二」二字，四玉臺本均無。按，活字本、兩抄本此詩均置於有所思之後，題作「古意」，其中兩抄本此題均置於其前一首詩正文末。

〔二〕「垂」，兩抄本、趙本均作「重」。

〔三〕「陲」，四玉臺本均作「垂」。

〔四〕「蝶」，趙本作「蜨」；此字同類異文，以下不再出校。

芳樹〔一〕

緑樹始摇芳，芳生非一葉。一葉度春風，芳華自相接〔二〕。雜色亂參差〔三〕，衆花紛重疊。重疊不可思，思此誰能愜！

【校記】

〔一〕此首樂府詩集一七録全篇。「芳樹」之題，馮抄本置於其前一首詩正文末。按，活字本、兩抄本此詩均置於古意（飛鳥起離離）之後。

〔二〕「華」，兩抄本、趙本均作「芳」，樂府詩集作「花」。

〔三〕「雜色」，兩抄本、趙本、樂府詩集均作「色雜」。

臨高臺〔一〕

高臺半行雲，望望高不極。草樹無參差，山河同一色。仿佛洛陽道，道遠難別識。玉階故情人，情來共相憶。

【校記】

〔一〕此首樂府詩集一八録全篇，署「梁簡文帝」。「臨高臺」之題，兩抄本均置於其前一首詩正文末；以下一首格式同，不再出校。

有所思〔一〕

誰言生離久，適意與君別。衣上芳猶在，握裏書未滅。腰間雙綺帶〔二〕，夢爲同心結。常恐所思露，瑶花未忍折。

【校記】
〔一〕此首樂府詩集一七録全篇。
〔二〕「間」，兩抄本、趙本、樂府詩集均作「中」。

紫蘭始萌

種蘭玉臺下，氣暖蘭始萌。芬芳與時發，婉轉迎節生。獨使金翠嬌〔一〕，偏動紅綺情。二游何足壞〔二〕，一顧非傾城。羞將苓芝侶，豈畏鶗鴂鳴！

【校記】
〔一〕「嬌」，活字本作「矯」。
〔二〕「壞」，活字本作「瓌」。

織婦〔一〕

送别出南軒，離思沉幽室。調梭輟寒夜，鳴機罷秋月〔二〕。良人在萬里，誰與共成匹？·願得一迴光，照此憂與疾。君情倘未忘，妾心長自畢。

【校記】

〔一〕「織婦」之題，馮抄本置於其前一首詩正文末；以下二首格式同，不再分别出校。

〔二〕「月」，兩抄本、趙本均作「日」。

七夕〔一〕

白露月下團〔二〕，秋風枝上鮮。瑶臺生碧霧〔三〕，瓊幕含紫烟〔四〕。奇會非妙節〔五〕，佳期乃良年〔六〕。玉壺承夜急〔七〕，蘭膏依曉煎〔八〕。昔悲漢難越〔九〕，今傷河易旋〔一〇〕。怨咽雙念斷，凄切兩情懸〔一一〕。

【校記】

〔一〕此首類聚四歲時中七月七日録全篇。

〔二〕「團」，兩抄本、趙本、類聚均作「圓」。

〔三〕「生」，兩抄本、趙本均作「函」，類聚作「含」。按，馮抄本此字係塗改而成，有「宋本」印；翁抄本此字原作「函」，紅筆描改作「函」。

〔四〕「瓊」，類聚作「羅」。　「含」，活字本作「亟」，兩抄本、趙本、類聚均作「生」。

〔五〕「奇」，活字本作「綺」，兩抄本、趙本、類聚均作「妙」。　「妙」，兩抄本、趙本、類聚均作「綺」。

〔六〕「良」，類聚作「凉」。

〔七〕「壺」，活字本、兩抄本均作「壺」。

〔八〕「膏」，活字本作「油」。

〔九〕「悲」，四玉臺本均作「時」。　「漢」，四玉臺本均作「悲」。

〔一〇〕「河」，四玉臺本均作「何」。

〔一一〕「切」，兩抄本、趙本均作「草」，類聚作「悼」。

戲作

宓妃生洛浦，游女出漢陽。妖閑逾下蔡，神妙絶高唐。綿駒且變俗〔一〕，王豹復移鄉。况兹集靈異，豈得無方將？長袂必留客，清哇咸繞梁。燕趙羞容止〔二〕，西施慚芬芳〔三〕。徒聞殊可弄，定自乏明璫〔五〕。

【校記】

〔一〕「綿」，活字本作「錦」。

〔二〕「止」，活字本作「正」。

〔三〕「施」，活字本作「妲」，兩抄本、趙本均作「妲」。

〔四〕「乏」，活字本作「之」。

蓮舟買荷度

梁昭明太子〔一〕

采蓮前岸隈〔二〕，舟子屢徘徊。披衣可識風，疏荷香不來〔三〕。欲知當度處〔四〕，當看荷葉開。

【校記】

〔一〕「蓮舟買荷度　梁昭明太子」，活字本此詩題作兩行，其首行題「同庾肩吾四咏二首」，次行題

「蓮舟買荷度」；兩抄本均作「同庚肩吾四咏二首　蓮舟買荷度」；趙本總題作「同庚肩吾四咏二首」，其「蓮舟買荷度」之題置於本詩正文末。按，四玉臺本均無梁昭明太子署名。鄭本梁昭明太子、梁簡文帝名下之詩，四玉臺本除少數不收者外，皆置於皇太子（兩抄本、趙本均於其下注「簡文」）名下。此詩四玉臺本目録均無「同庚肩吾四咏二首」之題，兩抄本、趙本目録并無其下具體詩題。又，四玉臺本此詩均置於雍州曲三首之後。

〔二〕「岸」，活字本作「岍」。

〔三〕「披衣可識風疏荷香不來」十字，活字本「識」作「織」，兩抄本、趙本均作「荷披衣可識風疏香不來」。

〔四〕「當」，兩抄本、趙本均作「船」。

照流看落釵〔一〕

相隨照緑水〔二〕，意欲重涼風〔三〕。梳摇妝影壞〔四〕，釵落鬢花空。佳期在何許〔五〕，徒傷心不同。

【校記】

〔一〕此首類聚一八人部二美婦人録全篇，題作「咏照流看落釵」。「照流看落釵」之題，馮抄本置於其前一首詩正文末，趙本置於本詩正文末。

〔二〕「緑」，兩抄本、類聚均作「渌」。

〔三〕「欲」，類聚作「是」。

〔四〕「梳」，兩抄本、趙本、類聚均作「流」。

〔五〕「佳」，翁抄本作「住」。

長相思〔一〕

相思無終極，長夜起嘆息。徒見貌嬋娟〔二〕，寧知心有憶？寸心無以因，願附歸飛翼。

【校記】

〔一〕長相思一首，四玉臺本均無。樂府詩集六九録全篇。

〔二〕「嬋」，樂府詩集此字下注「一作嬗」。

名士悦傾城〔一〕

美人稱絶世，麗色譬花叢。雖居李城北〔二〕，來往宋家東〔三〕。教歌公主第，學舞漢成宫〔四〕。多游淇水上〔五〕，好在鳳樓中。履高疑上砌，裾開特畏風〔六〕。衫輕見跳脱，珠概雜青蟲〔七〕。垂絲繞帷幔，落日度房櫳〔八〕。妝窗隔柳色，井水照桃紅。非憐交甫佩〔九〕，羞使春閨空。

【校記】

〔一〕此首類聚一八人部二美婦人録全篇。「名士」，活字本作「士名」；又，四玉臺本題前均有「和湘東王」四字。按，活字本目録中「士名」作「名士」。四玉臺本此詩均置於秋閨夜思之後。

〔二〕「雖」，類聚作「經」。

〔三〕「來往」，四玉臺本均作「住在」。

〔四〕「成」，類聚作「城」。

〔五〕「上」，類聚作「曲」。
〔六〕「特」，兩抄本、趙本均作「持」；又，馮抄本此字係塗改而成，有「宋本」印。
〔七〕「概」，類聚作「溉」。
〔八〕「櫳」，兩抄本均作「攏」。
〔九〕「交甫」，四玉臺本均作「江浦」。

美人晨妝〔一〕

北窗向朝鏡〔二〕，錦帳復斜縈〔三〕。嬌羞不肯出，猶言妝未成。散黛隨眉廣，燕脂逐臉生〔四〕。試將持出衆，定得可憐名〔五〕。

【校記】

〔一〕此首類聚一八人部二美婦人録全篇。按，四玉臺本此詩均置於率爾爲咏之後。
〔二〕「窗向朝」，活字本作「向窗朝」，類聚作「窗朝向」。
〔三〕「帳」，類聚作「障」。

〔四〕「燕脂」，類聚作「烟支」。
〔五〕「可」，類聚作「向」。

有女篇

梁簡文帝〔一〕

凌晨光景麗，倡女鳳樓中。前瞻削成小，傍望卷旋空〔二〕。分妝開淺靨〔三〕，繞臉傅斜紅。張瑟未調軫〔四〕，飲吹不全終。自知心所愛，出入仕秦宮。誰言連尹屈〔五〕，更是莫敖通。輕軺綴皂蓋，飛轡轢雲驄。金鞍隨繫尾，銜璅映𨇾騣〔六〕。戈鏤荆山玉，劍飾丹陽銅。左把蘇合彈〔七〕，傍持大屈弓〔八〕。控弦因鵲血，挽纆用牛螉〔九〕。弋獵多登隴〔一〇〕，酣歌每入豐〔一一〕。暉暉隱落日，冉冉還房櫳。燈生陽燧火，塵散鯉魚風。流蘇時下帳，象簟復韜筒。霧暗窗前柳，寒疏井上桐。女蘿托松際，甘瓜蔓井東〔一二〕。拳拳恃君愛〔一三〕，歲暮望無窮〔一四〕。

【校記】

〔一〕此首類要二九雜博戲録「弓」、「螉」二韻，署「皇太子」，無題。樂府詩集三九録全篇，題作「艷歌行」。「有女篇　梁簡文帝」，活字本、兩抄本此詩均題作兩行，活字本首行題「樂府三首　皇太子」，次行題「艷歌篇十八韻」，兩抄本首行題「皇太子聖製四十三首　簡文」，次行題「樂府三首　艷歌篇十八韻」；趙本總題作「皇太子聖製樂府三首　簡文」，其「艷歌篇十八韻」之題置於本詩正文末。按，活字本目録中「子」下有「製」字，「篇」下無「十八韻」三字；兩抄本、趙本目録中均無「樂府三首」四字和「簡文」題署，其皇太子名下亦均無具體詩題；趙本目録中「製」下有「四十三首」四字。又，四玉臺本樂府三首爲皇太子名下第一題，此詩爲該題之第一首。

〔二〕「卷」，活字本作「春」。

〔三〕「開」，活字本作「間」，兩抄本、趙本、樂府詩集均作「閒」。「靨」，活字本作「壓」，趙本作「䭜」。

〔四〕「瑟」，兩抄本、趙本、樂府詩集均作「琴」。

〔五〕「尹」，四玉臺本均作「伊」。

〔六〕「瑮」，活字本作「瑮」，趙本作「瑣」；此字同類異文，以下不再出校。「躔」，樂府詩集作「纏」。「騣」，活字本作「駿」，趙本、翁抄本均作「騣」。

〔七〕「彈」，類要作「弭」。

〔八〕「大」，活字本作「犬」。

〔九〕「纚」，四玉臺本、類要、樂府詩集均作「强」。

〔一〇〕「弋」，兩抄本均作「戈」，趙本作「支」。

〔一一〕「入」，活字本作「八」。

〔一二〕「甘瓜蔓」，活字本作「瓜蔓甘」。

〔一三〕「恃」，馮抄本、趙本均作「特」，翁抄本原作「時」，描改作「特」。「愛」，兩抄本、趙本、樂府詩集均作「寵」。

〔一四〕「暮」，活字本作「莫」。

美女篇〔一〕

佳麗盡關情，風流最有名。約黄能效月，裁金巧作星。粉光勝玉靚，衫薄擬蟬輕。密態隨羞臉〔二〕，嬌歌逐軟聲。朱顏半已醉，微笑隱香屏。

【校記】

〔一〕美女篇一首，四玉臺本均無。樂府詩集六三録全篇。

〔二〕「羞」，樂府詩集作「流」。

艷歌行〔一〕

雲楣桂成户，飛棟杏爲梁。斜窗通蕊氣〔二〕，細隙引塵光。裁衣魏后尺，汲水淮南床。青驪暮當返〔三〕，預使羅裙香〔四〕。

【校記】

〔一〕此首類聚四二樂部二樂府、樂府詩集三九均録全篇。「艷歌行」，四玉臺本均作「艷歌曲」，其中馮抄本此題置於其前一首詩正文末。按，鄭本目録中「行」作「曲」。四玉臺本此詩均置於執筆戲書之後。

〔二〕「蕊」，類聚作「藥」。

〔三〕「當返」，類聚作「已及」。

〔四〕「預」，類聚作「豫」。「裙」，兩抄本、趙本均作「裾」。

蜀國弦歌〔一〕

銅梁望絶國〔二〕，劍道望中區。通星上分野，作固下爲都〔三〕。雅歌因良守，妙舞自巴渝。陽城嬉樂所，劍騎鬱相趍。五婦行難至，百兩好游娱。牲祈望帝祀，酒酬蜀侯姝〔四〕。江妃納重聘〔五〕，卓女愛將雛〔六〕。停弦時繫爪，息吹理脣朱〔七〕。脱衫湔錦浪〔八〕，迴扇避陽烏〔九〕。聞君旌節返〔一〇〕，賤妾下城隅。

【校記】

〔一〕「蜀國弦歌」，活字本作「蜀國弦歌十韻」，兩抄本、趙本均作「蜀國弦歌篇十韻」；其中趙本此題置於本詩正文末，以下一首格式同，不再出校。按，四玉臺本此詩均置於艷歌篇十八韻之後，爲樂府三首之第二首。

〔二〕「望絶國」，兩抄本、趙本均作「指斜谷」。

〔三〕「下爲」，四玉臺本均作「爲下」。

〔四〕「酬」，四玉臺本均作「酹」。「侯」，活字本作「侯」，翁抄本作「侯」。「姝」，兩抄本、趙本均作

「誅」。

〔五〕「聘」，活字本、兩抄本均作「娉」。

〔六〕「卓」，翁抄本原作「皁」，黄筆描改作「卓」。「愛」，兩抄本、趙本均作「受」。

〔七〕「理」，活字本作「治」，兩抄本、趙本均作「更」。「脣」，兩抄本、趙本均作「治」。

〔八〕「脱」，四玉臺本均作「春」。

〔九〕「鳥」，活字本作「魚」，兩抄本、趙本均作「烏」。

〔一〇〕「旌」，兩抄本、趙本均作「握」。

妾薄命篇〔一〕

名都多麗質〔二〕，本自恃容姿。蕩子行未至〔三〕，秋胡無定期。玉貌歇紅臉〔四〕，長顰串翠眉〔五〕。奩鏡迷朝色〔六〕，縫針脆故絲。本異摇舟咎，何關竊席疑。生離誰撫背〔七〕，溘死詎來遲〔八〕。王嬙貌本絶〔九〕，踉蹌入氈帷。盧姬嫁日晚，非復好年時〔一〇〕。轉山猶可遂〔一一〕，烏白望難追〔一二〕。妾心徒自苦，傍人會見嗤。

【校記】

〔一〕此首類聚四一樂部一論樂録「姿」、「期」、「眉」、「帷」、「時」五韻，題作「妾薄命行」。樂府詩集六二録全篇，題作「妾薄命」。「妾薄命篇」，四玉臺本均作「妾薄命篇十韻」。按，活字本目録中「薄命」作「命薄」。四玉臺本此詩均爲樂府三首之第三首。

〔二〕「麗」，類聚作「雅」。

〔三〕「未」，類聚作「不」。

〔四〕「臉」，類聚作「縷」。

〔五〕「顰」，兩抄本均作「頻」，類聚、樂府詩集均作「嚬」。

〔六〕「奩」，趙本作「籢」；此字同類異文，以下不再出校。

〔七〕「撫背」，活字本作「撫肓」，樂府詩集作「拊背」。

〔八〕「來」，四玉臺本均作「成」。

〔九〕「王」，四玉臺本、類聚均作「毛」。

〔一〇〕「好年」，類聚、樂府詩集均作「少年」；又，樂府詩集此二字下注「一作年少」。

〔一一〕「轉」，兩抄本、趙本均作「傳」。「遂」，四玉臺本均作「逐」。

〔一二〕「追」，兩抄本、趙本均作「期」。

楚妃嘆〔一〕

閨幽情脉脉〔二〕，漏長宵寂寂。草螢飛夜户，絲蟲繞秋壁〔三〕。薄笑未爲欣，微嘆還成戚。金簪鬢下垂，玉箸衣前滴。

【校記】

〔一〕此首類聚四二樂部二樂府録全篇，題作「悲楚妃嘆」。樂府詩集二九録全篇。「楚妃嘆」之題，馮抄本置於其前一首詩正文末，趙本置於本詩正文末。按，四玉臺本此詩均置於雙桐生空井之後，爲代樂府三首之第三首。

〔二〕「閨幽情脉脉」，活字本作「幽閨情脉脉」，兩抄本、趙本、類聚、樂府詩集均作「閨閑漏永永」。

〔三〕「壁」，樂府詩集作「屋」。

倡婦怨情〔一〕

綺窗臨畫閣，飛閣繞長廊。風散同心草〔二〕，月散可憐光。仿佛簾中出，妖麗特非常。恥學秦羅髻，羞爲樓上妝。散誕披紅帔，生情新約黄。斜燈入錦帳，微烟出玉房〔三〕。六安雙玳瑁，八幅兩鴛鴦。猶是别時許，留值解心傷〔四〕。含情生度日〔五〕，俄頃變炎涼。玉關驅夜雪，金氣落嚴霜。飛狐驛使斷，交河川路長。蕩子無消息，朱唇徒自傷〔六〕。

【校記】

〔一〕「倡婦怨情」，四玉臺本均作「倡婦怨情十二韻」。按，四玉臺本此詩均置於戲作謝惠連體十三韻之後。

〔二〕「散」，兩抄本、趙本均作「送」。

〔三〕「房」，兩抄本、趙本均作「床」。

〔四〕「值」，兩抄本、趙本均作「致」。

〔五〕「情」，兩抄本、趙本均作「涕」。「生」，兩抄本、趙本均作「坐」。

〔六〕「傷」，兩抄本、趙本均作「香」。

怨歌行〔一〕

十五頗有餘，日照杏梁初。蛾眉本多嫉，掩鼻特成虚。持此傾城貌，翻爲不肖軀。秋風吹海水，寒霜依玉除。月光臨户駛〔二〕，荷花依浪舒。望檐悲雙翼，窺沼泣王餘。苔生履處没，草合行人疏。裂紈傷不盡，歸骨恨難祛。早知長信别，不避后園輿。

【校記】

〔一〕怨歌行一首，四玉臺本均無。乐府诗集四二録全篇。按，鄭本目録中「行」下有「二首」二字。

〔二〕「駛」，乐府诗集作「駚」。

獨處怨〔一〕

獨處恒多怨，開幕試臨風。彈棋鏡奩上，傅粉高樓中。自從征馬去〔二〕，音信不曾通。只恐金屏掩，明年已復空。

【校記】

〔一〕獨處怨一首，四玉臺本均無。樂府詩集七六録全篇。

〔二〕「從」，樂府詩集作「君」。

傷美人〔一〕

昔聞倡女別，蕩子無歸期。今似陳王嘆，流風難重思。翠帶留餘結，苔階没故基。圖形更非是，夢見反成疑。熏爐含好氣，庭樹吐華滋。香燒日有歇，花落無還時。

【校記】

〔一〕傷美人一首，四玉臺本均無。類聚三四人部十八哀傷録全篇。

新成安樂宮〔一〕

遥看雲霧中，耿耿映丹紅〔二〕。珠簾通曉日〔三〕，金花拂夜風。欲知歌管處〔四〕，來過安樂宫。

【校記】

〔一〕此首類聚六二居處部二宫、初學記二四宫均録全篇。樂府詩集三八録全篇，題作「新城安樂宫」。「新成安樂宫」，活字本此詩題作兩行，其首行題「代樂府三首」，次行題「新成安樂宫」；兩抄本作「代樂府三首　新城安樂宫」，馮抄本「城」字係塗改而成，原作「成」，有「宋本印，翁抄本「城」作「成」；趙本總題作「代樂府三首」，其「新成安樂宫」之題置於本詩正文末。按，兩抄本、趙本目録均無「代樂府三首」總題及其下具體詩題。四玉臺本此詩均置於樂府三首之後，爲代樂府三首之第一首。

〔二〕「耿耿」，兩抄本、趙本、初學記、樂府詩集均作「刻桷」，類聚作「刻角」。「映」，初學記作「腴」。「紅」，類聚作「虹」。

〔三〕「曉」，兩抄本、樂府詩集均作「晚」。

〔四〕「歌」，四玉臺本、初學記均作「聲」，類聚作「弦」。

雙桐生空井〔一〕

季月雙桐井〔二〕，新枝雜舊株〔三〕。晚葉藏栖鳳，朝花拂曙烏。還看西子照〔四〕，銀床牽轆轤〔五〕。

【校記】

〔一〕此首樂府詩集三一録全篇，無署名。「雙桐生空井」之題，趙本置於本詩正文末。按，活字本目録中「桐」作「梧」。四玉臺本此詩均爲代樂府三首之第二首。

〔二〕「雙」，樂府詩集作「對」。

〔三〕「雜」，活字本作「復」。

〔四〕「西」，樂府詩集作「稚」。

〔五〕「轆轤」，兩抄本、趙本均作「鹿盧」。

鷄鳴高樹顛〔一〕

碧玉好名倡，夫婿侍中郎。桃花全覆井，金門半隱堂。時欣一來下，復此雙鴛鴦〔二〕。鷄鳴天尚早，東烏定未光。

【校記】

〔一〕鷄鳴高樹顛一首，四玉臺本均無。樂府詩集二八録全篇，題作「鷄鳴高樹巔」。

〔二〕「此」，樂府詩集作「比」。

擬落日窗中坐〔一〕

杏梁斜日照，餘暉映美人。開函脱寶釧〔二〕，向鏡理紈巾。游魚動池葉，舞鶴散階塵。空嗟千歲久，願得及陽春。

【校記】

〔一〕「擬落日窗中坐」，活字本「坐」下有「開」字，兩抄本此題均置於其前一首詩正文末。按，活字本目録中無「開」字。四玉臺本此詩均置於林下妓之後。

〔二〕「函」，活字本作「亟」，兩抄本、趙本均作「函」。

洛陽道〔一〕

洛陽佳麗所，大道滿春光。游童初挾彈〔二〕，蠶妾始提筐。金鞍照龍馬，羅袂拂春桑〔三〕。王車争晚入〔四〕，潘果溢高箱〔五〕。

【校記】

〔一〕此首類聚四二樂部二樂府、樂府詩集二三均録全篇。「洛陽道」，活字本此詩題作兩行，其首行題「和湘東王横吹曲三首」，次行題「洛陽道」；兩抄本均作「和湘東王横吹曲三首　洛陽道」，但翁抄本「湘」作「相」；趙本總題作「和湘東王横吹曲三首」，其「洛陽道」之題置於本詩正文末。按，活字本目録中「三」作「四」。兩抄本、趙本目録均無「和湘東王横吹曲三首」總題及其下具體詩題。又，四玉臺本此詩均置於代樂府三首之後，爲和湘東王横吹曲三首之第一首。

〔二〕「初」，類聚、樂府詩集均作「時」；又，樂府詩集其下注「一作初」。

〔三〕「袂」，類聚作「袖」。

〔四〕「王」，樂府詩集作「玉」。「晚」，類聚、樂府詩集均作「曉」。

〔五〕「潘」，類聚作「滿」。

折楊柳〔一〕

楊柳亂成絲，攀折上春時。葉密鳥飛礙，風輕花落遲。城高短簫發〔二〕，林空畫角悲〔三〕。曲中無別意〔四〕，并是爲相思〔五〕。

【校記】

〔一〕此首類聚八九木部下楊柳録全篇。樂府詩集二二録全篇，署名「柳惲」。「折楊柳」之題，兩抄本均置於其前一首詩正文末，趙本置於本詩正文末；以下一首格式同，不再出校。按，四玉臺本此詩均爲和湘東王横吹曲三首之第二首。

〔二〕「簫」，兩抄本均作「蕭」。

〔三〕「晝」，兩抄本作「盡」。

〔四〕「無別」，樂府詩集作「別無」。

〔五〕「是」，四玉臺本均作「爲」。「爲相思」，活字本作「久思相」，兩抄本、趙本均作「久相思」。

紫騮馬〔一〕

賤妾朝下機，正值良人歸〔二〕。青絲懸玉鐙〔三〕，朱汗染香衣。驟急珂彌響〔四〕，跳多塵亂飛〔五〕。雕胡幸可薦〔六〕，故心君莫違〔七〕。

【校記】

〔一〕此首類聚九三獸部上馬、樂府詩集二四均録全篇。類要二八總叙食録「違」一韻，署「皇太子」，題作「紫驪馬」。「紫騮馬」，活字本作「騮紫馬」。按，活字本目録中「騮紫」作「紫騮」。四玉臺本此詩均爲和湘東王横吹曲三首之第三首。

〔二〕「值」，樂府詩集此字下注「一作遇」。

〔三〕「鐙」，趙本、類聚均作「蹬」。

〔四〕「珂彌」，兩抄本、趙本均作「珍珂」。

〔五〕「跳」，四玉臺本、樂府詩集均作「踊」。

〔六〕「胡」，樂府詩集作「菰」。

〔七〕「違」，類要作「達」；又，樂府詩集此句下注「一作故人心莫違」。

南湖〔一〕

南湖荇葉浮，復有佳期游。銀綸翡翠釣〔二〕，玉管芙蓉舟〔三〕。荷香亂衣麝，棹聲隨急流〔四〕。

【校記】

〔一〕此首類要二九魚釣録「舟」一韻，署「皇太子」，題作「南湖」。樂府詩集四八録全篇，無題，爲雍州曲三首之第一首。「南湖」，活字本此詩題作兩行，其首行題「雍州曲三首」，次行題「南湖」；兩抄本均作「雍州十曲抄三首是襄州　南湖」；趙本總題作「雍州十曲抄三首是襄州」，其

「南湖」之題置於本詩正文末。按，活字本目録無「雍州曲三首」總題，兩鈔本、趙本目録均無「雍州十曲抄三首」總題及其下具體詩題。

〔二〕「釣」，活字本、樂府詩集均作「鈎」。

〔三〕「管」，兩抄本、趙本、樂府詩集均作「舳」，類要作「舡」。

〔四〕「棹」，活字本作「枕」，兩抄本、趙本、樂府詩集均作「橈」。　「隨」，樂府詩集作「送」。

北渚〔一〕

岸陰垂柳葉，平江含粉蝶〔二〕。好值城傍人，多逢蕩舟妾。緑水濺長袖〔三〕，浮苔染輕楫。

【校記】

〔一〕此首樂府詩集四八録全篇，爲雍州曲三首之第二首。　「北渚」之題，趙本置於本詩正文末。

〔二〕「蝶」，趙本作「堞」。

〔三〕「緑」，兩抄本均作「淥」。　「袖」，兩抄本均作「神」。

大堤〔一〕

宜城斷中道，行旅極流連〔二〕。出妻工織素〔三〕，妖姬慣數錢。炊雕留上客〔四〕，貰酒逐神仙。

【校記】

〔一〕此首樂府詩集四八録全篇，爲雍州曲三首之第三首。「大堤」之題，馮抄本置於其前一首詩正文末，趙本置於本詩正文末。按，活字本目録中「大」作「太」。

〔二〕「極」，兩抄本、趙本均作「亟」。「流」，樂府詩集作「留」。

〔三〕「妻」，活字本作「姜」。

〔四〕「炊」，兩抄本、趙本均作「吹」。「上」，活字本、兩抄本、樂府詩集均作「吐」。

春日〔一〕

年還樂應滿，春歸思復生。桃含可憐紫，柳發斷腸青〔二〕。落花隨燕入，游絲帶蝶驚。邯鄲歌管地，見許欲留情。

【校記】

〔一〕春日一首，四玉臺本均無。類聚三歲時上春録全篇。

〔二〕「青」，類聚作「情」。

春宵〔一〕

花樹含春叢，羅幃夜長空〔二〕。風聲隨筱韻，月色與池同。彩箋徒自襞，無信往雲中。

【校記】

〔一〕此首類聚三二人部十六閨情録全篇。「春宵」，活字本此詩題作兩行，其首行題「和湘東王三韻二首」，次行題「春宵」；兩抄本均作「和湘東王三韻二首　春宵」，趙本總題作「和湘東王三韻二首」，而置「春宵」之題於本詩正文末。按，四玉臺本目録均無「和湘東王三韻二首」總題，兩抄本、趙本目録并無該總題下具體詩題。又，四玉臺本此詩均置於照流看落釵之後。

〔二〕「幃夜」，活字本作「夜幃」，類聚作「帳夜」。

秋夜〔一〕

高秋度幽谷〔二〕，墜露下芳枝。緑潭倒雲氣，青山銜月眉〔三〕。花心風上轉，葉影樹中移〔四〕。外游獨千里，夕嘆誰共知〔五〕？

【校記】

〔一〕秋夜一首，四玉臺本均無。類聚三歲時上秋録全篇。初學記三秋録全篇，署「梁文帝」，題作「初秋詩」。

〔二〕「高秋度幽谷」，類聚作「高秋渡函谷」，初學記作「盲度函谷」。

〔三〕「眉」，類聚、初學記均作「規」。

〔四〕「移」，類聚作「危」。

〔五〕「誰共」，初學記作「共誰」。

冬曉〔一〕

冬朝日照梁，含怨下前床〔二〕。帳裹竹葉帶〔三〕，鏡轉菱花光。會是無人見〔四〕，何用早紅妝。

【校記】

〔一〕此首類聚三二人部十六閨情録全篇。「冬曉」之題，馮抄本置於其前一首詩正文末，趙本置於本詩正文末。按，活字本目録中「曉」下有「韻」字。四玉臺本此詩均爲和湘東王三韻二首之第二首。

〔二〕「怨」，類聚作「愁」。

〔三〕「帳」，類聚作「帷」。

〔四〕「見」，類聚作「覺」。

春閨情〔一〕

楊柳葉纖纖，佳人懶織縑〔二〕。正衣還向鏡，迎春試捲簾〔三〕。摘梅多繞樹，覓燕好窺檐。只言逐花草，計較應非嫌〔四〕。

【校記】

〔一〕「春閨情」之題，馮抄本置於其前一首詩正文末；以下一首格式同，不再出校。按，四玉臺本此詩均置於詠舞之後。

〔二〕「懶」，兩抄本均作「嬾」，趙本作「嬾」；此字同類異文，以下不再出校。

〔三〕「捲」，兩抄本、趙本均作「舉」。

〔四〕「較」，馮抄本作「挍」，趙本、翁抄本均作「校」。

詠晚閨〔一〕

珠簾向暮下，妖姿不可追。花風暗裏覺，蘭燭帳中飛。何時玉窗裏，夜夜更縫衣。

【校記】

〔一〕「詠晚閨」，四玉臺本均作「又三韻」。

秋閨夜思〔一〕

非關長信別，詎是良人征。九重忽不見，萬恨滿心生。夕門掩魚鑰，宵床悲畫屏。迴月臨窗度〔二〕，吟蟲繞砌鳴。初霜隕細葉〔三〕，秋風驅亂螢〔四〕。故妝猶累日〔五〕，新衣襞未成〔六〕。欲知妾不寐，城外擣衣聲〔七〕。

【校記】

〔一〕此首類聚三二人部十六閨情録全篇。按，四玉臺本此詩均置於戲贈麗人之後。

〔二〕「迴」，兩抄本、趙本均作「迥」。「窗」，類聚作「階」。

〔三〕「隕」，類聚作「實」。

〔四〕「驅」，類聚作「吹」。

〔五〕「猶」，活字本作「酒」。

〔六〕「襞」，類聚作「裂」。

〔七〕「衣」，類聚作「砧」。

和湘東王陽雲臺檐柳〔一〕

曖曖陽雲臺，春柳發新梅。柳枝無極軟，春風隨意來。潭沲青帷閉〔二〕，玲瓏朱扇開。佳人有所望，車聲非是雷。

【校記】

〔一〕和湘東王陽雲臺檐柳一首，四玉臺本均無。類聚八九木部下楊柳録全篇，題作「和湘東王陽雲樓檐柳」。

〔二〕「沲」，類聚作「拖」。

和徐録事見内人作卧具〔一〕

密房寒日晚〔二〕，落照度窗邊。紅簾遥不隔，輕帷半捲懸。方知纖手製，詎減縫裳妍。龍刀横膝上〔三〕，畫尺墮衣前〔四〕。熨斗金塗色〔五〕，簪管白牙纏〔六〕。衣裁合歡攝〔七〕，文作鴛鴦連。針用雙縫縷〔八〕，絮用八蠶綿〔九〕。香和麗丘密〔一〇〕，麝吐中臺烟。已入琉璃帳〔一一〕，兼雜太華氈〔一二〕。且向雕爐暖〔一三〕，非同團扇捐。更恐從軍別，空床徒自憐。

【校記】

〔一〕和徐録事見内人作卧具一首，四玉臺本均置於倡婦怨情十二韻之後。

〔二〕「晚」，兩抄本均作「叱」。

〔三〕「膝上」，活字本作「脉脉」，兩抄本均作「脉上」，趙本作「膝上」。

〔四〕「畫」，兩抄本均作「盡」。

〔五〕「熨」，趙本作「熨」；此字同類異文，以下不再出校。

〔六〕「躔」，活字本作「躔」，兩抄本均作「纏」，趙本作「纏」。

〔七〕「衣裁」，兩抄本均作「裁衣」。　「攝」，兩抄本、趙本均作「襵」。

〔八〕「針」，兩抄本、趙本均作「縫」。　「縫」，兩抄本、趙本均作「針」。

〔九〕「用」，四玉臺本均作「是」。

〔一〇〕「密」，兩抄本、趙本均作「蜜」。

〔二〕「帳」，兩抄本均作「張」。
〔三〕「太」，趙本作「泰」。
〔三〕「且向」，活字本作「且句」，兩抄本、趙本均作「具共」。

戲贈麗人〔一〕

麗姬與妖嫱〔二〕，共拂可憐妝。同安鬟裏撥，異作額間黄。羅裙宜細簡〔三〕，畫屧重高墙。含羞來上砌〔四〕，微笑出長廊。取花争間色〔五〕，扳枝念蕊香〔六〕。但歌聊一曲，鳴弦未肯張〔七〕。自矜心所愛，三十侍中郎。

【校記】

〔一〕此首類聚一八人部二美婦人録全篇，無題。
〔二〕「姬」，兩抄本均作「姐」，趙本作「姐」，類聚作「且」。
〔三〕「裙」，類聚作「裾」。
〔四〕「來」，類聚作「未」。

〔五〕「問色」，馮抄本、趙本均作「間鑷」，翁抄本作「間鑷」，類聚作「寶鑷」。
〔六〕「扳」，兩抄本、趙本均作「攀」。
〔七〕「肯」，四玉臺本均作「息」。

聽夜妓〔一〕

合歡蠲忿葉，萱草忘憂條。何如明月夜，流風拂舞腰。朱脣隨吹動〔二〕，玉釧逐弦搖。留賓惜殘弄，負態動餘嬌。

【校記】

〔一〕聽夜妓一首，四玉臺本均無。類聚四二樂部二樂府録全篇。
〔二〕「動」，類聚作「盡」。

林下妓〔一〕

炎光向夕斂，促宴臨前池〔二〕。泉同聲相得〔三〕，花與面相宜。管聲引鳥哢〔四〕，舞狀寫風枝〔五〕。歡樂不知醉，千秋長若斯。

【校記】

〔一〕此首初學記一五歌録全篇，署「昭明太子」，題作「林下作妓詩」。「林下妓」之題，兩抄本均置於其前一首詩正文末。按，四玉臺本此詩均置於賦得當爐之後。

〔二〕「促」，初學記作「徙」。

〔三〕「同聲」，活字本作「聲影」，兩抄本、趙本均作「深影」，初學記作「將影」。

〔四〕「管」，馮抄本作「篥」，趙本作「篪」，翁抄本、初學記均作「箎」。「引」，活字本作「長」，兩抄本、趙本、初學記均作「如」。「㖿」，初學記作「弄」。

〔五〕「狀」，活字本作「扶」，兩抄本、趙本均作「袂」，初學記作「袖」。

咏内人晝眠〔一〕

北窗聊就枕，南檐日未斜。攀鈎落倚障，插捩舉琵琶。夢笑開嬌靨，眠鬟壓落花。簟文生玉腕，香汗浸紅紗。夫婿恒相伴，莫誤是倡家。

【校記】

〔一〕咏内人晝眠一首，四玉臺本均無。類聚一八人部二美婦人録全篇。

咏美人觀畫〔一〕

殿上圖神女，宮裏出佳人〔二〕。可憐俱是畫，誰能辨僞真〔三〕？分明浄眉目〔四〕，一種細腰身。所有特爲異〔五〕，長有好精神。

【校記】

〔一〕此首類聚一八人部二美婦人録全篇，題作「咏美人看畫」。「咏美人觀畫」，四玉臺本均作「美人觀畫」，其中兩抄本此題均置於其前一首詩正文末。按，四玉臺本此詩均置於擬落日窗中坐之後。

〔二〕「宮」，類聚作「殿」。

〔三〕「辨」，兩抄本、趙本均作「辧」，類聚作「辯」。「僞」，類聚作「寫」。

〔四〕「目」，兩抄本、趙本、類聚均作「眼」。

〔五〕「有」，兩抄本、趙本、類聚均作「可」。「特」，兩抄本、趙本、類聚均作「持」。

咏中婦織流黄〔一〕

翻花滿階砌，愁人獨上機。浮雲西北起，孔雀東南飛。調絲時繞腕，易躡乍牽衣〔二〕。鳴梭逐動釧，紅妝映落暉。

【校記】

〔一〕咏中婦織流黄一首，四玉臺本均無。類聚六五産業部上織録全篇。樂府詩集三五録全篇，題作「中婦織流黄」。

〔二〕「躡」，樂府詩集作「鑷」。

孌童〔一〕

孌童嬌麗質，踐董復超瑕〔二〕。羽帳晨香滿，珠簾夕漏賒。翠被含鴛色，雕床鏤象牙。妙年同小史，妹貌似朝霞〔三〕。袖裁連璧錦，箋織細橦花。攬袴輕紅出，迴頭雙鬢斜。嬾眼時含笑，玉手乍攀花。懷猜非後約〔四〕，密愛似前車。定使燕姬妒〔五〕，彌令鄭女嗟。

【校記】

〔一〕孌童一首，活字本有目無詩。「孌」，馮抄本此字幾經塗改而成，無「宋本」印；翁抄本此字原同，紅筆描改作「孌」；兩抄本此題均置於其前一首詩正文末。按，兩抄本、趙本此詩均置於美人觀畫之後。

〔二〕「踐董」，兩抄本均作「賤董」，趙本作「賤蕫」。

〔三〕「妹」，兩抄本、趙本均作「姝」。「似」，兩抄本、趙本均作「比」。

〔四〕「約」，兩抄本、趙本均作「鈞」。

〔五〕「定」，兩抄本、趙本均作「足」。

棹歌行〔一〕

妾家住湘川，菱歌本自便。風生解刺浪〔二〕，水深能捉船。葉亂由牽荇，絲飄爲折蓮。濺妝疑薄汗，沾衣似故湔〔三〕。浣紗流暫濁，汰錦色還鮮。參同趙飛燕，借問李延年。從來入弦管，誰在棹歌前？

【校記】

〔一〕棹歌行一首，四玉臺本均無。類聚四二樂部二樂府、樂府詩集四〇均録全篇。

〔二〕「刺」，類聚作「榜」，樂府詩集作「刺」。

〔三〕「湔」，類聚作「濺」。

夜夜曲〔一〕

靄靄夜中霜〔二〕，河開向曉光〔三〕。枕啼常帶粉〔四〕，身眠不着床。蘭膏斷更益〔五〕，薰爐滅復香。但問愁多少，便知夜短長。

【校記】

〔一〕此首樂府詩集七六録全篇。「夜夜曲」，活字本作「擬沈隱侯夜夜曲」，兩抄本、趙本均作「擬沈隱侯夜夜曲」，其中兩抄本此題均置於其前一首詩正文末；以下一首格式同，不再出校。按，四玉臺本此詩均置於怨之後。

〔二〕「靄靄」，四玉臺本均作「藹藹」。

〔三〕「河」，四玉臺本均作「何」。「開」，活字本作「闢」，馮抄本作「開」，趙本作「關」；翁抄本原同，紅筆描改作「閞」。

〔四〕「常」，活字本作「當」。

〔五〕「斷」，兩抄本、趙本、樂府詩集均作「盡」。

當爐曲〔一〕

十五正團圓〔二〕，流光滿上蘭。當爐設夜酒〔三〕，宿客解金鞍。迎來挾瑟易，送別唱歌難〔四〕。欲知心恨急〔五〕，翻令衣帶寬。

【校記】

〔一〕此首樂府詩集六三録全篇。「當爐曲」，活字本作「賦得當爐」，兩抄本、趙本均作「賦得咏當爐」。按，鄭本目録中「爐」作「壚」。四玉臺本此詩均置於美人晨妝之後。

〔二〕「團圓」，兩抄本、趙本、樂府詩集均作「團團」。

〔三〕「上蘭當爐設夜」六字，兩抄本均無；按，兩抄本此處均空七格，馮抄本無「宋本」印。

〔四〕「唱」，四玉臺本均作「但」。

〔五〕「欲」，四玉臺本均作「詎」。「急」，活字本作「意」。

從頓還南城〔一〕

漢渚水初緑〔二〕，江南草復黄。日曖蒲心發〔三〕，風吹梅蕊香〔四〕。征艫艤湯塹，歸騎息金隍〔五〕。舞觀衣常襞〔六〕，歌臺弦未張。持此横行去〔七〕，誰念守空床！

【校記】

〔一〕此首類聚六三居處部三城、初學記二四城郭録全篇，均題作「從頓還城」。「還南」，四玉臺本均作「暫還」。按，四玉臺本此詩均置於和湘東王名士悦傾城之後。

〔二〕「緑」，兩抄本、類聚均作「渌」。

〔三〕「暧」，活字本作「暖」，兩抄本、趙本、類聚、初學記均作「照」。　「發」，兩抄本、趙本、類聚、初學記均作「暖」。

〔四〕「蕊」，類聚作「枝」，初學記作「樹」。

〔五〕「息」，初學記作「皃」。

〔六〕「衣」，活字本作「依」。　「常」，活字本、馮抄本均作「裳」，類聚、初學記均作「恒」。

〔七〕「持」，活字本作「特」。

晚景出行〔一〕

細樹含殘影，春閨散晚香。輕花鬢邊墮〔二〕，微汗粉中光。飛鳧初罷曲，啼烏忽度行〔三〕。羞令白日暮，車騎鬱相望〔四〕。

【校記】

〔一〕此首類聚一八人部二美婦人録全篇。「晚景出行」之題，兩抄本均置於其前一首詩正文末。按，四玉臺本此詩均置於同劉諮議詠春雪之後。

〔二〕「邊」，類聚作「畔」。
〔三〕「烏」，兩抄本、趙本均作「鳥」。
〔四〕「騎」，兩抄本、趙本、類聚均作「馬」。

和人以妾换馬〔一〕

功名幸多種，何事苦生離。誰言似白玉，定是愧青驪。必取匣中釧，迴作飾金羈。真成恨不已，願得路傍兒。

【校記】

〔一〕和人以妾换馬一首，四玉臺本均無。類聚九三獸部上馬録全篇，題作「和人愛妾换馬」。樂府詩集七三録全篇，題作「愛妾换馬」。

咏人去妾〔一〕

昔時嬌玉步，含羞花燭邊。豈言心愛斷，銜啼私自憐。常見歡成怨〔二〕，非關醜易妍。獨鵠罷中路，孤鸞死鏡前〔三〕。

【校記】

〔一〕此首類聚三二人部十六閨情録全篇，題作「咏人棄妾」。「去」，兩抄本、趙本均作「棄」。按，活字本目録中「去」作「棄」。四玉臺本此詩均置於從頓暫還城之後。

〔二〕「常見」，類聚作「但覺」。「怨」，類聚作「愁」。

〔三〕「鸞」，活字本作「鴛」。「死」，活字本作「鸞」。

戲作謝惠連體〔一〕

雜蕊映南庭，庭中光影媚〔二〕。可憐枝上花，早得春風意。春風復有情，拂幔且開楹〔三〕。盈盈開碧烟〔四〕，拂幔復垂蓮〔五〕。偏使紅花散，飄揚落眼前。眼前多無況〔六〕，參差鬱相望〔七〕。珠繩翡翠帷，綺幕芙蓉帳。香烟出窗裏，落月斜階上〔八〕。月影去遲遲〔九〕，節花咸在兹。桃枝紅若點〔一〇〕，柳葉亂如絲。絲條轉暮光〔一一〕，影落暮光長。春燕雙雙舞，春心處處揚〔一二〕。酒滿心聊足，萱枝愁不忘。

【校記】

〔一〕「戲作謝惠連體」，四玉臺本「體」下均有「十三韻」三字。按，活字本目録中無「韻」字。四玉臺本此詩均置於和湘東王三韻二首之後。

〔二〕「影」，四玉臺本均作「景」。

〔三〕「幔」，翁抄本作「慢」。

〔四〕「盈盈」，兩抄本、趙本均作「開楹」。

〔五〕「復」，四玉臺本均作「拂」。

〔六〕「前」，四玉臺本均作「亦」。

〔七〕「相」，兩抄本、趙本均作「可」。

〔八〕「月」，兩抄本、趙本均作「日」。

〔九〕「月」，四玉臺本均作「日」。

〔一〇〕「枝」，兩抄本、趙本均作「花」。

〔一一〕「光」，兩抄本、趙本均作「陰」。

〔一二〕「揚」，兩抄本作「塲」，趙本作「場」；按，凡「塲」、「場」一類異文，以下不再出校。

執筆戲書〔一〕

舞女及燕姬，倡樓復蕩婦。參差大戾發，摇曳小垂手。釣竿蜀國彈，新城拆楊柳〔二〕。玉案西王桃〔三〕，蠡杯石榴酒。甲乙羅帳異，辛壬房户暉。夜夜有明月，時時憐更衣。

【校記】

〔一〕「執筆戲書」之題，兩抄本均置於其前一首詩正文末；以下一首格式同，不再出校。按，四玉臺本此詩均置於咏人棄妾之後。

〔二〕「拆」，四玉臺本均作「折」。

〔三〕「案」，活字本作「按」。

率爾成咏〔一〕

借問仙將畫〔二〕，詎有此佳人？傾城且傾國，如雨復如神。漢后憐飛燕〔三〕，周王重姓申。挾瑟曾游趙〔四〕，吹蕭屢入秦〔五〕。玉階偏望樹，長廊每逐春。約黄出意巧，纏弦用法新〔六〕。迎風時引袖〔七〕，避日暫披巾。疏花映髻插〔八〕，細佩繞衫身〔九〕。誰知日欲薄〔一〇〕，含羞不自陳〔一一〕。

【校記】

〔一〕「成」，兩抄本、趙本均作「爲」。按，四玉臺本此詩均置於春閨情又三韻之後。

〔二〕「問」，活字本作「聞」。

〔三〕「飛」，四玉臺本均作「名」。

〔四〕「曾」，活字本作「會」。

〔五〕「蕭」，活字本、趙本均作「簫」。

〔六〕「法」，活字本作「去」。

〔七〕「袖」，活字本作「神」。

〔八〕「髻」，兩抄本、趙本均作「鬟」。

〔九〕「細」，活字本作「紬」。「繞」，活字本作「逸」。

〔一〇〕「日」，活字本作「口」。「薄」，兩抄本、趙本均作「暮」。

〔二〕「羞」，活字本作「差」。

咏舞〔一〕

戚里多妖麗，重聘蔑燕余〔二〕。逐節工新舞，嬌態似凌虚。納花承襵概，垂翠逐璫舒。扇開衫影亂，巾度履行疏。徒勞交甫憶，自有專城居。

【校記】

〔一〕咏舞一首，四玉臺本均無。類聚四三樂部三舞録全篇，初學記一五舞樂録「餘（余）」、「虚」、「疏」、「居」四韻。

〔二〕「余」，類聚、初學記均作「餘」。

七夕〔一〕

秋期此時浹〔二〕，長夜從河靈〔三〕。紫烟凌鳳羽，紅光隨玉軿〔四〕。洛陽疑劍氣〔五〕，成都怪客星。天梭織來久，方逢今夜停。

【校記】

〔一〕「七夕」之題，兩抄本均置於其前一首詩正文末；以下一首格式同，不再出校。按，四玉臺本此詩均置於擬沈隱侯夜夜曲之後。

〔二〕「泱」，活字本作「夫」，兩抄本、趙本均作「浹」。

〔三〕「從」，兩抄本、趙本均作「徙」。

〔四〕「紅」，四玉臺本均作「奔」。

〔五〕「陽」，活字本作「湯」。

咏雪〔一〕

晚霰飛銀礫〔二〕，浮雲暗未開。入池消不積，因風墮復來〔三〕。思婦流黄素，温姬玉鏡臺。看花言可折〔四〕，定自非春梅〔五〕。

【校記】

〔一〕此首類聚二天部下雪録全篇。「咏雪」，四玉臺本均作「同劉諮議咏春雪」。

〔二〕「霰」，活字本作「霞」。

〔三〕「墮」，類聚作「隨」。

〔四〕「折」，四玉臺本均作「插」。

〔五〕「自」，活字本作「有」。

采蓮〔一〕

晚日照空磯，采蓮承晚暉。風起湖難度，蓮多摘未稀。棹動芙蓉落，船移白鷺飛。荷絲傍繞腕，菱角遠牽衣。常聞蕖可愛，采擷欲爲裙。葉滑不留綖，心忙無假薰。千春誰與樂？唯有妾隨君。

【校記】

〔一〕采蓮一首，四玉臺本均無。類聚八二草部下芙蕖録「暉」、「稀」、「飛」、「衣」四韻。樂府詩集五〇録全篇，題作「采蓮曲二首」，自首韻至「衣」韻爲第一首，餘爲第二首。

采桑〔一〕

春色映空來，先發院邊梅。細萍重疊長，新花歷亂開。連珂往淇上，接幰至叢臺〔二〕。叢臺可憐妾，當窗望飛蝶。忌跌行衫領〔三〕，熨斗成褫褶。下床著珠佩，捉鏡安花鑷。薄晚畏蠶饑，競采春桑葉。寄語采桑伴，訝今春日短。枝高攀不及，葉細籠難滿。年年將使君，歷亂遣相聞。欲知琴裏意，還贈錦中文。何當照梁日，還作入山雲。重門皆已閉，方知客留袂。可憐黄金絡，複以青絲繫。必也爲人時，誰令畏夫婿。

【校記】

〔一〕采桑一首，四玉臺本均無。類聚八八草部下桑、樂府詩集二八均録「梅」、「開」、「臺」、「蝶」、「褶」、「短」、「滿」七韻。

〔二〕「幰」，類聚作「憶」。

〔三〕「趹」，類聚、樂府詩集均作「趹」。

半路溪〔一〕

相逢半路溪，隔溪猶不渡。望望判知是，翩翩識行步。摘贈蘭澤芳，欲表同心句。先將動舊情〔二〕，恐君疑妾妒。

【校記】

〔一〕半路溪一首，四玉臺本均無。樂府詩集七四録全篇，署「梁元帝」。

〔二〕「將」，樂府詩集此字下注「一作持」。

大垂手〔一〕

垂手忽苕苕，飛燕掌中嬌〔二〕。羅衣恣風引〔三〕，輕帶任情摇。詎似長沙地，促舞不迴腰。

【校記】

〔一〕此首類要二九舞録「嬌」、「腰」二韻，題作「賦得大垂手」。樂府詩集七六録全篇，署名「吴均」。「大垂手」，四玉臺本均作「賦樂府得大垂手」，其中兩抄本此題均置於其前一首詩正文末。

按，四玉臺本此詩均置於晚景出行之後。

〔二〕「燕」，類要作「鸞」。

〔三〕「衣」，樂府詩集作「衫」。

小垂手〔一〕

舞女出西秦，躡影舞陽春。且復小垂手，廣袖拂紅塵。折腰應兩笛，頓足轉雙巾。蛾眉與幔臉〔二〕，見此空愁人。

【校記】

〔一〕小垂手一首，四玉臺本均無。樂府詩集七六録全篇，署名「吴均」。

〔二〕「幔」，樂府詩集作「慢」。

賦樂名得箜篌〔一〕

捩遲初挑吹，弄急時催舞〔二〕。釧響逐弦鳴，私迴半障柱〔三〕。欲知心不平〔四〕，君看黛眉聚〔五〕。

【校記】

〔一〕此首類聚四四樂部四箜篌、初學記一六箜篌均録全篇，均題作「賦得箜篌」。「樂」，兩抄本、趙本均作「樂器」。按，活字本目録中「名」作「器」。

〔二〕「時催」，初學記作「持摧」。

〔三〕「私」，類聚、初學記均作「衫」。

〔四〕「欲知」，初學記作「知君」。

〔五〕按，活字本於皇太子名下，兩抄本、趙本於簡文帝名下，尚有怨、咏舞二首，爲鄭本所無。現據活字本補録於左，并校以其他各本。

怨①

秋風與白團，本自不相安。新人反故愛②，意氣豈能寬！黄金肘後印③，白玉案前盤。誰堪空對此，還成無歲寒？

①此首樂府詩集四一録全篇，署「梁簡文帝」，題作「怨詩」。「怨」之題，兩抄本均置於其前一首詩正文末；以下二首格式同，不再分别出校。按，四玉臺本此詩均置於艷歌曲之後。

②「反」，兩抄本、趙本均作「及」。

③「印」，兩抄本、趙本均作「鈐」。

咏舞①

可憐初二八②，逐節似飛鴻。懸勝河陽妓，暗與淮揚同③。入行看履進④，轉面望鬟空。腕動苕華王⑤，袖隨如意風⑥。上客何須起，啼烏曲未終⑦。

①此首類聚四三樂部三舞、初學記一五舞樂録全篇，均署「梁簡文帝」。類要二九舞録「風」一韻，署「梁簡文」。按，四玉臺本此詩均置於賦樂(器)名得箜篌之後。

②「初二八」，類聚作「稱二八」，初學記作「二八初」。

③「揚」，兩抄本、趙本均作「南」。

④「履」，趙本作「履」。

⑤「苕」，初學記、類要均作「昭」。

⑥「袖」，類聚、初學記、類要均作「衫」。

⑦「烏」，初學記作「鳥」。「曲未」，類聚作「未肯」。

代舊姬有怨

梁元帝〔一〕

寧爲萬里別〔二〕，乍作死生離〔三〕。那堪眼前見，故愛逐新移〔四〕。未展春花落〔五〕，遽被秋風吹〔六〕。怨黛舒還斂〔七〕，啼妝拭更垂〔八〕。誰能巧爲賦，黄金妾不資〔九〕。

【校記】

〔一〕此首類聚三二人部十六閨情録全篇。按，四玉臺本均無「梁元帝」署名，此詩均置於車中見美人之後，爲邵陵王綸名下第三首。

〔二〕「别」，類聚作「隔」。

〔三〕「作」，四玉臺本均作「此」。「死生」，活字本作「生别」。

〔四〕「新」，活字本作「所」。

〔五〕「展」，趙本作「展」；此字同類異文，以下不再出校。「花」，四玉臺本均作「光」。
〔六〕「被」，活字本作「起」。「秋」，類聚作「凉」。
〔七〕「舒」，活字本作「愁」。
〔八〕「妝」，類聚作「紅」。「更」，類聚作「復」。
〔九〕「不」，四玉臺本均作「自」。

傷别離〔一〕

朝望青波道〔二〕，夜上白登臺。月中含桂樹，流影自徘徊。寒沙逐風起，春花犯雪開。夜長無與悟〔三〕，衣單爲誰裁〔四〕？

【校記】

〔一〕傷别離一首，四玉臺本均無。類聚四二樂部二樂府、樂府詩集二三録全篇，均題作「關山月」。
〔二〕「青」，類聚、樂府詩集均作「清」。
〔三〕「悟」，類聚、樂府詩集均作「晤」。

〔四〕「爲誰」，類聚、樂府詩集均作「誰爲」。

春夜看妓〔一〕

蛾眉漸成光〔二〕，燕姬戲小堂〔三〕。朝舞開春閣〔四〕，鈴盤出步廊〔五〕。起龍調節奏〔六〕，却鳳點笙簧〔七〕。樹交臨舞席，荷生夾妓航〔八〕。竹密無分影，花疏有異香。舉杯聊轉笑〔九〕，歡茲樂未央〔一〇〕。

【校記】

〔一〕春夜看妓一首，四玉臺本均無。類聚四二樂部二樂府録全篇。初學記一五歌録全篇，題作「夕出通波閣下觀妓」。類要二一荊湖北路江陵府録「堂」、「廊」二韻，署「湘東集」，題作「道波閣觀妓」。

〔二〕「蛾眉漸」，初學記作「娥點笙」，類要作「□月漸」。

〔三〕「姬」，類要此字空缺。「小」，類要作「水」。

〔四〕「朝舞」，類聚作「胡舞」，初學記似作「胡舞」，類要作「胡□」。「春」，初學記、類要均作「斉」。

〔五〕「鈴盤出步廊」，初學記作「盤出出步廊」，類要作「百尺廊」。

〔六〕「奏」，初學記作「鼓」。

〔七〕「點笙簧」，類聚作「點笙篁」，初學記作「月漸簧」。

〔八〕「航」，類聚作「行」。

〔九〕「舉杯聊轉笑」，初學記作「捉杯時笑語」。

〔一〇〕「歡」，類聚作「嘆」。

戲作艷詩〔一〕

入堂值小婦，出門逢故夫。含辭未返吐〔二〕，絞袖且踟躕。摇兹扇似月，掩此泪如珠。今懷同無已〔三〕，故情今有餘。

【校記】

〔一〕「戲作艷詩」之題，翁抄本置於其前一首詩正文末。按，四玉臺本此詩均置於登顔園故閣之後，爲湘東王繹名下第二首。

〔二〕「返吐」，活字本作「反吐」，馮抄本作「吐及」，趙本、翁抄本均作「及吐」。

〔三〕「同」，兩抄本、趙本均作「固」。

登顏園故閣〔一〕

高樓三五夜，流影入丹墀。先時留上客，夫婿芙蓉姿〔二〕。妝成理蟬鬢，笑罷斂蛾眉〔三〕。衣香知步近，釧動覺行遲。如何舞館樂，翻見歌梁悲？猶懸北窗幌〔四〕，未捲南軒帷。寂寂空郊暮，非復少年時。

【校記】

〔一〕「登顏園故閣」，活字本作「登顏園故閣　湘東王繹」，兩抄本均作「湘東王繹詩七首　登顏園故閣」，趙本作「湘東王繹登顏園故閣」。按，趙本目録中「繹」下有「詩七首」三字，兩抄本、趙本湘東王繹名下均無具體詩題。又，四玉臺本此詩均置於邵陵王綸詩之後，爲湘東王釋名下第一首。

〔二〕「婿」，活字本、趙本均作「壻」，馮抄本作「壻」，翁抄本原作「壻」，紅筆描改作「壻」。「芙蓉」，兩抄本、趙本均作「美容」。

〔三〕「蛾」，趙本作「娥」。

〔四〕「幌」，趙本作「横」。

夜宿柏齋〔一〕

燭暗行人静，簾開雲影入。風細雨聲遲，夜短更籌急。能下班姬泪，復使倡樓泣。况此客游人，中宵空伫立〔二〕。

【校記】

〔一〕此首類要一一王才藝柏齋録全篇，署「湘東王」，題作「夜宿詩」。「夜宿柏齋」，四玉臺本均作「夜游柏齋」，其中兩抄本此題均置於其前一首詩正文末；以下一首格式同，不再出校。按，鄭本目録中「宿」作「游」。四玉臺本此詩均置於戲作艷詩之後，爲湘東王繹名下第三首。

〔二〕「伫」，活字本作「停」。

和劉上黄〔一〕

新鶯隱葉囀〔二〕，新燕向窗飛。柳絮時依酒，梅花乍入衣。玉珂輕風度〔三〕，金鞍映日暉〔四〕。無令春色晚，獨望行人歸。

【校記】

〔一〕此首初學記三春録全篇，題作「春詩」。按，四玉臺本此詩均爲湘東王繹名下第四首。

〔二〕「葉」，初學記作「入」。

〔三〕「玉」，初學記作「王」。「輕」，兩抄本、趙本、初學記均作「逐」。

〔四〕「映」，初學記作「照」。

咏風〔一〕

樓上起朝妝，風花下砌傍。入鏡先飄粉，翻衫好染香。度舞飛長袖，傳歌共繞梁。欲因吹少女，還將拂大王〔二〕。

【校記】

〔一〕咏風一首，四玉臺本均無。類聚一天部上風、初學記一風均録全篇。

〔二〕「將」，類聚似作「捋」。

咏晚栖烏〔一〕

日暮連翩翼〔二〕，俱向上林栖〔三〕。風多前鳥駃〔四〕，雲暗後群迷。路遠聲難徹，飛斜行未齊。應從故鄉返〔五〕，幾過入蘭閨〔六〕。借問倡樓妾〔七〕，何如蕩子妻〔八〕？

【校記】

〔一〕此首類聚九二鳥部烏録全篇，題作「晚栖烏」。「烏」，活字本作「鳥」。按，兩抄本此題均置於其前一首詩正文末。活字本目録中「烏」作「鳥」。四玉臺本此詩均爲湘東王繹名下第五首。

〔二〕「翩」，活字本作「翻」。

〔三〕「向上」，類聚作「上向」。
〔四〕「駚」，四玉臺本均作「駛」，類聚作「駃」。
〔五〕「鄉」，活字本作「卿」。
〔六〕「蕳」，四玉臺本、類聚均作「蘭」。
〔七〕「樓」，馮抄本此字係塗改而成，有「宋本」印。
〔八〕「妻」，類聚作「啼」。

看摘薔薇〔一〕

倡女倦春閨〔二〕，迎風戲玉除。近叢看影密，隔樹望釵疏。横枝斜綰袖，嫩葉下牽裾。墻高舉不及，花新摘未舒。莫疑插鬢少，分人猶有餘。

【校記】

〔一〕看摘薔薇一首，四玉臺本均無。類聚八一藥香草部上薔薇録全篇。
〔二〕「倦春閨」，類聚作「卷春裾」。

洛陽道〔一〕

洛陽開大道，城北達城西。青槐隨幔拂，緑柳逐風低。玉珂鳴戰馬，金爪鬥場鷄。桑萎日行暮，多逢秦氏妻〔二〕。

【校記】

〔一〕洛陽道一首，四玉臺本均無。類聚四二樂部二樂府、樂府詩集二三均録全篇。

〔二〕「逢」，樂府詩集作「途」。「氏」，樂府詩集作「女」。

折楊柳〔一〕

巫山巫峽長〔二〕，垂柳復垂楊。同心宜同折〔三〕，故人懷故鄉。山似蓮花艷，流如明月光。寒夜猿鳴徹〔四〕，游人泪沾裳〔五〕。

【校記】

〔一〕折楊柳一首，四玉臺本均無。類聚八九木部下楊柳、樂府詩集二二均録全篇。

〔二〕「巫山」，樂府詩集作「山高」。

〔三〕「宜」，樂府詩集作「且」。

〔四〕「鳴」，樂府詩集作「聲」。「徹」，類聚作「澈」。

〔五〕「人」，類聚、樂府詩集均作「子」。

金樂歌〔一〕

啼烏怨別偶〔二〕，曙鳥憶誰家〔三〕？石厥題書字〔四〕，金燈飄落花。東方曉星沒〔五〕，西山落日斜〔六〕。縠衫迴廣袖，團扇掩輕紗。暫借青驄馬，來送黄牛車。

【校記】

〔一〕金樂歌一首，四玉臺本均無。類聚五六雜文部二詩録全篇，題作「歌曲名詩」。樂府詩集七四録全篇。

〔二〕「偶」，類聚、樂府詩集均作「鶴」。
〔三〕「誰」，類聚作「離」。
〔四〕「厥」，類聚、樂府詩集均作「闕」。
〔五〕「没」，類聚作「度」。
〔六〕「落」，類聚、樂府詩集均作「晚」。

古意〔一〕

妾在成都縣，願作高塘雲〔二〕。樽中石榴酒，機上蒲萄裙〔三〕。停梭還斂色，何時勸使君。

【校記】

〔一〕古意一首，四玉臺本均無。類聚一八人部二美婦人録全篇。
〔二〕「塘」，類聚作「唐」。
〔三〕「裙」，類聚作「紋」。

春日〔一〕

春還春節美，春日春風過。春心日日異，春情處處多。處處春芳動，日日春禽變。春意春已繁，春人春不見。不見懷春人，徒望春光新。春愁春自結，春結誰能申〔二〕？欲道春園趣，復憶春時人。春人竟何在？空爽上春期。獨念春花落，還似昔春時。

【校記】

〔一〕春日一首，四玉臺本均無。類聚三歲時上春録全篇。

〔二〕「誰」，類聚作「詎」。

寒宵〔一〕

烏鵲夜南飛，良人行未歸。池水浮明月，寒風送擣衣。願織迴文錦〔二〕，因君寄武威。

【校記】

〔一〕此首類聚三二人部十六閨情録全篇,題作「寒閨」。「寒宵」,兩抄本、趙本均作「寒宵三韻」。按,鄭本目録中「寒」作「春」。四玉臺本此詩均爲湘東王繹名下第六首。

〔二〕「織」,翁抄本作「識」。

秋夜〔一〕

秋夜九重空,蕩子怨房櫳〔二〕。燈光入綺帷,簾影穿屏風〔三〕。金徽調玉軫〔四〕,兹夜撫離鴻。

【校記】

〔一〕「秋夜」,兩抄本、趙本均作「咏秋夜」。按,活字本目録題作「咏秋夜」。四玉臺本此詩均爲湘東王繹名下第七首。

〔二〕「櫳」，兩抄本均作「攏」。

〔三〕「穿」，四玉臺本均作「進」。

〔四〕「徽」，活字本作「徹」。

代秋胡婦閨怨

梁邵陵王綸〔一〕

蕩子從游宦，思妾守房櫳〔二〕。塵鏡朝朝掩，寒衾夜夜空〔三〕。若非新有悦〔四〕，何事久西東！知人相憶否〔五〕？泪盡夢啼中〔六〕。

【校記】

〔一〕此首類聚三二人部十六閨情録全篇，署「梁元帝」，題作「閨怨詩」。「代秋胡婦閨怨　梁邵陵王綸」，活字本無「梁」字，兩抄本均作「邵陵王綸詩三首　代秋胡婦閨怨」，趙本作「邵陵王綸代秋胡婦閨怨」。按，趙本目録中「綸」下有「詩三首」三字，兩抄本、趙本目録邵陵王綸名下均無具體詩題。又，四玉臺本邵陵王綸詩均置於皇太子或簡文詩之後、湘東王繹詩之前。

〔二〕「櫳」，翁抄本作「攏」。

〔三〕「衾」，兩抄本、趙本、類聚均作「床」。

〔四〕「新有」，類聚作「有歡」。

〔五〕「憶否」，活字本作「憶不」，類聚作「望否」。

車中見美人〔一〕

關情出眉眼，軟媚着腰肢〔二〕。語笑能嬌媄〔三〕，行步絶逶迤。空中自迷惑，渠傍會不知。懸念猶如此，得時應若爲。

【校記】

〔一〕「車中見美人」之題，兩抄本均置於其前一首詩正文末。按，四玉臺本此詩均爲邵陵王綸名下第二首。

〔二〕「肢」，兩抄本、趙本均作「支」。

〔三〕「媄」，兩抄本、趙本均作「媄」。

見姬人〔一〕

春來不復賒，入苑駐行車。比來妝點異，今世撥鬟斜。却扇承枝影，舒衫受落花。狂夫不妒妾，隨意晚還家。

【校記】

〔一〕見姬人一首，四玉臺本均無。類聚一八人部二美婦人録全篇。

同蕭長史看妓

梁武陵王紀〔一〕

燕姬奏妙舞〔二〕，鄭女發清歌。迴羞出慢臉〔三〕，送態入嚬娥〔四〕。寧殊值行雨〔五〕，詎减見凌波？想君愁日暮〔六〕，應羨魯陽戈。

【校記】

〔一〕此首初學記一五歌録全篇，署名「劉孝綽」，題作「同武陵殿下看妓」。「同蕭長史看妓　梁武陵王紀」，活字本作「同蕭長史看妓　武陵王」，兩抄本均作「武陵王詩四首　同蕭長史看妓」，趙本作「武陵王紀同蕭長史看妓」。按，活字本目録中無「武陵王」題署，兩抄本目録中「四」作「三」，趙本目録中「紀」下有「詩三首」三字，兩抄本、趙本目録武陵王名下均無具體詩題。又，四玉臺本武陵王紀詩均置於湘東王繹詩之後。

〔二〕「奏」，活字本作「秦」，馮抄本此字係塗改而成，無「宋本」印。

〔三〕「慢」，活字本作「幔」。

〔四〕「送」，初學記作「迭」。「入」，初學記作「表」。「娥」，活字本作「哦」，兩抄本、趙本、初學記均作「蛾」。

〔五〕「值」，初學記作「遏」。

〔六〕「暮」，初學記作「落」。

和湘東王夜夢應令〔一〕

昨夜夢君歸，賤妾下鳴機。懸知君意薄〔二〕，不着去時衣。故言如夢裏，賴得雁書飛。

【校記】

〔一〕此首類聚三二人部十六閨情録全篇，題作「蕭妃夜夢詩」。「和湘東王夜夢應令」，兩抄本均作「和湘東王夜夢　應令」。

〔二〕「懸」，活字本作「意」，類聚作「極」。「君意」，類聚作「意氣」。

曉色〔一〕

晨禽争學囀，朝花亂欲開。爐烟入斗帳，屏風隱鏡臺。紅妝隨泪盡〔二〕，蕩子何時迴〔三〕？

【校記】

〔一〕此首類聚三二人部十六閨情録全篇，署「梁簡文帝」，題作「曉思」。「曉色」，兩抄本、趙本均作「曉思」。

〔二〕「隨泪盡」，類聚作「幾盡泪」。

〔三〕「何時迴」，類聚作「何當來」。按，四玉臺本此後於武陵王紀名下均有閨妾寄征（人）一首，爲鄭本所無。現據活字本補録於左，并校以其他各本。

閨妾寄征①

斂色金星聚，縈悲玉箸流。願君看海氣，憶妾上高樓②。

①「征」，兩抄本、趙本均作「征人」。

②趙本此下有「目作三首此首疑衍」八小字注。